i教育·AI数智教材

——国家级一流本科课程配套教材——

ZHONGGUO
GUDAI
WENXUE JINGJIANG

中国古代文学精讲

顾　问◎陈尚君　肖瑞峰　梅新林

主　编◎方坚铭

副主编◎项鸿强　袁　睿

参编者◎李剑亮　钱国莲　马晓坤　彭万隆

华东师范大学出版社
·上海·

图书在版编目（CIP）数据

中国古代文学精讲 / 方坚铭主编. -- 上海 ：华东师范大学出版社, 2025. -- ISBN 978-7-5760-5936-6

Ⅰ. I209.2

中国国家版本馆 CIP 数据核字第 20250VU143 号

浙江工业大学本科省级规划教材培育项目

中国古代文学精讲

主　　编　方坚铭
责任编辑　孔　凡
特约审读　李　瑞
责任校对　刘伟敏
装帧设计　俞　越

出版发行　华东师范大学出版社
社　　址　上海市中山北路 3663 号　邮编 200062
网　　址　www.ecnupress.com.cn
电　　话　021-60821666　行政传真 021-62572105
客服电话　021-62865537　门市（邮购）电话 021-62869887
地　　址　上海市中山北路 3663 号华东师范大学校内先锋路口
网　　店　http://hdsdcbs.tmall.com

印 刷 者　浙江临安曙光印务有限公司
开　　本　787 毫米×1092 毫米　1/16
印　　张　14.25
字　　数　326 千字
版　　次　2025 年 3 月第 1 版
印　　次　2025 年 3 月第 1 次
书　　号　ISBN 978-7-5760-5936-6
定　　价　45.00 元

出版人　王　焰

（如发现本版图书有印订质量问题，请寄回本社客服中心调换或电话 021-62865537 联系）

Contents 目 录

内容简介 / 1

序 / 1

编写说明 / 1

第一章 先秦文学 / 1

第一节 神话的存佚情况及神话散亡的原因 / 3
一、神话的存佚情况和《山海经》/ 3
二、神话散亡的原因 / 3

第二节 《诗经》的"四始六义"和艺术特点 / 5
一、《诗经》的概貌 / 5
二、《诗经》的艺术特点 / 7
三、《诗经》在文学史上的地位和影响 / 9

第三节 《诗经》中的婚恋诗 / 9

第四节 《楚辞》中的《九歌》之美 / 13
一、《九歌》的成书 / 14
二、《九歌》的艺术特色 / 14

第五节 诸子之文(一):《老子》《论语》/ 16
一、老子与《老子》/ 16
二、孔子与《论语》/ 18

第六节 诸子之文(二):《庄子》/ 20
一、庄子其人其书 / 21
二、《庄子》的文学价值 / 21
三、庄子的文学地位和影响 / 24

第七节 史传之文(一):《尚书》《春秋》/ 24
一、《尚书》/ 25
二、《春秋》/ 26

第八节 史传之文(二):《左传》/ 27
一、《左传》的文学成就 / 28
二、《左传》对后世的影响 / 31

第二章 秦汉文学 / 33

第一节 汉大赋：从《七发》到《天子游猎赋》/ 35
一、汉大赋的先驱——枚乘的《七发》/ 35
二、司马相如的散体大赋 / 37

第二节 史传之文：司马迁和《史记》/ 38
一、司马迁的生平和创作 / 38
二、《史记》的名称、体例与宗旨 / 39
三、《史记》的思想内容 / 40

第三节 《史记》的艺术成就 / 41
一、《史记》的人物形象塑造艺术 / 41
二、《史记》的地位和影响 / 44

第四节 《史记》《汉书》比较 / 44
一、史观 / 44
二、笔法 / 45

第五节 缘事感哀乐：汉乐府民歌 / 46
一、乐府的含义 / 47
二、乐府的设立与乐府民歌的采集 / 47
三、乐府的分类 / 48
四、乐府民歌在艺术上的特点 / 48

第六节 秀才家常语：《古诗十九首》/ 49
一、五言诗的起源与发展 / 50
二、《古诗十九首》/ 51

第三章 魏晋南北朝文学 / 55

第一节 曹植：骨气奇高，词彩华茂 / 57
一、曹植的生平经历 / 57
二、曹植前后两期的诗文创作分类 / 57
三、曹植诗歌的艺术成就 / 58

第二节 阮籍：言在耳目之内，情寄八荒之表 / 59
一、正始文学的基本特征及其成因 / 60
二、阮籍的生平与思想 / 60
三、《咏怀》诗的主题及艺术特征 / 61

第三节 左思：寒士心声，超拔群伦 / 62
一、左思的出身及性格 / 63

二、《三都赋》引洛阳纸贵 / 63
　　三、《咏史》八首 / 64
第四节　陶渊明：真实立体的田园诗歌开创者 / 65
　　一、陶渊明的生平与思想 / 65
　　二、田园诗：理想境界的追求与回归 / 66
　　三、陶诗的艺术风貌 / 67
　　四、陶渊明的典型意义 / 67
第五节　谢灵运：山水诗的开创者 / 68
　　一、谢灵运之前的山水审美 / 68
　　二、谢灵运及其山水诗 / 68
　　三、陶渊明与谢灵运诗歌艺术比较 / 70
第六节　庾信：暮年诗赋动江关 / 71
　　一、南朝文风的北渐 / 71
　　二、庾信的生平与早年作品 / 72
　　三、文章老更成 / 73
第七节　《世说新语》：魏晋名士教科书 / 74
　　一、六朝小说概述 / 74
　　二、《世说新语》的体例与内容 / 75
　　三、《世说新语》的艺术成就 / 76
第八节　六朝文：散文与骈文 / 77
　　一、魏晋散文 / 78
　　二、骈文 / 79

第四章　唐代文学 / 83

第一节　扫荡绮丽风,江河万古流：初唐四杰与陈子昂 / 85
　　一、初唐四杰 / 85
　　二、陈子昂的生平和文学主张 / 87
第二节　清音蕴山水,烽火走尘沙：盛唐诗坛的两个流派 / 88
　　一、王维及其山水田园诗 / 88
　　二、盛唐边塞诗 / 90
第三节　长安市上谪仙醉：李白诗歌的艺术成就 / 91
　　一、李白的家世与生平 / 91
　　二、李白诗歌的艺术成就 / 92
第四节　位卑未敢忘忧国：杜甫生平及其创作成就 / 93

一、杜甫的生平和创作 / 93
　　二、杜甫诗歌的艺术成就 / 95
第五节　中唐诗歌——唐诗的第二次高峰 / 96
　　一、韩愈诗歌的新变 / 96
　　二、命运多舛、才华绝世的李贺 / 98
　　三、白居易的讽喻诗与叙事诗 / 99
　　四、诗豪刘禹锡 / 100
第六节　晚唐五代的诗人与词人 / 101
　　一、"山雨欲来风满楼"的时代 / 101
　　二、"小李杜"：杜牧、李商隐 / 102
　　三、温庭筠词 / 104
　　四、李煜词 / 104
第七节　韩愈、柳宗元与唐代古文运动 / 105
　　一、唐代古文运动 / 106
　　二、韩愈的古文理论与创作 / 106
　　三、柳宗元的古文 / 107
第八节　一代之奇——唐人传奇 / 108
　　一、唐传奇的发展过程 / 109
　　二、三大爱情传奇《莺莺传》《霍小玉传》《李娃传》/ 109
　　三、唐传奇的艺术特色与影响 / 111

第五章　宋代文学 / 115

第一节　情景与主从：宋诗说（一）/ 117
第二节　辞意与隐秀：宋诗说（二）/ 119
第三节　渊雅与峻切：宋文说（一）/ 121
第四节　善美与高格：宋文说（二）/ 123
第五节　纵收与曲折：柳永词说 / 125
第六节　痴情与悟彻：东坡词说 / 127
第七节　脉注与熔成：清真词说 / 130
　　一、融化前人诗句 / 130
　　二、自炼新句 / 131
　　三、熔雅俗于一炉，使得雅俗共赏 / 131
第八节　巧拙与刚柔：稼轩词说 / 132

第六章 元代文学 / 137

第一节 《窦娥冤》——一部结局大团圆的悲剧 / 139
一、仕进无路,传统文人不得已沦落为"穷编剧" / 139
二、跻身书会,铜豌豆关汉卿借剧批判社会 / 139
三、演出效益,《窦娥冤》结局呈现大团圆的虚幻想象 / 140
四、声声啼血,《窦娥冤》是一部"世界大悲剧" / 140

第二节 从《莺莺传》到《西厢记》:崔张故事的转型与衍变 / 142
一、文体的递嬗 / 142
二、内容的沿革 / 143
三、人物形象的蜕变 / 143
四、艺术的升华 / 144

第三节 翻案与教化——高明《琵琶记》的主旨及其呈现 / 145
一、高明及其创作 / 145
二、《琵琶记》为蔡伯喈翻案的主旨及其呈现 / 146
三、《琵琶记》宣扬道德教化的主旨及其呈现 / 147

第四节 元曲四大家的杭州游 / 148
一、"元曲四大家"释词 / 148
二、杭州杂剧中心的形成 / 149
三、"元曲四大家"的杭州游 / 149

第五节 元散曲述略 / 151

第七章 明代文学 / 157

第一节 复古与性灵:从前后七子到公安派的文风丕变 / 159
第二节 《三国》《水浒》《西游》与世代累积型创作 / 161
第三节 "三言二拍"与晚明商业文化 / 163
第四节 明代学术一瞥:《金瓶梅》的作者是谁? / 165
第五节 《牡丹亭》与明代戏曲观念 / 166

第八章 清代文学 / 171

第一节 百花齐放——清代诗文的多元格局 / 173
第二节 《桃花扇》与明末遗民文化 / 175
第三节 《儒林外史》与清代科举文化 / 176
第四节 清代学术一瞥:"红学"的诞生与发展 / 178

附录 / 183

国家级一流本科课程中国古代文学思政教学实践 / 185

作家作品演绎法在古代文学教学中的应用与实践——以楚辞演绎为例 / 194
阅读推荐书目 / 201

后记 / 207

内容简介

本教材是国家级一流本科课程"中国古代文学"的配套教材,基于智慧树共享课程的讲课稿编写而成。

本教材旨在精讲中国古代文学,按照先秦两汉、魏晋南北朝、唐宋、元明清四大历史时期,分为八章,系统梳理各时期的文学发展脉络与重要作家作品。教材不求面面俱到,而是以点带面、由表及里,力求达到节节贯穿、脉络清晰的效果。通过这些精讲内容,学生能够深化对文学史的理解,建立兼具宏观视野与微观视角的文学史观。

无论是编选主旨还是体例设计,本教材都独具特色,可与游国恩、朱东润、章培恒、袁行霈等学者编著的文学史及作品选教材配合使用。此外,教材还同步推出数字版本,并配套题库,便于网络化教学与学习。

序

肖瑞峰

以全球新科技革命、新经济发展、中国特色社会主义进入新时代为背景的新文科建设正在有序推进。其建设宗旨是,突破传统文科的思维模式,以继承与创新、交叉与融合、协同与共享为主要途径,促进多学科交叉与深度融合,推动传统文科的更新升级。国家一流专业及一流课程建设也应当以此为基本出发点。

浙江工业大学中国古代文学教学与研究团队,于 2008 年首批入选为国家级教学团队,始终倾心倾力于课程建设,而以"国家一流"为鹄的,据此确立建设标准和评价尺度。在国家主导层面,课程建设经历了从"国家精品课程"到"国家精品资源课程"再到"国家一流课程"的迭代升级。在这过程中,浙江工业大学中国古代文学教学与研究团队,以"弄潮儿"的果敢,勠力同心,锐意进取,一直跻身于国字号的行列。方坚铭教授作为新一代"国家级一流课程"负责人,以"创造性转化"和"创新性发展"为己任,力图百尺竿头更进一步,完成薪火相传、后出转精的历史使命,于是主持编写了《中国古代文学精讲》。

这是国家级一流课程的配套教材。它以作品为红线,串联起中国古代文学的历史流程,映现出编写者对中国古代文学嬗变轨迹及其经典作品的独到感悟与认知。在世界文学的历史长廊中,中国古代文学是居于显赫地位的,这不仅取决于其悠久的历史和深厚的传统,而且有赖于其鲜明的民族特色和千汇万状的优秀作品——作品映现出特色,特色凝固成传统,传统又沉淀为历史。美善相兼的本质,传神写意的方法,中和的美学风格,以复古为通变的发展道路,诸如此类的抽象概括未必尽确,但一鳞一爪,不废其真,多少都触摸到中国古代文学的迥不犹人的个性特征,称之为特色或视之为传统,均无不可。

中国文学的序幕在先秦时期便已揭开。它滥觞于原始歌谣和远古神话,但蔚为大观,却是在先秦诗歌与散文闪亮登场以后。先秦诗歌有《诗经》与《楚辞》前后踵武,分别奠定了我国诗歌的现实主义和浪漫主义传统,高揭慧火,垂范后世。先秦散文则有历史散文和诸子散文相映生辉。作为历史散文的代表作,《左传》《国语》《战国策》等或以年为序,或以国为别,不仅真实生动地记录了历史的演进历程,而且已程度不同地显示出描状人物与事件的艺术技巧,为后代史传文学的发展"导夫先路"。诸子散文在百家争鸣的政治文化环境中应运而生,因此,它所具有的思致缜密、说理透彻、语言犀利等特点,其实正是染上了时代色彩。但时代共性不掩个性,《论语》的警策,《孟子》的雄畅,《墨子》的谨严,《荀子》的淳厚,《庄子》的汪洋恣肆,无不灵光独运,各擅胜场。

汉魏六朝时期,中国文学走向全面成熟。两汉文学呈现出辞赋、诗歌、散文三足鼎立的局面。《子虚》《上林》《七发》《甘泉》等汉代辞赋以"润色鸿业"为宗旨,铺张扬厉,歌颂升平,是名副其实的盛世华章。汉代诗歌以汉乐府民歌和"古诗十九首"为主体。前者与《诗经》一脉相承,但从内容到形式都有所丰富与发展。后者则是文人五言诗成熟的标志,被刘勰《文心雕龙》誉为"五言之冠冕"。汉代散文可析为政论散文和史传散文两大构件。前者指点江山,议论风发。后者的代表作是《史记》与《汉书》这两部煌煌巨著。它们以纪传体的形式和创造性的笔墨,将叙事散文推进到相对成熟的阶段。鲁迅"史家之绝唱,无韵之离骚"的评价,《史记》实足当之。魏晋以降,文学开始进入"自觉"时代。一方面,原有的各种文学体裁不断成熟、演变与完善;另一方面,新的文学体裁在经历了初始的萌芽阶段后脱颖而出,以《搜神记》为代表的志怪小说和以《世说新语》为代表的轶事小说的问世,表明小说一体已具雏形。当然,在魏晋南北朝的诸种文体中,诗歌的发展嬗变轨迹最为夺目。从"建安风骨"到"左思风力",再到"齐梁诗风",它一路走来,并非尽履康庄,风光无限,但路转峰回,终无阻其跨越步伐。从"三曹""七子"以五言诗写胸襟,中经阮籍以五言诗"咏怀"、左思以五言诗"咏史",到陶渊明以五言诗写田园,谢灵运以五言诗写山水,五言诗一直保有蝉蜕后的快速成长势态。而"永明体"(即新体诗)的形成,则充分显示了诗歌声律学的进步,让人开始感觉到唐代近体诗的胎动。

唐宋时期,不仅是古代诗词的黄金时代,其他各种文学体裁也氤氲着高度繁荣的气象。唐代国力强盛,政治亦相对清明,诗论家所津津乐道的"盛唐气象"无疑植根于此。鸟瞰唐代诗坛,不仅流派众多、风格繁富、体制完备,而且初、盛、中、晚各个发展阶段都是名家辈出,星月交辉,中国诗歌史上的双子星座——李白、杜甫的万丈光焰,遮盖不了夜空中的群星闪烁。宋代诗歌在唐诗盛极难继的情况下,另辟蹊径,多方开拓,亦呈现出自己的独特风貌。唐音宋韵,各臻绝唱,乃至"唐宋诗之争"也成为文学史上的一桩公案。唐宋词的发展轮廓较为清晰,对这一轮廓的一般描述是兴于唐、衍于五代、盛于宋,但其间风云卷舒、波浪腾涌的景象却又殆难言传。唐宋散文的发展历程同样是九曲回环。唐宋古文运动绵延两代,前有韩、柳振羽高蹈,后有欧、王、曾、苏奋鬐相继,终于冲破了骈文的桎梏,恢复了散文的主导地位,而"唐宋八大家"在散文史上的不朽地位也因此得以确立。至若小说,从文言体的唐传奇到白话体的宋话本,这一演变过程,昭示了相对较晚发足的小说艺术的渐趋成熟,而《霍小玉传》《李娃传》《碾玉观音》等代表作品则以其鲜明的人物形象、曲折的故事情节和富于表现力的语言,佐证了后起的小说文体的完全独立。

中国文学的浪潮沿着历史的河床,流入元明清时期以后,开始谋求新的航道和新的载体,以免陷入盛极而衰的境地。散曲、戏剧和长篇小说的崛起,为元明清文学的发展注入了蓬勃的生机与充沛的活力。王国维《宋元戏曲考》将元曲与唐诗、宋词作为"一代之文学"相提并论,所谓"元曲",包含元代散曲与杂剧两个层面。元代散曲,尤其是其中的套数往往染有浓厚的通俗文学色彩,但命意深刻,俗中见雅,如[般涉调·哨遍]《高祖还乡》即然。元代杂剧则以其独特的形式、体制及表现手段,谱写了我国戏曲文学史上的光辉篇章,而《窦娥冤》《西厢记》等作品无疑是挥洒于其间的最精彩的笔墨。元代另有南戏兴起,代表作为《琵琶记》。到了明清时期,南戏衍生为传奇,又产生了《牡丹亭》《桃花扇》《长生殿》等登峰造极的作品。长篇章回小说以明初罗贯中的《三国志通俗演义》为开山之作,到明中叶以后形成高潮,涌现了《水浒传》《西游记》《金瓶梅》等传世名著,它们不仅与同一时期的戏曲作品彼此依托、同生共长,而且大多属于"世代累积型"的创作。至清代中叶,《红楼梦》的翩然问世,更将古典小说艺术推向巅峰。相形之下,诗词散文在元明清时期虽也不甘平庸,力图振起,清词甚至有"复盛"之势,但对比唐宋时期如日中天的情形,终不免令人产生"式微"之叹。

至若中国近代、现代及当代文学,虽然不断高张"变革"与"创新"的大旗,在新的历史条件下,呈现出色彩斑斓的时代风貌,其间亦不免风起云涌,涛飞浪卷,展示盛衰起伏的轨迹,但始终未隳感应时代潮汐、折射时代精神的文学传统。从"诗界革命",到"新文学运动",再到"延安文学""伤痕文学""先锋小说""新诗潮",尽管在百转千回中一次次经历血与火的洗礼,却不仅继续验证了"文变染乎世情,兴废系乎时序"(刘勰《文心雕龙·时序》)的著名论断,而且也再度显示了中国文学与时俱进、百折不挠的生命力。

中国文学的历史流程大致如此。这种挂一漏万的描述,只能粗线条式地展示山脉的走势与河床的流向,而不可能精确地显现山上的每一片树叶与河中的每一朵浪花。不过,由此溯流而上,或可贴近中国文学史的脉搏,并进而把握其生命的律动。

这套教材的编写大致依循上述学术认知和学术理路来实施。方坚铭教授领衔的编写组的初衷是,从"通古今之变"的角度,考察并梳理中国文学的历史流程,用尽可能明晰的线索和尽可能晓畅的语言加以显现,在此基础上通过对代表作家的评析和典型作品的解读,使学生举一反三,获得对中国文学的整体面貌的认知与把握。又闻其还编有配套的中国古代文学作品选读。为了与坊间通行的多种中国古代文学作品选有所区别,该教材在体例上也不蹈故常,自成一格,如每篇作品的解读由出处、正文、注释、阅读指要、阅读材料、思考题 6 个部分组成,有助于学生在深入理解原作的基础上,拓展阅读面,进而完善自己的知识结构,充实自己的文化底蕴,提升自己的综合素质。我们期待这个配套教材也早点面世。同时还从数智赋能的新视角,推出本教材的电子版,并配套题库,便于网络自学。凡此,皆足以见出编写者力图推陈出新的开拓意识和创造精神,本教材也正因此形成了自己的鲜明特色。

2024 年 12 月于西子湖畔

(作者为教育部中国语言文学类教指委委员、国家万人计划教学名师、中国韵文学会会长)

编写说明

较之已有的《中国古代文学》教材而言，本教材的编选特色如下。

一是根植于互动教学的深厚实践。笔者已经有二十多年教授中国古代文学课程的经验，对大学生的实际情况和文学史的知识分布情况了解颇深。经过前期大量的调查和了解后，才启动本教材的写作，并最终根据教学实践谋篇布局。对文学史内容，择要精讲，而不面面俱到，力求由某些知识点介入，串起整部文学史，给读者以明晰的阅读线索。

二是凸显文本的重要性。中国文学史的教学，本应建立在学生对文学作品的大量阅读的基础上，而实际情况是多数工科院校，不设立与文学史配套的文学作品选读课程，这就使学生对文学作品的学习受到限制，对文学史的学习也流于表面，多数是囫囵吞枣。为了解决这个问题，本教材在编纂过程中，一方面认真梳理文学史发展脉络，另一方面重视对相关作品的介绍，并适当分析和点评，以期令读者建立作品本位意识。同时还准备编写配套教材，选读重要作品。

三是整体性和典型性的结合。以先秦两汉文学为例，既重视文学史脉络的整体呈现，也重视对代表性作家作品和文学现象作典型性的阐述。先秦文学包括原始歌谣、上古神话，诗歌有《诗经》《楚辞》，史传散文有《尚书》《春秋》《左传》《战国策》，诸子散文有《老子》《论语》《孟子》《庄子》《韩非子》《孙子兵法》等。秦汉文学、两汉文学呈现出辞赋、诗歌、散文三足鼎立的局面，《子虚》《上林》《七发》《甘泉》等汉代辞赋，汉代诗歌以汉乐府民歌和"古诗十九首"为主体，汉代散文可析为政论散文和史传散文两大构件。秦代李斯的政论散文、《吕氏春秋》，贾谊、晁错、王充、王符等的政论散文，董仲舒的经学散文，还有专题政论散文《盐铁论》，此外邹阳、杨恽、司马迁的书信体散文，也多与政治有涉。史传散文代表作是《史记》与《汉书》。其他历史阶段的文学，也要作如此细致的梳理和分析。无论是文学史撰写，还是作品选读，均重视对代表作家、作品和文体的综合考量。

四是宏通的文学史视野。本书并不仅仅是作品的选编，还隐含着宏通的文学史视野。原先笔者参编过《中国文学简史》，即颇注意这个角度。正如肖瑞峰教授在该书序言中所说："从'通古今之变'的角度，考察并梳理中国文学的历史流程，用尽可能明晰的线索和尽可能晓畅的语言加以显现，在此基础上通过对代表作家的评析和典型作品的解读，使学生举一反三，获得对中国文学的整体面貌的认知与把握。"同样，本教材是文学史教材很好的辅助，也力求做到从"通古今之变"的角度,以作品为依据,考察并梳理中国文学发展的历史流程。

五是与网络共享课程,配套数字版本教材。作为国家级一流本科课程,在"智慧树"网上设有网络课程,该课程颇受大专院校师生的欢迎,学习者甚众。由于网络课程要求每节课是10分钟讲解,所以每节课的讲稿都要极其精简,教师只得"长话短说",尽量在最短的时间内提供知识精要。本教材是在网络课程讲解稿的基础上形成的,同时依据纸质出版物的实际情况,进行了一定修订和补充,尤其是增加了作者生平介绍、部分古文的白话翻译。但大体保持了讲解稿的基本面貌,没有做过多的删润。并同步推出数字版本教材,并配套题库。芸简数智教材网址:ibook.ecnupress.com.cn。

另外要说明的是,本教材的一些材料和观点,借鉴游国恩、袁行霈、章培恒、朱东润、袁珂、罗宗强等学者已有的文学史教材或论著,择其善而从之,因体例所限,不一一标注,希读者鉴知。

智慧树共享课程教学团队
(浙江工业大学人文学院)

方坚铭　教授
课程负责人

从事中国古代文学教学与科研工作,主持国家级、省部级社科项目数项,出版专著五部、教材一部,参与编撰教材两部,发表教学与科研论文数十篇,曾获浙江省社会科学优秀成果奖二等奖、浙江省高校优秀成果奖一等奖,获浙江工业大学校级优秀教师、师德先进个人、社团优秀指导老师等称号。代表作有《牛李党争与中晚唐文学》《永嘉场地域文化研究》,主编教材《先秦两汉文学经典导读》。主讲"中国古代文学史""国学经典导读""中国古代文学经典导读""语言与文化"等,以及公选课通识课"四书""考古探秘""传统蒙学""传统武学——太极拳"等课程,反响良好。负责国家级和省级一流本科课程"中国古代文学"。

肖瑞峰　教授
课程顾问

浙江大学中文系博士生导师,先后获评为国家级教学名师、国家万人计划教学名师、浙江省特级专家。学术兼职有中国韵文学会会长、中国宋代文学学会副会长等。已出版《日本汉诗发展史》《晚唐政治与文学》《中国古典诗歌在东瀛的衍生与流变研究》《刘禹锡诗论》《刘禹锡诗传》《刘禹锡新论》等多种学术专著,并在《文学评论》《文学遗产》《文艺理论研究》等刊物发表专题研究论文100余篇。先后获教育部及浙江省科研成果奖8项、国家级优秀教学成果奖3项。近年从事文学创作,在《中国作家》《人民文学》《当代》《十月》等大型文学期刊发表中、长篇小说数十篇,多篇为《小说选刊》《小说月报》《中篇小说选刊》等转载。已出版中篇小说集《弦歌》《儒风》《静水》(合为"大学三部曲")、长篇小说《回归》、非虚构文学《青葱岁月的苔迹》等。

梅新林　教授
课程顾问

任中国红楼梦学会副会长、《中国社会科学文摘》《文学遗产》《红楼梦学刊》编委等职,主要从事红学、文学地理、学术史与高教管理研究,主持国家社科基金重大招标项目《浙东学派编年史及相关文献整理与研究》等国家、省部级项目10余项,在《中国社会科学(中英文版)》《文学评论》《新华文摘》等杂志发表论文百余篇,出版《中国文学地理形态与演变》《红楼梦哲学精神》《中国学术编年》《文学地理学原理》《经典"代读"的文化缺失与公共知识空间的重建》《论文学地图》《红楼梦的金陵情结》等论著。

李剑亮　教授

从事本科教学。担任教育部第一批国家级精品资源共享课"中国古代文学史"负责人。出版教材《中国古代文学史》(与人合撰)、《中国文学简史》(与人合撰)2部。2014年和2015年分别获浙江省教学成果奖一等奖(排名第三)和教育部教学成果二等奖(排名第三)。自2001年起在浙江工业大学人文学院先后开设"中国文学史""唐宋诗词研究"等课程。

马晓坤　教授

从事中国古代文学的教学与科研工作,主持国家社科基金一项、省社科重点项目两项,出版专著四部,参与编撰教材两部,发表教学与科研论文数十篇,曾获浙江省社科联青年成果一等奖,浙江工业大学青年讲课比赛优秀奖,浙江工业大学教学质量优胜奖,以及浙江工业大学优课优酬奖励等。先后开设"中国文学史之魏晋南北朝初唐文学""中国古代文化专题""民俗学""中国古代文学经典导读"等课程,反响良好。

彭万隆　教授

长期从事中国古代文学、区域文学、中国古典文献学的教学和研究。著有《唐五代诗考论》《西湖文学史》(唐宋卷)、《西湖十大名诗》《张雨集》(全三册)、《元曲三百首评注》等。

钱国莲　教授

从事中国古代文学的教学与科研工作。发表论文数十篇,出版专著 4 部;主持省社科规划重点项目等课题;获浙江省高校优秀科研成果奖 1 项。主讲"中国古代文学史""古典戏曲研究""中国古代文化专题"等多门本科生和研究生课程;参与编写教材 5 部;获校优秀教学成果二等奖、校青年教师讲课比赛"十佳"称号、校优课优酬奖励等。

项鸿强　副教授

发表学术论文十多篇。自 2018 年起,在浙江工业大学人文学院先后开设"中国古代小说研究""中国古代文学经典导读""中国文化要览"等课程,反响良好。

袁睿　讲师

主持教育部项目 1 项,出版专著 1 部,发表学术论文 10 余篇,曾获浙江工业大学优课优酬奖励若干。自 2017 年起,在浙江工业大学人文学院、健行学院先后开设"中国文学史""中国古代小说研究""中国古代文学经典导读""桃花扇精读"等课程,反响良好。

第一章 先秦文学

学习目标…

1. 对上古神话的存亡情况进行分析;
2. 对《诗经》《楚辞》这两大诗歌源头的体制、内容、风格等进行分析;
3. 对先秦诸子之文和史传之文的重要作品进行分析。

第一节
神话的存佚情况及神话散亡的原因

> **学习要点**
>
> 中华民族祖居黄河流域,早熟而富有理性,重实际而黜玄想。古代神话大量散亡,但有零星的保存。《山海经》《淮南子》保存神话较多。神话演变的三种情况是:神话被历史化、神话发展为仙话、神话的文学化。

上古神话并不就是文学,但含有文学的成分,并对后世的文学产生了很大影响。

马克思认为,神话是"通过人民的幻想用一种不自觉的艺术方式加工过的自然和社会形式本身"。(马克思《政治经济学批判·导言》)神话不管如何神奇,实质上都是对现实生活的直接或间接的反映。

一、神话的存佚情况和《山海经》

古代神话大量散亡,但有零星的保存。《山海经》《淮南子》保存较多,其中《山海经》的神话学价值最高。

中国在远古时代曾有过丰富的神话传说,这在已出土的资料中得到了证明。

如,辽宁牛河梁红山文化"女神庙"遗址中的彩绘女神头像图片及其复原图。红山文化是距今五六千年前一个在燕山以北、大凌河与西辽河上游流域活动的部落集团创造的农业文化。牛河梁居大凌河与老哈河之间,为东西走向的山梁,形成一个互为联系的祭祀建筑群。女神庙出土大量泥塑人像残块,可辨别出至少分属六个人像个体。有一尊完整的彩绘人像头部。

在所有保存神话的古籍中,《山海经》的神话学价值最高,是我国古代保存神话资料最多的著作,可以说是我国古代神话的一座宝库。

《山海经》的成书是在战国初年到汉初年,书中较为集中地记载了海内外山川神祇异物,记载了不少异形之人和异禀之人,是一部自成系统的著作。其中有不少神话已具有清晰的轮廓,有的经过缀合,可以得到相当完整的故事和形象,它对我国神话的传播和研究有着极其重要的意义。

二、神话散亡的原因

上古神话在周代以后迅速消亡,其根本原因乃在于:神话与周代以来所宣扬的理性文化的主流相抵牾。司马迁在整理史料时,发现了大量的神话内容,但认为"其文不雅驯,荐绅先生难言之"(《史记·五帝本纪》)而摒弃了。神话演变的三种情况是：神话被历史化、神话发展为仙话、神话的文学化。

1. 神话被历史化

历史学家用历史的眼光对待神话，结果大量神话被历史化了。孔子参与了神话改造。如《韩非子·外储说左下》载："哀公问于孔子曰：'吾闻夔一足，信乎？'曰：'夔，人也，何故一足？彼其无他异，而独通于声。尧曰：夔一足矣'。使为乐正。故君子曰：'夔有一，足'。非一足也。'"把神话中本来只有一足的夔，解释为夔有一个就够了。

又如《太平御览》卷七九引《尸子》记载，把神异的"黄帝四面"解释为黄帝派遣四位臣子使治四方。

由于儒家理性思想的强化，那些触犯了理性化原则的神话遭到删削。《列女传》古本有二女教舜服鸟工龙裳而从井廪之难中逃脱的情节，今本则无。《淮南子》古本嫦娥变蟾蜍事亦不存。《楚辞·天问》洪兴祖引《淮南子》载禹变熊、涂山氏变石头的故事，今本则无，被删除了。

2. 神话发展为仙话

神话含有宗教的因素，易为宗教所利用。神话流变为仙话，就是神话宗教化的主要表现，月亮和西王母神话渐渐演变为仙话，是神话宗教化的典型实例。

月亮神话的演变亦颇引人注目。"有女子方浴月。帝俊妻常羲，生月十有二，此始浴之。"(《山海经·大荒西经》)但后来却演变为"嫦娥奔月"的仙话。《淮南子·览冥训》里有："羿请不死之药于西王母，嫦娥窃以奔月。"东汉张衡在《灵宪》中记载："姮娥遂托身于月，是为蟾蜍。"到了唐代更是演变成后羿炼仙药成，嫦娥偷窃之而奔月。

嫦娥故事中的西王母也被仙话了。在《山海经·西山经》中，西王母的样子是"其状如人，豹尾虎齿而善啸，蓬发戴胜，是司天之厉及五残"，充满了原始的野性。其南有"赤首黑目"(《山海经·大荒西经》)的三青鸟，为西王母取食。《山海经·海内北经》曰："西王母梯几而戴胜。其南有三青鸟，为西王母取食。"

但是后来逐渐演变。《庄子·大宗师》提到西王母得到了道，坐乎少广，莫知其终始。到了汉武帝求仙，西王母变成了仙人，"颜若十六七女子"，或"美容貌，神仙人也"。而三青鸟也演变成吉祥的信使。

还有神话中的黄帝，后来也被仙话了，如九天玄女授符、铸鼎炼丹、骑龙升天等。可参《列仙传》卷上载。

仙话的目的性很强，是为了求长生不老、幻化成仙，其意蕴却相当薄弱。

3. 神话的文学化

后世思想家常将神话改造为有所寄托的寓言，用以表达自己的思想，神话便文学化了。

庄子中的寓言不少是神话文学化之结果。如《庄子·应帝王》中的"倏忽与浑沌"就是最生动的例子："南海之帝为倏，北海之帝为忽，中央之帝为浑沌……"这则寓言当脱胎于《山海经·西山经》"帝江":"有神焉,其状如黄囊,赤如丹火,六足四翼,浑敦无面目,是识歌舞,实惟帝江也。"

又如《山海经·中山经》有:"姑瑶之山,帝女死焉。其名曰女尸,化为䔄草,其叶胥成,其华黄,其实如菟丘,服之媚于人。"后成瑶姬形象的来由,为宋玉《高唐赋》巫山神女的原型。《太平御览》卷二九九引《襄阳耆旧记》:"我帝之季女也,名曰瑶姬,未行而亡,封巫山之台,精魂依草,寔为茎之,媚而服焉,则与梦期,所谓巫山之女,高唐之姬。"庄子《逍遥游》则借之创造了"神人"境界:"藐姑射之山,有神人居焉,肌肤若冰雪,绰约若处子,不食五谷,吸风饮露,乘云气,御飞龙,而游乎四海之外,其神凝,使物不疵疠而年谷熟",宣扬道家逍遥无为的思想。这些都是神话文学化的结果。

此外,《庄子·逍遥游》的鲲鹏之变本是一段古老的神话,《列子·黄帝篇》华胥氏之国也是优美的神话,也被文学化、哲理化了。

第二节
《诗经》的"四始六义"和艺术特点

> **学习要点**
>
> 关于《诗经》的基本情况。《诗经》释名。《诗经》地位。《诗经》的收集和编订,对采诗说、献诗说、删诗说的评介。
>
> 《诗经》的"四始六义",分类及风、雅、颂的含义。《诗经》的流传。鲁、齐、韩、毛四家诗。"今文"诗与"古文"诗。
>
> 《诗经》的艺术特点:赋比兴的艺术手法;句法和章法、语言风格。
>
> 《诗经》在文学史上的地位和影响。

《诗经》是我国第一部诗歌总集。先秦时期一般称为"诗"或"诗三百"。《史记·孔子世家》云:"三百五篇,孔子皆弦歌之。"说明《诗经》为配乐歌唱的乐歌总集。由于儒家的推崇,到了汉代,诗被尊为"经",于是后世便都称之为《诗经》。

一、《诗经》的概貌

1. 编集

《诗经》存目311篇,其中有6篇"笙诗"有目而无辞,故实有305篇。全书主要收集了周初至春秋中叶五百多年间的作品。最后编定成书,时间约在春秋时代。产生的地域,约相当于今陕西、山西、河南、山东及湖北等地,也就是黄河、长江、汉水、渭水流域的广大地区。

《诗经》的编集,先秦古籍无明确记载,历来有三种说法:采诗说、献诗说、删诗说。

采诗说：参见汉代学者班固《汉书·食货志》相关记载。

献诗说：参见《国语·鲁语》《国语·周语上》相关记载，今人研究者多持此说。

删诗说：最早提出孔子删诗说的是司马迁。删诗说影响很大，至今仍有人坚持，但大多数学者认为此说不确。

《诗经》可能是"周王朝的乐官""整理编选其中的一部分为演唱和教诗的底本"。①

2. 分类

有"四始六义"之说。"四始"指《风》《大雅》《小雅》《颂》的四篇列于首位的诗。《史记·孔子世家》载："《关雎》之乱以为'风'始，《鹿鸣》为'小雅'始，《文王》为'大雅'始，《清庙》为'颂'始。""六义"则指"风、雅、颂、赋、比、兴"。"风、雅、颂"是按音乐性质的不同对《诗经》的分类，"赋、比、兴"是《诗经》的表现手法。

《诗经》中的诗歌均为曾经入乐的歌曲。

"风"即音乐曲调，国风即各地区的乐调。国是地区、方域之意。十五国风即这些地区的地方土乐，共160篇。

"雅"诗共105篇，大雅31篇，小雅74篇。"雅"即正，指朝廷正乐，西周王畿的乐调。又一说认为雅是夏的借字。

"颂"包括《周颂》31篇、《鲁颂》4篇、《商颂》5篇，共40篇。《毛诗序》云："颂者，美盛德之形容，以其成功告于神明者也。"

有一首《十五国风次第歌》，可以对比十五国风次第的演变。

>周南召南邶鄘卫，
>继以王郑及齐魏。
>唐秦陈郐与曹豳，
>十五国风今次第。

>周召邶鄘卫王郑，
>齐豳秦魏及唐陈。
>郐曹同为十五国，
>季札所观之旧文。

"今次第"指"毛诗"里的次第，与春秋时期吴国公子季札鲁国观乐所得的次第有传承关系。

3. 传诗

在汉代流传甚广，出现了鲁、齐、韩三家诗，三家诗是用当时通行的隶书写的，称作今文诗。鲁诗出自鲁人申培，齐诗出自齐人辕固，韩诗出自燕人韩婴，三家诗兴盛一时。鲁

---

① 参见袁行霈：《中国文学史（第二版）》第一卷，高等教育出版社2005年版，第52页。

人毛亨和赵人毛苌的"毛诗"晚出,毛诗是用大篆书写的,称之为古文诗。今本《诗经》,就是毛诗。

表1-1 四家诗列表

名 称	传 者	国 别	今古文	流传情况
齐诗	辕固	齐	今文	亡于三国
鲁诗	申培	鲁	今文	亡于西晋
韩诗	韩婴	燕	今文	亡于北宋
毛诗	毛亨	鲁	古文	流传至今
	毛苌	赵		

"诗经学"传统,大致可以概括为,汉学重"美、刺",宋学重"义理",清代"朴学"重"考据"。

二、《诗经》的艺术特点

《诗经》是中国现实主义文学的第一座里程碑。

(一)赋、比、兴的手法

关于赋、比、兴的意义,历来说法众多。南宋朱熹从"诗言志"的观念出发,认为:"赋者,敷陈其事而直言之者也","比者,以彼物比此物也","兴者,先言他物以引起所咏之词也",(《诗集传》卷一)简而言之,兴即起兴,赋即铺陈直叙,比即比喻。

刘勰《文心雕龙·比兴》:"比显而兴隐","比者,附也;兴者,起也"。比是比附,是按照事物的相似处来说明事理;兴是兴起,是根据事物的隐微处来寄托感情。这是对汉人解说的总结。刘勰说:"比则畜愤以斥言,兴则环譬以记(托)讽。"把比、兴方法和思想内容的表达密切联系起来,这是刘勰论比、兴的重要发展。其要求是,在全面考察事物的基础上"拟容取心",通过能表达实质意义的形貌,来抒写作者的思想感情,才能斥言、托讽,以小喻大。

《诗经》中用赋的地方很多,最典型的例子是《七月》和《郑·溱洧》。

用比的例子也很多,《卫风·氓》以"桑之未落,其叶沃若"比女子的貌美,以"桑之落矣,其黄而陨"比其色衰。

《卫风·硕人》:"手如柔荑(tí),肤如凝脂,领如蝤蛴(qiúqí),齿如瓠(hù)犀,螓(qín)首蛾眉,巧笑倩兮,美目盼兮。"(余冠英译:她的手指像茅草的嫩芽,皮肤像凝冻的脂膏,嫩白的颈子像蝤蛴一条,她的牙齿像瓠瓜的子儿,方正的前额弯弯的眉毛,轻巧的笑流动在嘴角,那眼儿黑白分明多么美好。)开启了后代描绘人物肖像的先河。

还有一种全用比体的情况，如《小雅·鹤鸣》《豳风·鸱鸮》《周南·螽斯》《魏风·硕鼠》。《魏风·硕鼠》把统治者比作贪得无厌的大老鼠，极其生动。

兴分两种情况，一种是兴而兼比，既有发端的作用，又有比喻的作用。如《关雎》的开头："关关雎鸠"；又如《周南·桃夭》："桃之夭夭，灼灼其华"。后来"比兴"二字常联用，专用以指诗有寄托之意。第二种的兴与正文的内容没有什么必然的联系，只有发端的作用。如《郑风·扬之水》与《王风·扬之水》，起兴之句均有"扬之水，不流束薪"和"扬之水，不流束楚"。

《诗经》中赋、比、兴手法运用得较为圆熟的作品，如《秦风·蒹葭》：

蒹葭苍苍，白露为霜。所谓伊人，在水一方。溯洄从之，道阻且长。溯游从之，宛在水中央。

蒹葭萋萋，白露未晞。所谓伊人，在水之湄。溯洄从之，道阻且跻。溯游从之，宛在水中坻。

蒹葭采采，白露未已。所谓伊人，在水之涘。溯洄从之，道阻且右。溯游从之，宛在水中沚。

此诗主旨历来众说纷纭。朱熹《诗集传》云："言秋水方盛之时，所谓彼人者，乃在水之一方，上下求之而皆不可得。然不知其何所指也。"一般认为这是一首抒写思慕、追求意中人而不得的情诗。①

总之，赋比兴手法的运用，大大丰富了诗的表现力，特别是比兴的运用，往往能收到言近旨远，含蓄有致的艺术效果。

（二）句式和章法

《诗经》的句型以四言为主，节奏为每句二拍。这种四言两折的形式，也是为了适应当时入乐的节奏，有时也会变换句型。

《诗经》联章复沓、回环往复的特点，也同《诗》皆入乐有关。复沓的章法正是围绕同一旋律反复咏唱的形式。

（三）语言风格

《诗》三百篇都是入乐之作，其用语特点，多与入乐有关。

一是"重言"（叠字）层出不穷，形成了修辞手段的一大特征。如刘勰《文心雕龙·物色》载："'灼灼'状桃花之鲜，'依依'尽杨柳之貌，'杲杲'为出日之容，'瀌瀌'拟雨雪之状，'喈喈'逐黄鸟之声，'喓喓'学草虫之韵。"

二是"双声""叠韵"的运用。清代洪亮吉称："《三百篇》无一篇非双声、叠韵。"（《北江诗话》）例如：窈窕、参差、辗转（《周南·关雎》），崔嵬、虺隤、玄黄（《周南·卷耳》），夭绍（《陈风·月出》），觱发、栗烈、肃霜（《豳风·七月》），拮据、漂摇（《豳风·鸱鸮》），等等，既穷形尽

---

① 参见程俊英、蒋见元：《诗经注析》，中华书局1991年版，第344—346页；袁行霈：《中国文学史（第二版）》第一卷，高等教育出版社2005年版，第63页。

状,又朗朗可诵。

《诗经》用韵的特点,是"从容""宛转",出于自然。顾炎武《日知录》卷21谓"汉以下诗及唐人律诗"的用韵皆"源于此"。

三、《诗经》在文学史上的地位和影响

《诗经》是中国文学史的光辉起点,奠定了中国诗歌的优良传统,影响了后世文学的创作。

第一,《诗经》中的多数篇章是抒情言志之作,只有少数叙事的史诗,这开辟了中国诗歌的抒情传统,抒情诗成为我国诗歌的主要形式。

第二,在思想上开创了我国诗歌的现实主义传统。《诗经》的风雅精神,直接影响了后世文学的发展。

第三,在表现手法上奠定了我国诗歌以比兴为主要内容的艺术传统,启迪了历代作家向民间文学学习。

第四,在体裁上为后代诗歌的拓展提供了众多的创作样式。①

第三节
《诗经》中的婚恋诗

> **学习要点**
>
> 反映婚姻爱情生活的诗作,在《诗经》中占有很大比重。《郑风·溱洧》,是时代风气的产物。《周南·关雎》,冠三百篇之首。本节重点分析了《诗经》中有哪些表现相思和爱情受阻以及描写美满婚姻生活的诗。

《诗经》中反映婚姻爱情生活的诗作,不仅数量多,而且内容十分丰富。这些作品主要集中在"国风"之中,是《诗经》的重要组成部分,也是最精彩动人的篇章。

《诗经》中的婚恋诗,广泛反映了那个时代男女爱情生活的幸福欢乐和挫折痛苦,充满坦诚、真挚的情感。当时有着一种自由而自然的恋爱环境。《周礼·媒氏》:"媒氏掌万民之判……中春之月,令会男女,于是时也,奔者不禁。若无故而不用令者,罚之。司男女之无夫家者而会之。"

《郑风·溱洧》,是一首反映男女欢会习俗的诗歌,是时代风气的产物。诗云:

　　溱与洧,方涣涣兮。士与女,方秉蕳[jiān]兮。女曰观乎?士曰既且。且往观

---

① 参见赵立生:《中国文学简史》,高等教育出版社1989年版,第15页。

乎？洧之外，洵訏[xū]且乐。维士与女，伊其相谑，赠之以勺药。

　　溱与洧，浏其清矣。士与女，殷其盈矣。女曰观乎？士曰既且。且往观乎？洧之外，洵訏且乐。维士与女，伊其将[xiāng]谑，赠之以勺药。

余冠英版译文如下：

　　　　　　　溱水长，洧水长，
　　　　　　　溱水洧水哗哗淌。
　　　　　　　小伙子，大姑娘，
　　　　　　　人人手里兰花香。
　　　　　　　妹说："去瞧热闹怎么样？"
　　　　　　　哥说："已经去一趟。"
　　　　　　　"再去一趟也不妨。
　　　　　　　洧水边上，
　　　　　　　地方宽敞人儿喜洋洋。"
　　　　　　　女伴男来男伴女，
　　　　　　　你说我笑心花放，
　　　　　　　送你一把勺药最芬芳。

　　　　　　　溱水流，洧水流，
　　　　　　　溱水洧水清浏浏。
　　　　　　　男也游，女也游，
　　　　　　　挤挤碰碰水边走。
　　　　　　　妹说："咱们去把热闹瞧？"
　　　　　　　哥说："已经去一遭。"
　　　　　　　"再走一遭好不好，
　　　　　　　洧水边上，
　　　　　　　地方宽敞人儿乐陶陶。"
　　　　　　　男伴女来女伴男，
　　　　　　　你有说来我有笑，
　　　　　　　送你香草名儿叫勺药。

此诗反映了古代上巳节（又称三月三、女儿节）男女会聚溱洧水滨相谑为恋的风俗。
《周南·关雎》，冠三百篇之首。诗云：

　　关关雎鸠，在河之洲。窈窕淑女，君子好逑。
　　参差荇菜，左右流之。窈窕淑女，寤寐求之。求之不得，寤寐思服。悠哉悠哉，辗转反侧。

参差荇菜，左右采之。窈窕淑女，琴瑟友之。参差荇菜，左右芼（mào）之。窈窕淑女，钟鼓乐之。

英译本：

GUAN! GUAN! CRY THE FISH HAWKS

from Zhounan（The Odes of Zhou and the South）

Guan! Guan! Cry the fish hawks

on sandbars in the river:

a mild-mannered good girl,

fine match for the gentleman.

A ragged fringe is the floating-heart,

left and right we trail it:

that mild-mannered good girl,

awake, asleep, I search for her.

……①

先读这首诗歌，思考其主题是什么：关雎是写单恋还是"美后妃之德"？认为在讲单恋，这是从今人的眼光来看；"美后妃之德"说出自《毛诗序》："《关雎》，后妃之德也，风之始也，所以风天下而正夫妇也。故用之乡人焉，用之邦国焉。"又云："是以《关雎》乐得淑女以配君子，忧在进贤不淫其色；哀窈窕，思贤才，而无伤善之心焉。是《关雎》之义也。"

此诗行被冠于三百篇之首，说明古代礼教对男女之事的重视。《史记·外戚世家》有云："《诗》始《关雎》……夫妇之际，人道之大伦也。"周代是一个宗法社会，格外重视姻亲的缔结，重视婚姻的政治功能和繁衍功能。汉、宋以来研读《诗经》的学者，多数认为"君子"指周文王，"淑女"指太姒，诗的主题是歌颂"后妃之德"，因此，此诗具有彰显"正始之道，王化之基"的重要地位。

《诗经》婚恋诗的内容广泛，涉及恋爱和婚姻的方方面面。

1. **美丽的幽会和邂逅**

《邶风·静女》：

静女其姝，俟我于城隅。爱而不见，搔首踟蹰。

静女其娈，贻我彤管。彤管有炜，说怿女美。

自牧归荑，洵美且异。匪女之为美，美人之贻。

---

① 编者注：译文出自汉学家阿瑟·韦利（Arthur Waley，1889—1966）的《一百七十首中国古诗选译》，1918 年出版。（Waley, Arthur: A Hundrel and Seventy Chinese Poem, London George Allen & Unwin Ltd, 1918.）

此诗以男子口吻写幽期密约的乐趣。20世纪30年代曾因为《静女》等诗歌的讨论,引发了对《诗经》一系列问题的讨论。

《诗经》中还有更为大胆的描写。如《召南·野有死麕》写"有女怀春,吉士诱之"之事。

2. 表现相思和爱情受阻的诗

一些恋歌则表现了青年男女对礼法压迫的反抗及内心创伤。如《鄘风·柏舟》以"泛彼柏舟,在彼中河"起兴,描写一位未嫁少女爱上了一个"髧(dàn)彼两髦"的男孩:"髧彼两髦,实维我仪",却遭到了母亲的反对。

《郑风·将仲子》描写女子与心上人倾心相爱,但是又惧怕父兄的反对和旁人的风言风语,婉曲之中不乏怨尤。第一段说:"将仲子兮,无逾我里,无折我树杞。岂敢爱之?畏我父母。仲可怀也,父母之言,亦可畏也。"这里仲子爬墙的情景,让人想起摩梭人的阿注婚俗。摩梭人是现在仅存的母系社会,被称为"人类母系氏族的活化石"。摩梭人唯爱情至上,遇到彼此中意的伴侣,到了晚上,身强力壮的男人会沿着横木质结构的外墙爬上花楼,去见自己的心上人,称为"爬墙走婚",与此诗所描摹的场景颇为相似。

3. 描写美满婚姻生活的诗

如《周南·桃夭》:"桃之夭夭,灼灼其华。之子于归,宜其室家。桃之夭夭,有蕡其实。之子于归,宜其家室。桃之夭夭,其叶蓁蓁。之子于归,宜其家人。"是一首祝贺新婚的短诗。

《齐风·东方之日》:"东方之日兮,彼姝者子,在我室兮。在我室兮,履我即兮。东方之月兮,彼姝者子,在我闼兮。在我闼兮,履我发兮。"描写一位男子得到意中人青睐后那种令人震撼的喜悦。

《齐风·鸡鸣》:

> 鸡既鸣矣,朝既盈矣。匪鸡则鸣,苍蝇之声。东方明矣,朝既昌矣明,月出之光。虫飞薨薨,甘与子同梦。会且归矣,无庶予子憎。

描写妻催夫赴早朝的情景。

《郑风·女曰鸡鸣》:

> 女曰鸡鸣,士曰昧旦。子兴视夜,明星有烂。将翱将翔,弋凫与雁。
> 弋言加之,与子宜之。宜言饮酒,与子偕老。琴瑟在御,莫不静好。
> 知子之来之,杂佩以赠之。知子之顺之,杂佩以问之。知子之好之,杂佩以报之。

余冠英《诗经选》译文:

> 女说:"耳听鸡叫唤。"男说:"天才亮一半。""你且下床看看天,启明星儿光闪闪。"

"干起来啊起来干,射野鸭儿也射雁。"

"射鸭射雁准能着,和你煮雁做美肴。有了美肴好下酒,祝福我俩同到老。你弹琴来我鼓瑟,多么安静多美好。"

"晓得你对我真关怀,送给你杂佩答你爱。晓得你对我体贴细,送给你杂佩表谢意。晓得你爱我是真情,送给你杂佩表同心。"

以夫妇对话的形式,描写清晨小两口赖床的片段,饶有风趣。其缠绵、恩爱之情清晰可见。

4. 反映社会问题的"弃妇诗"

以《邶风·谷风》和《卫风·氓》为代表的"弃妇诗",以浓郁的哀伤情调,描述了沉痛的婚恋悲剧。

《谷风》与《氓》中塑造了两个不同的弃妇形象。两诗的主人公都有相同的不幸遭遇,但在主人公的倾诉中却表现出了完全不同的性格。前者性格是柔婉而温顺的,她那如泣如诉的叙述和徘徊迟疑的行动,表现了她思想的软弱和糊涂。其末章云:"我有旨蓄,亦以御冬。宴尔新昏,以我御穷。有洸有溃,既诒我肄。不念昔者,伊余来墍(即'维我是爱')。"(余冠英译文:"我有那干菜和那腌菜,防青黄不接用来过冬。瞧瞧你新婚如鱼得水,穷乏的时候拿我填空。你粗声恶气对我叫嚷,全家的重活教我担当。从前的种种你都忘了,你我还不是好过一场!")"不念昔者,伊余来墍",可见她仍是心存妄想。后者性格则是刚强而果断的,她能比较冷静地陈述事理,并严厉谴责了男子的负心,其末章云:"及尔偕老,老使我怨。淇则有岸,隰则有泮。总角之宴,言笑晏晏。信誓旦旦,不思其反。反是不思,亦已焉哉。""反是不思,亦已焉哉",表明了她诀别时的怨愤情绪和坚决态度。

第四节
《楚辞》中的《九歌》之美

> **学习要点**
> 《九歌》的成书。《九歌》的内容题材。《九歌》的艺术特色。《九歌》是已具雏形的赛神歌舞剧。

屈原(约前340—前278),名平,字原,出身楚国贵族,战国时楚国政治家、诗人。初辅佐怀王,做过左徒、三闾大夫。主张修明法度,举贤授能,联齐抗秦。因遭贵族子兰(怀王幼弟)谗害去职。顷襄王时被放逐,后因楚国政治腐败,国家败亡,遂投汨罗江而死。所作《离骚》《九章》等篇,反复陈述他的政治主张,揭露反动贵族昏庸腐朽、嫉贤妒能的种种罪行。他在吸收民间文学艺术营养的基础上,创造出"骚体"这一诗歌新形式,以优美的语言,丰富的想象,融汇神话传说,塑造出鲜明的形象,富有积极的浪漫主义特色,对后世影响深远。《汉书·艺文志》著录《屈原赋》二十五篇。

一、《九歌》的成书

屈原的《九歌》之名是袭用这一古乐曲名而来(据《离骚》:"启《九辩》与《九歌》兮,夏康娱以自纵。"《天问》:"启棘宾商,《九辩》《九歌》",据说在夏代就有《九歌》)。《九歌》的篇目包括《东皇太一》《云中君》《湘君》《湘夫人》《河伯》《山鬼》《大司命》《少司命》《东君》《国殇》《礼魂》,共十一篇。

从《九歌》的内容看,十一篇不可能作于一时一地,是屈原长期搜集而来,最后写定应在晚年放逐江南沅、湘之时。除了写人神之恋的主题外,还有其他方面的内容。如《东皇太一》的肃穆,《国殇》的壮烈,便与男女之情无涉。

《国殇》是一首悼念阵亡将士的祭歌,具体写作时间是在楚怀王十七年(前312),丹淅之战之后,蓝田之战之前。楚怀王十七年楚、秦发生丹淅、蓝田之战,均以秦胜楚败而告终。

二、《九歌》的艺术特色

《九歌》是屈原根据楚地民间神话,利用民间祭歌的形式经加工、润色、提高而写成的一组风格独特、富于浪漫主义色彩的抒情诗。具有清新凄艳,幽渺情深,缠绵哀婉的风格。

(一)浓郁的浪漫主义色彩

写太阳神的形象神武高迈:"青云衣兮白霓裳,举长矢兮射天狼;操余弧兮反沦降,援北斗兮酌桂浆;撰余辔兮高驰翔,杳冥冥兮以东行。"(《东君》)写山鬼的形象神秘娴雅:"乘赤豹兮从文狸,辛夷车兮结桂旗,被石兰兮带杜衡,折芳馨兮遗所思。"(《山鬼》)

(二)寓情于景,情景交融的意境和心理描写

如《湘夫人》的开头:"帝子降兮北渚,目眇眇兮愁予。嫋嫋兮秋风,洞庭波兮木叶下。"写湘夫人降临北渚时,景物萧瑟之况。

"嫋嫋兮秋风,洞庭波兮木叶下",写景如画,仿佛一幅秋风图。《诗经》有:"所谓伊人,在水一方,溯洄从之,道阻且长;溯游从之,宛在水中央。"(《蒹葭》)写怀人不得之情,凄迷哀慕之感,令人嗟叹惆怅难已。《湘夫人》中写湘君待湘夫人而不至之怀恋怨慕之情,同样凄艳哀恻,令人感慨。爱而不见,怎一个"愁"字了得。

《湘夫人》以景写情,达臻妙境。刘熙载云:"叙物以言情谓之赋,余谓《楚辞·九歌》最得此诀。如'嫋嫋兮秋风,洞庭波兮木叶下',是写出'目眇眇兮愁予'来;'荒忽兮远望,观流水兮潺湲',正是写出'思公子兮未敢言'来,俱有'目击道存,不可容声'之意。"(《艺概·赋概》)清代林云铭认为:"开篇'嫋嫋兮秋风'二句,是写景之妙,'沅有芷'二句是写情之妙,其

中皆有情景相生,意中会得,口中说不得之妙。"(《楚辞灯》)

又如《山鬼》中"雷填填兮雨冥冥,猿啾啾兮狖夜鸣。风飒飒兮木萧萧,思公子兮徒离忧",写出了一种绝望中的期待,期待中的绝望的复杂情感。后世萧云从的《山鬼》画,对此有所表现,具有一定的感染力。

用景物来衬托人物心理状态,描写人物心理细腻深入之典型者还有《山鬼》:

若有人兮山之阿,被薜荔兮带女萝;既含睇兮又宜笑,子慕予兮善窈窕;乘赤豹兮从文狸,辛夷车兮结桂旗;被石兰兮带杜衡,折芳馨兮遗所思;余处幽篁兮终不见天,路险难兮独后来;

表独立兮山之上,云容容兮而在下;杳冥冥兮羌昼晦,东风飘兮神灵雨;留灵修兮憺忘归,岁既晏兮孰华予;

采三秀兮于山间,石磊磊兮葛蔓蔓;怨公子兮怅忘归,君思我兮不得闲;山中人兮芳杜若,饮石泉兮荫松柏;君思我兮然疑作;

雷填填兮雨冥冥,猿啾啾兮狖夜鸣;风飒飒兮木萧萧,思公子兮徒离忧。

董楚平《楚辞译注》将其译为:

有个人儿啊在那山坳,薜荔披身啊菟丝束腰;含情微盼啊嫣然一笑,温柔可爱啊形貌美好。赤豹拉车啊文狸紧跟,车扎辛夷啊桂旗如云;石兰盖顶啊杜衡作带,折枝香花啊送给情人。竹林深暗啊看不见天,路途艰险啊来得太晚。

孤孤零零啊站在山巅,脚下云海啊茫茫一片。白天阴暗啊如同夜间,东风扑面啊带着雨点。痴心等你啊不思回归,红颜凋谢啊怎能再鲜!

采摘灵芝啊在那山间,山石磊磊啊菖藤蔓延。心怨公子啊不该忘返,莫非恋我啊不得空闲。山中人儿啊芳草一般,松柏庇荫啊饮的石泉。(心念公子啊暗自沉吟:)是否想我啊信疑参半。

雷声隆隆啊雨色昏黄,猿猴夜啼啊声声断肠;风声飒飒啊树木萧萧,思念公子啊空自悲伤。

《山鬼》一诗,与"子慕予兮善窈窕""折芳馨兮遗所思""岁既晏兮孰华予"对应的是"君思我兮不得闲""君思我兮然疑作""思公子兮徒离忧",标志着心理变化的三个过程,女神由喜悦而惆怅,最终怨愤的心灵波动。

(三)语言单纯自然、优美含蓄而情味悠长

"兮"字用于句中,几乎代替了所有虚字的功能。如《少司命》中"秋兰兮青青,绿叶兮紫茎。满堂兮美人,忽独与余兮目成"和"悲莫悲兮生别离,乐莫乐兮新相知"几句。

(四)对唱的形式与戏曲的因素

《九歌》可视作已具雏形的赛神歌舞剧。其表演性,首先体现在歌、乐、舞合一,诗中有不少对舞的场面;其次是既有独唱,又有对唱和合唱;其三是巫觋与神分角色演唱,已具有一定的戏曲因素,是后世戏曲艺术的萌芽。

第五节
诸子之文(一):《老子》《论语》

> **学习要点**
> 春秋战国被称为中国文化的"轴心时代"。《老子》五千言,文约而意丰。"道"的提出,标志着先秦时代先哲的抽象思维能力已提升到较高的层次。其文韵散结合,善于运用具体形象表现抽象哲理。
> 在文化典籍整理方面,孔子有过重大的贡献。孔子思想被汉以后的历代统治者尊奉为统治思想。《论语》是一部记述孔子及其弟子言行的语录体散文集,形成迂徐婉转的语言风格。孔子对文学、文化的见解有垂范的作用,其中孔学对欧洲的影响巨大。

春秋战国时期,是一个社会大转型、社会剧激变化的时代。文化史家借用德国学者雅斯贝尔斯的概念,将春秋战国称为中国文化的"轴心时代"。

先秦说理散文即通常所说的诸子散文。据班固《汉书·艺文志》载,有儒、道、墨、法、名、阴阳、纵横、农、杂、小说共十家,不算小说家叫"九流"。十家中儒、道、墨、法、名家势力较大,影响深远。

一、老子与《老子》

(一)老子其人

老子,春秋时代人。据《史记·老子韩非列传》记载,老子,楚国苦县(今河南鹿邑东)厉乡曲仁里人,姓李,名耳,字聃,曾任周洛阳守藏室之史。据《礼记·曾子问》所载,后见周衰,遂去周而行,过函谷关,应关令尹喜之请,著《道德经》五千言,后莫知所终。

(二)老子思想

《老子》五千言,文约而意丰。其文谈玄论道,意蕴深邃,具有较为完整的思想体系。

"道"是老子哲学思想的核心,在《老子》中出现七十多次。"道"的提出,标志着先秦时代先哲的抽象思维能力已提升至较高的层次。

"天下万物生于有,有生于无。"(章四十)道论合乎现代宇宙大爆炸学说。

(三)《老子》的写作特点

《老子》之文在先秦诸子中独标一格,其艺术成就有以下几个方面。

1. 自我形象的塑造

老子常自称愚人。第二十章:"……我愚人之心也哉,沌沌兮。俗人昭昭,我独昏昏。俗人察察,我独闷闷。澹兮其若海;飂兮若无止。众人皆有以,而我独顽似鄙。我独异于人,而贵食母。"沙少海译文:"独有我却像丢失了什么似的,我真是愚人的心肠啊!大家都很精明,我却这么糊涂,大家都很精细,我却这么懵懂。空荡啊,好像茫无边际的海洋,飘忽啊,好像无处栖息。大家都有所聊赖,我独显得笨拙无能。唯有我区别于一般人,是由于我得到万物之本(母)——'道'。"①

2. 韵散结合的文体

《老子》一书句多排偶、文多用韵,用韵散结合的形式说理,酷似散文诗。

语言多为韵散结合体。其押韵无一定格式,多随文成韵,较为自由,字数不拘,用韵规则不一。

也有整章用韵的:"谷、神、不死,是谓玄牝。玄牝之门,是谓天地根。绵绵若存,用之不勤。"(章六)岑庆祺《老子解读》译文:"空虚、变化神妙、永不死灭,这三者叫做玄牝(玄妙的母性);这玄妙的母性,就是生成天地的根源。它虽然空虚,但绵绵不绝地似若存在,它的作用是没有穷尽的。"②

有字句整齐如《诗》者,如"知不知,上;不知知,病。夫唯病病,是以不病。圣人不病,以其病病,是以不病。"(章七十一)纯为四言,而且有韵。译文:"即使知道,仍以不知的态度去探求学问,这是上等的;如果是不知道,却自以为知,这是个弊病。圣人没有此弊病,原因是他厌恶这种弊病。因为他厌恶这种弊病所以没有此弊病。"③

还有遣词用语与"楚辞"相似者,如第二十章。

3. 善于运用具体形象表现抽象哲理

含哲理于形象之中,不言而喻。

"师之所处,荆棘生焉;大军之后,必有凶年。"(章三十)此反战之言。

"合抱之木,生于毫末;九层之台,起于累土;千里之行,始于足下。"(章六十四)此句可视作量变引起质变规律的简朴表达。

善用比喻,如:

"三十辐共一毂,当其无,有车之用。埏埴以为器,当其无,有器之用。"(章十一)

译文:"车轮的三十根辐条共接在毂上,只因为车毂中有个圆孔(即是无),才能把车轴穿过去,而有车之用。糅合陶土,在模型上做成器皿,只因为器皿有空虚(无)的地方,才能装东西,而有器之用。"④

"天地之间,其犹橐籥乎?虚而不屈,动而愈出。"(章五)

译文:"天地之间,岂不像个风箱吗?它是空虚的,但含蕴无穷尽的东西;只要拉动风箱,

---

① 沙少海、徐子宏译注:《老子全译》,贵州人民出版社1989年版,第38页。
② 岑庆祺:《老子解读》,北岳文艺出版社2002年版,第12页。
③ 同上,第114页。
④ 同上,第20页。

它就无穷尽地吹出风来。"

"天之道,其犹张弓与!"(章七十七)

4. 语言凝练精妙,言简意深,多用格言、警句

"金玉满堂,莫之能守。富贵而骄,自遗其咎。"(章九)

"六亲不和,有孝慈。国家昏乱,有忠臣。"(章十八)

"贵以贱为本,高以下为基。"(章三十九)

《老子》被后世誉为"五千精妙"(《文心雕龙·情采》),字字句句如精金美玉。

二、孔子与《论语》

(一) 孔子其人

孔子(前551—前479),名丘,字仲尼,春秋时期鲁国陬邑(今山东曲阜)人。生有圣德,学无常师,相传曾问礼于老聃,学乐于苌弘,学琴于师襄。初仕鲁,为司寇,摄行相事,鲁国大治。后周游列国十三年,不见用,年六十八,返鲁,晚年致力整理古代经典。有弟子三千,身通六艺者七十二人,开平民教育先河,后世尊为"至圣先师"。

孔子是中国古代伟大的思想家,他创立的儒家学说(仁和礼)继承了周文化的传统,富有人道主义精神。

司马迁说孔子"序《诗》,传《易》,正《礼》《乐》,作《春秋》",未必完全可信,但六家典籍都经过孔子整理和编订是可以肯定的。在文化典籍整理方面,孔子有过重大的贡献。

孔子首创私学,打破了学在官府的垄断局面,为文化教育的普及开创了道路,在中国教育史上是一个划时代的创举。

孔子思想被汉以后的历代统治者尊奉为统治思想,并成为传统文化的主干,对中国古代社会和整个中华民族文化的发展产生了难以估量的、复杂的、深远的影响。孔子被列为世界十大文化巨人之首。

(二)《论语》的文学成就

《论语》是一部记述孔子及其弟子言行的语录体散文集。《论语》的原意即论次编纂孔子及其弟子的言语。宋代罗大经《鹤林玉露》载有宋初宰相赵普"半部《论语》治天下"的典故,可见《论语》在传统社会中的地位非常崇高。

《论语》也取得了很高的文学成就。

1. 善于用形象的语言表达深邃的哲理

如《子罕》:"岁寒,然后知松柏之后凋也""子在川上曰:'逝者如斯夫,不舍昼夜'"。《述而》中有:"饭蔬食,饮水,曲肱而枕之,乐亦在其中矣。不义而富且贵,于我如浮云。"

2. 言简意赅、深入浅出、朴素无华、意蕴深远

如《学而》中有:"学而时习之,不亦说乎?有朋自远方来,不亦乐乎?"《为政》中有:"温

故而知新,可以为师矣","学而不思则罔,思而不学则殆","知之为知之,不知为不知,是知也","人无信,不知其可也"。《季氏》中有"君子有三戒:少之时,血气未定,戒之在色;及其壮也,血气方刚,戒之在斗;及其老也,血气既衰,戒之在得。"

其中还有许多已成为经典成语、格言,至今活跃在人们口头或笔下。如色厉内荏、道听途说、患得患失、饱食终日、莞尔一笑、割鸡焉用牛刀、既往不咎、尽善尽美、不在其位不谋其政、笃信好学、欲罢不能、待价而沽、成人之美、怨天尤人等。

3. 部分叙事片段为人物形象传神写照

有些篇目通过简单的行动、对话展示人物形象。如《卫灵公·师冕见》:"师冕见,及阶,子曰:'阶也。'及席,子曰:'席也。'皆坐,子告之曰:'某在斯,某在斯。'"

《先进》篇"侍坐"这段内容被后人认为是《论语》中最富于文学色彩的一章。

> 子路、曾皙、冉有、公西华侍坐。子曰:"以吾一日长乎尔,毋吾以也。居则曰:'不吾知也!'如或知尔,则何以哉?"子路率尔而对曰:"千乘之国,摄乎大国之间,加之以师旅,因之以饥馑;由也为之,比及三年,可使有勇,且知方也。"夫子哂之。"求!尔何如?"对曰:"方六七十,如五六十,求也为之,比及三年,可使足民。如其礼乐,以俟君子。""赤!尔何如?"对曰:"非曰能之,愿学焉。宗庙之事,如会同,端章甫,愿为小相焉。""点!尔何如?"鼓瑟希,铿尔,舍瑟而作,对曰:"异乎三子者之撰。"子曰:"何伤乎?亦各言其志也。"曰:"莫春者,春服既成,冠者五六人,童子六七人,浴乎沂,风乎舞雩,咏而归。"夫子喟然叹曰:"吾与点也。"三子者出,曾皙后。曾皙曰:"夫三子者之言何如?"子曰:"亦各言其志也已矣。"曰:"夫子何哂由也?"曰:"为国以礼,其言不让,是故哂之。""唯求则非邦也与?""安见方六七十如五六十而非邦也者?""唯赤则非邦也与?""宗庙会同,非诸侯而何?赤也为之小,孰能为之大?"

在简单的对话中,写出了子路的直率、急躁,冉有、公西华的谦逊、谨慎,曾皙的洒脱、豁达,孔子平易近人、循循善诱的性格特征。而曾皙之志尤为孔子所赏:"莫春者,春服既成,冠者五六人,童子六七人,浴乎沂,风乎舞雩,咏而归",勾勒出一幅色泽明丽的春游图,寄寓着孔子的礼乐教化、治国平天下之志。董楚平则提出:"《侍坐》不可能是生活实录,只能是艺术创作,人物语言生动且富有个性,堪称是一篇微型小说。"[①]

4. 《论语》多用语气词,含蓄蕴藉,形成迂徐婉转的语言风格

《论语》中的常用语气词有"也""矣""乎"等,另外还有一定数量的连用的语气词,如:"矣乎""矣哉""乎哉""也与哉""也矣已"等。这些语气词使行文如贤者、老者语,反复叮咛而意味深远。

(三)《论语》的影响

《论语》对后世文章的影响极大,然其文章是不可勉强模拟的。后世扬雄《法言》、王通

---

① 董楚平:《论语钩沉》,中华书局2011年版,第282页。

《中说》、程朱语录等"以语录为文"者,均不如《论语》文采之富、滋味之隽永。

孔子对文学、文化的见解有垂范的作用。《〈阳货〉第十一》有云:"诗,可以兴,可以观,可以群,可以怨",对诗歌的抒情功能、教育功能作出规定;《〈雍也〉第六》则曰"质胜文则野,文胜质则史,文质彬彬,然后君子",对文学作品的内容和形式作出阐释;更有"兴于诗,立于礼,成于乐"(《〈泰伯〉第八》)"志于道,据于德,依于仁,游于艺"(《〈述而〉第七》),"君子以文会友,以友辅仁"(《〈颜渊〉第十二》)等说法,对后世的文学、文化活动产生深远的影响。

孔学对欧洲的影响也十分巨大。17至18世纪的启蒙运动之初,孔子已经成为欧洲的名人,受到法国启蒙学者的推崇。美国汉学家顾立雅曾说:

> 在欧洲,正当众所周知的哲学的启蒙运动开始时,孔子逐渐获得了名声和美誉。一大批哲学家,包括莱布尼兹(Leibniz)、沃尔夫(Wolf)、伏尔泰(Voltaire),以及一些政治家和文人,都用孔子的名字和思想来推进他们各自的主张。当然,在此进程中,他们本人也受到了孔子思想的影响。在法国和英国,人们认为,在儒学的推动之下,中国早就彻底废除了世袭贵族政治,所以,他们就用这个武器攻击这两个国家的世袭贵族。在欧洲,对以法国大革命为背景的民主思想的发展,孔子哲学发挥了相当大的作用。通过法国思想运动,孔子哲学又间接影响了美国民主政治的发展。有趣的是,托马斯·杰弗逊(Thomas Jefferson)曾提议,作为国家的"政治基石",应该比照着中国的科举制度建立一种教育体制。然而,因为种种原因,儒学对西方民主发展的贡献经常在某种程度上被人们忘却;为此,我们必须审视儒学在西方民主发展过程中所发挥过的适当作用。①

朱熹云:"天不生夫子,万古长如夜。"(《朱子语类》卷九十三)我们不仅要从思想史角度研究孔子和《论语》,也要从文学史角度研究孔子和《论语》。

第六节
诸子之文(二):《庄子》

> **学习要点**
>
> 庄子是影响后世文学的巨子。庄周梦蝶,是其哲学思想的象征。《庄子》是庄子及其弟子后学们的哲学著作。内篇的《齐物论》《逍遥游》和《大宗师》集中反映了庄子的哲学思想。
>
> 《庄子》散文"意出尘外,怪生笔端",极富浪漫色彩。全书"寓言十九",寓言故事200多则,具有"寓真于诞、寓实于玄"的特点。

---

① [美]顾立雅:《孔子与中国之道》,高专诚译,大象出版社2000年版,第5页。

关于《庄子》一书的成就,郭沫若《庄子与鲁迅》一文中认为其"不仅'晚周诸子之作莫能先',秦汉以来的一部中国文学史差不多大半在他的影响之下发展。"[1]

一、庄子其人其书

1. 庄子生平

庄子(约前369—前286),名周,字子休,战国时宋蒙县人。《史记·老子韩非列传》记载:"庄子者,蒙人也,名周。周尝为蒙漆园吏,与梁惠王、齐宣王同时。其学无所不窥,然其要本归于老子之言。"

庄子曾做过蒙之漆园吏,但不久后又辞去此职,也曾因穿补缀的粗衣、破烂的鞋子而被魏王讥笑:"衣大布而补之,正麋系履而过魏王。魏王曰:'何先生之惫邪?'庄子曰:'贫也,非惫也。'"(《外篇·山木》),又因家贫而"故往贷粟于监河侯"(《杂篇·外物》)。可知其一生贫困。

在《庄子》一书中,他曾多次流露出亡国之恨。宋国于前286年为齐楚魏三国所灭,后世推测庄子经历过宋亡的事件。

庄子淡泊名利,厌惧仕途。"我宁游戏污渎之中自快,无为有国者所羁,终身不仕,以快吾志焉。"(《史记·老子韩非列传》)

"不知周之梦为蝴蝶与,蝴蝶之梦为周与?"(《齐物论》)庄周梦蝶,亦是其哲学思想的象征。

2.《庄子》的成书及其思想内容

《汉书·艺文志》认为《庄子》共有52篇,现存33篇(为晋郭象所编排),其中内篇7,外篇15,杂篇11。学术界一般认为,内篇为庄子本人所作,外、杂篇为庄子的弟子及其后学所作。两晋南北朝时,庄子名声大显。唐代又称其为《南华经》。

内篇的《齐物论》《逍遥游》和《大宗师》集中反映了庄子的哲学思想。《齐物论》以齐是非、齐彼此、齐物我、齐生死为主要内容:"天地与我并生,而万物与我为一","天地一指也,万物一马也。"《逍遥游》旨在倡导一种精神上的超现实境界,以"至人无己,神人无功,圣人无名"为旨归。《大宗师》则以论道和论修道为主要内容。外篇《秋水》篇亦被认为最能体现庄子思想。杂篇中的《寓言》和《天下》两篇的思想价值也很重要。

二、《庄子》的文学价值

《庄子》散文"意出尘外,怪生笔端"(《艺概·文概》),极富浪漫色彩。

(一)用艺术形象来阐明哲学道理,是《庄子》的一大特色

如《逍遥游》《人间世》《德充符》《秋水》等篇目,几乎都是用一连串的寓言、神话、虚构的人物故事连缀而成。

---

[1] 郭沫若:《郭沫若全集》第19卷,人民文学出版社1992年版,第64页。

1. 寓言为主的创作方法

《庄子》一书"以卮言为曼衍,以重言为真,以寓言为广"(《天下》)。"寓言"一词最早见于《庄子》,第二十七篇《寓言》开篇云:"寓言十九,重言十七,卮言日出,和以天倪。"《庄子》"三言",就是指寓言、重言、卮言。寓言,即虚拟地寄寓于他人他物的言语;重言,一说是指重(chóng)言,即重复、增益之言,一说是指重(zhòng)言,即借重长者、尊者、名人之言;卮言,酒后之言,出于无心,自然流露的语言。

全书"寓言十九",寓言故事200多则,具有"寓真于诞,寓实于玄"(《艺概·文概》)的特点。其寓言注重细节刻画和夸张渲染。如出自《应帝王》的浑沌之死:

> 南海之帝为儵,北海之帝为忽,中央之帝为浑沌。儵与忽时相与遇于浑沌之地,浑沌待之甚善。儵与忽谋报浑沌之德,曰:"人皆有七窍以视听食息,此独无有,尝试凿之。"日凿一窍,七日而浑沌死。

译文:南海的天神叫作儵,北海的天神叫作忽,中央的天神叫作浑沌。儵和忽经常在浑沌那里会面,浑沌招待他们非常周到。儵和忽商量着要报答浑沌的盛情,他们说:"人类都有七窍,用来看、听、吃饭、出气。可是这个人独独没有。我们试试给他凿出来。"他们每天给他凿一窍,凿到七天,浑沌就死掉了。①

其他如"鸱吓凤凰""宋人善为不龟手之药""庖丁解牛""望洋兴叹""东施效颦""井底之蛙""罔两问影""庄周梦蝶""邯郸学步""匠石运斤""每况愈下"等,皆出自《庄子》一书,至今仍为人广泛传诵。

2. 奇丽怪谲的艺术形象

"寓真于诞,寓实于玄"是《庄子》的主要特征。"以谬悠之说,荒唐之言,无端崖之辞,时恣纵而不傥,不以觭见之也"(《庄子·天下》)。

《庄子》中的艺术形象有任公子垂钓(《外物》)"杯水芥舟""朝菌蟪蛄"(《逍遥游》)"蜗角蛮触"(《则阳》),等等。那巨大无比的鲲鹏,吸风饮露的藐姑射山上的神人(《逍遥游》),七窍皆无的浑沌(《应帝王》)更给读者留下了深刻的印象。

值得注意的是,《庄子》一书还塑造了大批畸人的形象。《庄子·大宗师》云"畸人者,畸于人而侔于天者",其实庄子自身也是这样一位畸人。《人间世》和《德充符》中写了一大批残缺、畸形、外貌丑陋的畸人,如支离疏、兀者王骀、兀者申徒嘉、兀者叔山无趾、哀骀它、歧支离无唇、瓮㼜大瘿,等等,却都受到时人的喜爱和尊重。《人间世》中的支离疏"颐隐于脐,肩高于顶,会撮指天,五官在上,两髀为胁":下巴隐藏在肚脐下,双肩高于头顶,后脑下的发髻指向天空,五官的出口也都向上,两条大腿和两边的胸肋并生在一起。全生保身首先在于"无用之用",这是庄子《人间世》的结语,也是庄子处世哲学的核心。又如《德充符》中的哀骀它,奇丑无比,却有治国的大才。哀骀它遇事无主见、无原则,但人人都觉得他不可或缺。

---

① 杨柳桥:《庄子译诂》,上海古籍出版社1991年版,第156页。

庄子善于对"丑"的价值进行挖掘和升华,可谓最高明的"审丑者"。畸人形象拓展了古代美学的范畴。

(二)富于抒情性

《庄子》富含感情,无端而起,迷离恍惚。

许多作品对现实社会充满着批判精神。具有主观性和抒情性,哲理和诗意交融的特点。

"舐痔得车"的故事,可见庄子犀利的口吻。《列御寇》里有一个庄子虚构的"曹商使秦"的故事:"秦王有病召医,破痈溃痤者得车一乘,舐痔者得车五乘,所治愈下,得车愈多。子岂治其痔邪,何得车之多也?子行矣!"

《至乐》写庄子对"髑髅"(骷髅)的一连串发问,充满了人生的伤感。

> 庄子之楚,见空髑髅,髐然有形,撽以马捶,因而问之,曰:"夫子贪生失理,而为此乎?将子有亡国之事,斧钺之诛,而为此乎?将子有不善之行,愧遗父母妻子之丑,而为此乎?将子有冻馁之患,而为此乎?将子之春秋故及此乎?"于是语卒,援髑髅,枕而卧。

在"楚狂接舆"歌中,庄子表现出对生于乱世的绝望和悲哀。

> 孔子适楚,楚狂接舆游其门曰:"凤兮凤兮,何如德之衰也!来世不可待,往世不可追也。天下有道,圣人成焉;天下无道,圣人生焉。方今之时,仅免刑焉!福轻乎羽,莫之知载;祸重乎地,莫之知避。已乎,已乎!临人以德。殆乎,殆乎!画地而趋。迷阳迷阳,无伤吾行。吾行郤曲,无伤吾足。"(《人间世》)

著名的"庄周梦蝶"寓言,在齐物的妙思中散发着人生的惆怅。

> 昔者庄周梦为胡蝶,栩栩然胡蝶也,自喻适志与!不知周也。俄然觉,则蘧蘧然周也。不知周之梦为胡蝶与,胡蝶之梦为周与?周与胡蝶,则必有分矣。此之谓物化。(《齐物论》)

"匠石运斤"的寓言表达了其失去诤友惠施之后的孤独和寂寞。

> 郢人垩漫其鼻端若蝇翼,使匠石斲之。匠石运斤成风,听而斲之,尽垩而鼻不伤,郢人立不失容。(《徐无鬼》)

在《逍遥游》的最后一段中,作者满含深情地描述他所追求的心灵自由、精神无待的至人境界,充满了诗情画意。

> 惠子谓庄子曰:"吾有大树,人谓之樗。其大本臃肿而不中绳墨,其小枝卷曲而不中规矩。立之涂,匠者不顾。今子之言,大而无用,众所同去也。"庄子曰:"子独不见狸狌乎?卑身而伏,以候敖者;东西跳梁,不辟高下;中于机辟,死于罔罟(gǔ)。今夫斄牛,其大若垂天之云。此能为大矣,而不能执鼠。今子有大树,患其无用,何不树之于无何有之乡,广莫之野,彷徨乎无为其侧,逍遥乎寝卧其下。不夭斤斧,物

无害者,无所可用,安所困苦哉!"

(三)汪洋恣肆的章法和结构

《庄子》文章汪洋恣肆,行文跌宕开阖,变化多端。往往是一个个故事环环相套,连缀而成一个整体,共同表述一个中心,形成独具特色的连环式结构。

以《养生主》一篇为例。此篇论述养生的要领,全文可分六段,除首段说理,末尾用比喻外,中腹四段连缀四个内容各异而主旨如一的寓言故事。其中心思想则如一条隐线,若断若续、若隐若现地贯穿其间。《庄子》文章构思之妙,由此可见一斑。

(四)奇峭富丽的语言特色

清代方东树说:"大约太白诗与庄子文同妙:意接词不接,发想无端,如天上白云,卷舒灭现,无有定形。"(《昭昧詹言》卷十二)其语言奇峭富丽,生动泼辣,节奏鲜明,音调和谐,具有诗歌语言的特点。

三、庄子的文学地位和影响

庄子对后世特别是魏晋以后的文人影响极大,李白、柳宗元、苏轼等人都曾受其沾溉。苏轼自谓:"吾昔有见于中,口未能言,今见《庄子》,得吾心矣。"(苏辙《亡兄子瞻端明墓志铭》)直到近代,鲁迅也承认他自己"就是思想上,也何尝不中些庄周韩非的毒"(《写在〈坟〉后面》)。郭沫若、闻一多也是庄子的崇拜者。

《庄子》还是中国小说之祖。不少学者认为《庄子》是中国小说的源头。"小说"二字的连用,最早就是见于《庄子·外物》:"饰小说以干县令,其于大达亦远矣",这里"小说"指浅薄的言辞。庄子散文确实有不少篇章故事曲折,个性鲜明,如《盗跖》篇写孔子劝盗跖改恶从善,就写得一波三折,初具小说端倪。

第七节
史传之文(一):《尚书》《春秋》

> **学习要点**
>
> 《尚书》是我国第一部散文集。尚书即"上书",意即"上古帝王之书"。汉代以来分今、古文尚书。《尚书》重视总结和借鉴历史经验教训,是中国古代散文形成的标志。历代制诰、诏令、章奏之文,都明显地受它的影响。
>
> 《春秋》是我国现存的第一部编年体断代简史,属于记事体。由于记述过于简略,前人有"断烂朝报"之讥。由《春秋》一书形成了影响深远的"春秋笔法"。《春秋》的特点是叙事简要严谨,语言凝练含蓄。《春秋》的曲笔,对后世撰史亦有不良影响。

史官之设始于殷,"左史记言,右史记事。"《尚书》《春秋》乃记言叙事文之祖。

一、《尚书》

尚书即"上书",载上之事。《论衡·正说篇》云:"《尚书》者,以为上古帝王之书,或以为上所为下所书,授事相实而为名,不依违作意以见奇。"《尚书》是我国第一部散文集。战国时总称为《书》,到汉代被尊为经书,故又叫"书经"。《尚书》的编定,难以确定较准确的时间。据《孔子世家》,《尚书》是孔子编定的,后人多怀疑此说,却又拿不出确凿的证据。

汉代以来分今文《尚书》和古文《尚书》。

今文《尚书》,是指秦焚书后,由汉初伏生所传,用当时通行的隶书——今文写成的,共28篇。

古文《尚书》,是指汉武帝时,鲁恭王坏孔子壁时发现的,用先秦时"古文"书写的。西晋末年,该书失传,东晋时豫章内史梅赜献奏《古文尚书》及孔安国《尚书传》。唐宋后,已有人怀疑其伪,清人阎若璩《古文尚书疏证》以大量论据,证明了梅本和孔安国《尚书传》之伪。今本《尚书》中《今文尚书》28篇是可信的。

《尚书》倡导周代"敬德保民"的神权政治观念,认为敬德就是"敬天"。

《尚书》重视总结和借鉴历史经验教训,《召诰》有言:"我不可不监于有夏,亦不可不监于有殷。"《无逸》篇周公对周成王劝勉殷殷,提出力戒逸乐的主张:

> 周公曰:"呜呼!君子所,其无逸!先知稼穑之艰难,乃逸,则知小人之依。相小人,厥父母勤劳稼穑,厥子乃不知稼穑之艰难,乃逸乃谚既诞,否则侮厥父母曰:'昔之人无闻知!'"

译文:周公说:"啊!做君主的自始就不该贪图安逸啊!如果他先知道了耕种和收获的艰难,那就可以明白小民们的疾苦。我们试看小民,爹娘在田地上用尽了劳力(挣得一份产业),可是他们的儿子(惯于不劳而获),不理会务农的辛苦,于是就安逸了。他们行为放肆,举止粗鲁,乃至于又侮辱他们的爹娘道:'老一辈的人懂得些什么!'"

《尚书》是中国古代散文形成的标志。部分篇章有一定的文采,善用比喻,留下了若网在纲、有条不紊、星火燎原等沿用至今的成语;还有些篇章善用对偶、排比句,如《尚书 洪范》:"无偏无陂,遵王之义;无有作好,遵王之道;无有作恶,遵王之路。无偏无党,王道荡荡;无党无偏,王道平平;无反无侧,王道正直。"这段文字音韵谐协,颇近诗歌。

有些作品富于传奇色彩。如以记事为主的《周书》的《金縢》。文中记载了周武王病重,周公向祖先祈祷,请求自己代周王死去的情况,以及周公平定三监之乱,周成王从误解周公直至尽释前嫌的史实。

韩愈对《尚书》有"周诰殷盘,佶屈聱牙"(《进学解》)之评。但是总体来看,《尚书》的文风质直古朴,不事藻饰,后代许多散文家从中获得借鉴。

历代制诰、诏令、章奏之文,都明显地受它的影响。刘勰《文心雕龙》在论述"诏策""檄移""章表""奏启""议对""书记"等文体时,也都溯源到《尚书》。

二、《春秋》

《春秋》是我国现存的第一部编年体史书,属于记事体。

(一)《春秋》的体例

《春秋》全书略有残缺,尚保留16 000多字,记载了上起鲁隐公元年(前722),下迄鲁哀公十四年(前481)共242年的史实。

《春秋》按时间顺序编排历史事件,记事方式是以年为经,以事为纬,以年、季、月、日、事为顺序记史。

由于记述过于简略,前人有"断烂朝报"之讥。

(二)春秋笔法

由《春秋》一书形成了影响深远的"春秋笔法"。一般认为"《春秋》采善贬恶"(《史记·太史公自序》),表现了孔子的政治主张,即尊王攘夷、正名定分,反对诸侯兼并,反对篡位夺权、犯上作乱。孔子认为:"我欲载之空言,不如见之于行事之深切著明也。"(《史记·太史公自序》)这种"见之于行事"或称"属辞比事"(《礼记·经解》)的写法,就是春秋笔法。后来,人们把文笔蕴藉含蓄、带有所谓"微言大义"并暗寓褒贬的文字也称为春秋笔法。

(三)《春秋》叙事简要严谨,语言凝练含蓄

1. 叙事简明严谨

《春秋》叙事"简而有法"(欧阳修语),文约事丰,达到"笔则笔,削则削,子夏之徒不能赞一辞"(《史记·孔子世家》)的境地。

《春秋》记事极其简括而有序。如僖公十六年载:"十有六年春,王正月戊申朔,陨石于宋五;是月六鹢退飞,过宋都。"《公羊传·僖公十六年》释云:"曷为先言陨而后言石?陨石记闻,闻其磌然,视之则石,察之则五……曷为先言六而后言鹢?六鹢退飞,记见也,视之则六,察之则鹢,徐而察之则退飞。"

五石六鹢,后用以比喻记述准确或为学缜密有序。

2. 语言凝练含蓄,"一字寓褒贬"

《春秋》的大义由"微言"体现,故而遣词命意极为讲究。同是记叙杀人,无罪者称"杀",有罪者称"诛",下杀上称"弑"。对战争的记载,用词很准确。

尤注重正名定分,反对僭越。"郑伯克段于鄢"一事,《左传·隐公元年》释曰:"书曰:'郑伯克段于鄢。'段不弟,故不言弟;如二君,故曰克;称郑伯,讥失教也;谓之郑志。不言出奔,难之也。"(郑庄公之志欲挤走共叔段。不言"出奔",是史官下笔有为难之处。)

（四）《春秋》的影响

司马迁《史记·孔子世家》中有一段很重要的话，可加深我们对《春秋》精神和笔法的理解。

> 子曰："弗乎弗乎，君子病没世而名不称焉。吾道不行矣，吾何以自见于后世哉？"乃因史记作春秋，上至隐公，下讫哀公十四年，十二公。据鲁，亲周，故殷，运之三代。约其文辞而指博。故吴楚之君自称王，而春秋贬之曰"子"；践土之会实召周天子，而春秋讳之曰"天王狩于河阳"：推此类以绳当世。贬损之义，后有王者举而开之。春秋之义行，则天下乱臣贼子惧焉。

白话翻译：孔子说："不成啊，不成啊！君子最担忧的就是死后没有留下好的名声。我的主张不能实行，我用什么贡献给社会留下好名呢？"于是就依据鲁国史官所编史书作了《春秋》，上起鲁隐公元年（前722），下止鲁哀公十四年（前481），共包括鲁国十二个国君。以鲁国为中心记述，尊奉周王室为正统，以殷商的旧为借鉴，推而上承夏、商、周在法统，文辞简约而旨意广博。所以吴、楚的国自称为王的，在《春秋》中仍贬称为子爵；晋文公在践土与诸侯会盟，实际上是召周襄王入会的，而《春秋》中却避讳说"周天子巡狩来到河阳"。依此类推用这类笔法来绳正当时的世道。《春秋》就是用这一原则来褒贬当时的各种事件，后有的国君加以推广开来，使《春秋》的义法在天下通行，天下那些乱臣奸贼就都害怕起来了。（据解惠全、张德萍《史记译注》）

《春秋》通过在编年记事中"采善贬恶"（《史记·太史公自序》），表达自己的政治主张。这种在史著中倾注鲜明的感情色彩的作法，为后代史传文学所继承，但刻意"为尊者讳，为亲者讳，为贤者讳"（参见《春秋·公羊传·闵公元年》）的曲笔，有违秉笔直书的"实录"精神，对后世撰史亦有不良影响。

第八节
史传之文（二）：《左传》

> **学习要点**
>
> 《左传》是我国第一部记事详赡的编年史，也是优秀的散文典范。其文学成就，一是长于叙事："其言简而要，其事详而博"，叙事手法多样。二是善于写人：善于描写行动和对话等细节。《左传》所记录的历史事件、历史人物，为后世小说、戏剧等文学创作提供了丰富的素材。

《左传》是我国第一部记事详赡的编年史，也是优秀的散文典范。

《左传》，西汉人称之为《左氏春秋》，到了东汉，刘歆改称为《春秋左氏传》，后来一直简称为《左传》。

《左传》的作者和写作时代，历史上说法不一。司马迁的《史记》和班固的《汉书》都明确记载《左传》的作者是春秋末叶鲁国人左丘明。唐代以后，不少人认为《左传》作者不可能与孔子同一时代。朱东润先生在《中国历代文学作品选》中指出经过宋代以来学者的考证，"这部著作是战国初年（前五世纪）魏国史官的作品"。

后代阐述《春秋》的有"春秋三传"：《春秋左氏传》、齐人公羊高所作《春秋公羊传》、鲁谷梁赤所作《春秋谷梁传》。

《左传》记事起于鲁隐公元年（前 722），迄于鲁哀公二十七年（前 468/前 464），比《春秋》增多（十七/二十一）年。

一、《左传》的文学成就

（一）长于叙事

"其言简而要，其事详而博"，晋朝范宁以"艳而富"一语评之（《谷梁传集解自序》）。

1. 广收博取，剪裁得法

《左传》用如椽巨笔将整个春秋时期的历史画卷展现在我们的面前，各种事件和材料无不搜罗殆尽，将各种文字的、口头的资料予以精心地组织编排。

2. 叙事详密完整，戏剧性、故事性强

把头绪纷繁的人物、事件，构成情节生动、结构完整的故事情节。如鲁宣公二年晋灵公谋杀赵盾、鲁襄公二十八年齐人杀庆舍、鲁昭公二十七年专诸刺吴王僚等，皆为经典篇章。

不少故事富于戏剧性。例如：《僖公二十三年》《僖公二十四年》写晋文公重耳流亡在外19 年的经历。

3. 善于写战事

《左传》之写战争，有完整的结构、精彩的情节、独到的视角，引人入胜。具体体现在：其一，并不局限于正面的战斗场面描写，而能着眼于战争的前后左右。其二，善于描写战斗经过。例如齐晋鞌之战，情节曲折，生动逼真，扣人心弦。

齐晋鞌之战，是春秋时期晋齐间的一场战争。泌之战后，晋霸权中衰，原与晋同盟的齐国渐对晋产生轻视态度。齐顷公时，晋使郤克召齐参加盟会，齐顷公竟无礼于郤克。之后，齐一面和楚结好，一面对与晋结盟的鲁、卫两国用兵。公元前 589 年，鲁、卫两国因不堪齐的侵伐，通过晋卿郤克向晋求援，晋派大军，并联合鲁、卫、曹三国军队，在郤克率领下讨伐齐国，与齐顷公战于鞌（今山东济南西）。战斗十分激烈，郤克中箭，流血至履，仍不断击鼓，终于打败齐军。齐被迫求和，重新与晋结盟，并退还侵占的鲁、卫土地。

4. 以虚取胜

想象和虚构不仅弥补了写作"材料"中细节的不足,还像黏合剂一样将所有材料粘合在一起。有的叙事记言,出于臆测或虚构,如僖公二十四年介之推和母亲的对话。

不少学者从史学的角度加以非难,钱锺书先生则认为,"《左传》记言而实乃拟言、代言,谓是后世小说、院本中对话、宾白之椎轮草创,未遽过也。"① 史家记言记事,均出现艺术虚构成分,与文学创作不谋而合。

5. 神异梦卜和怪异故事的分量不少

《左传》还记述了大量的占卜释梦和神异传闻,这些内容就像志怪小说一样,如《左传·成公十年》所载晋侯梦大厉。

> 晋侯梦大厉,被发及地,搏膺而踊,曰:"杀余孙,不义。余得请于帝矣!"坏大门及寝门而入。公惧,入于室。又坏户。公觉,召桑田巫。巫言如梦。公曰:"何如?"曰:"不食新矣。"公疾病,求医于秦。秦伯使医缓为之。未至,公梦疾为二竖子,曰:"彼,良医也。惧伤我,焉逃之?"其一曰:"居肓之上,膏之下,若我何?"医至,曰:"疾不可为也。在肓之上,膏之下,攻之不可,达之不及,药不至焉,不可为也。"公曰:"良医也。"厚为之礼而归之。六月丙午,晋侯欲麦,使甸人献麦,馈人为之。召桑田巫,示而杀之。将食,张,如厕,陷而卒。小臣有晨梦负公以登天,及日中,负晋侯出诸厕,遂以为殉。

先秦史传中的神异梦卜,在题材上直接孕育了后世的志怪小说。

6. 叙事手法多样

灵活运用了顺叙、倒叙、插叙、补叙与预叙等手法。预叙手法的使用,如秦晋崤之战中蹇叔、王孙满在结局之前已知败局。而第三人称的全知叙事角度使得叙事广泛灵活,几乎不受任何限制,屈伸如意。

(二)善于写人

书中人物有名有姓者达三千人,数以百计的人有一定个性,几十人的形象相当鲜明。

1. 人物类型:累积型和闪现型

由于《左传》是编年体,很少对某一人物集中描写,只能将同一人物的不同年代的事迹联系起来,才能得到一个完整的人物形象,呈现出累积型的创作特征,如郑子产、晋文公、齐晏婴等。还有闪现型的,即人物仅在某一时或某一事中出现,有《晋灵公不君》的鉏麑、《齐晋鞌之战》的逢丑父等。他们不少是地位低下的小人物,还有一些女性形象。②

子产是作者笔下最光彩照人的形象,书中共计70条子产事迹。"子产乃终春秋第一人,亦左氏心折之第一人。"(王源《文章练要·左传评》)

---

① 钱锺书:《管锥编》第一册,中华书局1979年版,第166页。
② 孙绿怡:《〈左传〉与中国古典小说》,北京大学出版社1992年版,第33页。

值得关注的是,《晋公子重耳之亡》采取倒叙手法,动用各种艺术手法,真实生动地记载了重耳出亡 19 年的流亡过程和其性格的成熟过程。

2. 行动和对话描写

《左传》叙事中以人物的行动、对话作为表现人物的主要手段,而绝少对人物进行外貌、心理等主观静态描写。此亦与西方小说大异。如成公二年的齐晋鞌之战,在激烈的战争中,郤克、解张、郑丘缓三人的对话和行动,既表现了其各自的个性,也表现了同仇敌忾,视死如归的气概。

3. 善于描写细节

大量描写琐事细节,也是《左传》重要的叙事特色。晋文公重耳十九年流亡的故事,穿插了一些细节描写,如五鹿乞食、桑下之谋、薄观裸浴、馈飧置璧、沃盥挥匜、降服谢罪,等等。既强化了主人公重耳的性格,也在叙述过程中呈现了众多的人物形象。另外,文中的七个女性也都各具特色。

《晋公子重耳之亡》载:

> 及齐,齐桓公妻之,有马二十乘,公子安之。从者以为不可。将行,谋于桑下。蚕妾在其上,以告姜氏。姜氏杀之,而谓公子曰:"子有四方之志,其闻之者吾杀之矣。"公子曰:"无之。"姜曰:"行也!怀与安,实败名。"公子不可。姜与子犯谋,醉而遣之。醒,以戈逐子犯。
>
> 秦伯纳女五人,怀嬴与焉。奉匜沃盥,既而挥之。怒曰:"秦、晋匹也,何以卑我!"公子惧,降服而囚。他日,公享之。子犯曰:"吾不如衰之文也。请使衰从。"公子赋《河水》,公赋《六月》。赵衰曰:"重耳拜赐。"公子降,拜,稽首,公降一级而辞焉。衰曰:"君称所以佐天子者命重耳,重耳敢不拜。"

在逃到齐国时期,重耳仍是一位贪恋温柔之乡的纨绔子弟,到了秦国,因对怀嬴沃盥挥匜,怀嬴一怒,他立即请罪。在赵衰、子犯的辅佐下,与秦伯赋诗言志,从容大方。此时,他已经成为一位善于权变,成熟稳重的政治家。

这方面的例子不少。如写宋郑大棘之战的起因是华元分羊肉忽略了其御羊斟,羊斟在作战时予以报复,将他送入郑军(宣公二年)。可见祸患常积于忽微。

子公染指于鼎之事。子公因喝不到鳖汤而勃然大怒,最终弑君。(宣公四年)

宋华督父好色,"见孔父之妻于路,目逆而送之,曰:'美而艳'。"(桓公元年)

鲁宣公十二年晋楚邲之战,晋师败退时,"中军、下军争舟,舟中之指,可掬也"。

(三)工于记言,尤长于外交辞令

《左传》语言简洁含蓄、富于文采。刘知己评云:"斯皆言近而旨远,辞浅而义深。虽发语已殚,而含意未尽,使夫读者望表而知里,扪毛而辨骨,睹一事于句中,反三隅于字外。"(《史通·叙事》)

《左氏春秋》中的记言文字,主要是行人应答和大夫辞令。如《烛之武退秦师》《齐伐楚鉴于召陵》(末段)、《齐晋鞌之战》,皆外交辞令之名篇。

《齐晋鞌之战》中晋韩厥俘虏齐顷公以后说:"寡君使群臣为鲁、卫请,曰:'无令舆师陷入君地。'下臣不幸,属当戎行,无所逃隐;且惧奔辟而忝两君。臣辱戎士,敢告不敏,摄官承乏"译文:"寡君派臣下们替鲁、卫两国请求,说:'不要让军队进入齐国的土地。'下臣不幸,正好在军队服役,不能逃避服役。而且也害怕奔走逃避成为两国国君的耻辱。下臣身为一名战士,谨向君王报告我的无能,但由于人手缺乏,只好承当这个官职。"①万幸的是,齐顷公与车右逢丑父换位而逃。由此可见,大夫辞令委婉文雅,却隐含着机锋。

二、《左传》对后世的影响

《左传》是我国古代优秀历史散文的开端,在叙事、写人上为后世提供了丰富的经验;其注重对历史材料的剪裁与安排,为后世纪传体史书,如《史记》《汉书》等的写作奠定了基础。

《左传》所记录的历史事件、历史人物,为后世小说、戏剧等文学创作提供了丰富的素材。

[章测试]

一、单选题

1. 以下谁对"诗经"做过正乐、整理、加工(　　)。
   A. 孟子　　　　B. 孔子　　　　C. 朱熹　　　　D. 王夫之
2. "留灵修兮憺忘归,岁既晏兮孰华予"出自(　　)。
   A.《诗经》　　B.《楚辞》　　C.《汉赋》　　D.《唐诗》

二、多选题

1. 据班固《汉书·艺文志》载,有儒、道、墨、法、名、阴阳、纵横、农、杂、小说共十家,不算小说家叫"九流"。十家中除了儒家、道家,一般认为还有(　　)势力较大,影响深远。
   A. 名家　　　　B. 纵横家　　　C. 墨家　　　　D. 法家

三、判断题

1. "天之道,其犹张弓欤。"是庄子的话。(　　)
2. 五石六鹢,后用以比喻记述准确或为学缜密有序。(　　)
3. 文化史家借用德国学者雅斯贝尔斯的概念,将春秋战国称为中国文化的"轴心时代"。(　　)

---

① 杨伯峻、徐提:《白话左传》,岳麓书社1993年版,第166—167页。

4. 汉朝时,庄子名声大显。《庄子》一书在唐代又称《南华经》。（ ）

5. 汉代以来分今、古文"尚书"。两者意旨有古今之别。（ ）

6. "见之于行事"或称"属辞比事"的写法,就是春秋笔法。（ ）

7. 司马迁的《史记》和班固的《汉书》都明确记载《左传》的作者是春秋末叶鲁国人左丘明,这是毋庸怀疑的。（ ）

8. 《山海经》的成书是在大禹时期。（ ）

9. 黄帝四面是神话文学化的结果。（ ）

10. 删诗说影响很大,大多数学者持此说。（ ）

11. 《郑风·溱洧》是一首反映男女欢会习俗的诗歌,反映了古老的上巳节习俗。（ ）

12. 《湘夫人》中写湘夫人待湘君而不至之怀恋怨慕之情。（ ）

[章讨论]

1. 赋、比、兴何意？请举多个例子说明。
2. 试比较《氓》和《谷风》中的"弃妇"形象。
3. 试论《九歌》的艺术特色。
4. 简述《老子》的写作特点。
5. 简述《论语》的写作特点。
6. 什么是"春秋大义"？《春秋》的写作特点有哪些？
7. 试论《左传》的艺术成就。

第二章
秦汉文学

学习目标…

1. 了解什么是赋,汉赋是如何形成的;从《七发》到《天子游猎赋》,汉赋的艺术特征是怎样的,对后世又有何影响。

2. 了解史传之文《史记》是如何形成的,司马迁生平和《史记》的关系;《史记》的艺术成就;《史记》《汉书》的史观和笔法比较。

3. 了解汉乐府民歌的来由、分类、艺术特点。了解五言诗的演变和《古诗十九首》的艺术特色。

第一节
汉大赋：从《七发》到《天子游猎赋》

> **学习要点**
>
> 赋，是汉代文学的代表。《七发》见于南朝梁萧统《文选》，是一篇讽喻性作品，写吴客以七种办法启发太子，为他祛病。《七发》形成了一种主客问答形式的文体——"七体"。《天子游猎赋》是为"明天子之义"而作。"《子虚》《上林》材极富，辞极丽"，后来的一些描写帝都、宫苑、田猎、巡游的大赋，无不受其影响。

王国维说："凡一代有一代之文学，楚之骚、汉之赋、六代之骈语、唐之诗、宋之词、元之曲，皆所谓一代之文学，而后世莫能继焉者也。"（《宋元戏曲史序》）赋，是汉代文学的代表。本章对汉赋的渊源、特点、发展流变、分类及重要作家进行介绍。

《文心雕龙·诠赋》云："赋者，铺也；铺采摛文，体物写志也。"意思是：赋，就是铺叙，通过铺陈辞采写成文章，通过描绘物象来抒发情志。"铺采摛文"是赋的形式，而"体物写志"则是赋的内容。赋的一般特点，《汉书·艺文志》中总结道："不歌而颂谓之赋，登高能赋，可以为大夫。"赋为一种脱离音乐的诵读方式。

一、汉大赋的先驱——枚乘的《七发》

枚乘[①]（？—前140），字叔，淮阴（今江苏省淮安市淮阴区）人。文帝时，为吴王刘濞郎中。投奔梁孝王刘武，成为梁苑作家群体的杰出代表。叛乱后，他以善写谏书而名声大振。《汉书》卷51有传。《汉书·艺文志》说枚乘有赋9篇，今传《七发》《梁王菟园赋》《忘忧馆柳赋》，以《七发》为代表。

《七发》见于南朝梁萧统《文选》，是一篇讽喻性作品。写吴客以七种办法启发太子，为他祛病。前六种是他描述音乐之美、饮食之丰、马车之盛、宫苑之宏深、田猎之壮阔、观涛之娱目舒心，结果都不管用。最后吴客向太子推荐文学方术之士，"论天下之精微，理万物之是非"，让他听取"天下要言妙道"，终于使太子"涩然汗出，霍然病已"。

李善《文选·六臣注》中提到："七发者，说七事以启发太子也。""乘事梁孝王，恐孝王反，故作《七发》以谏之。"

《七发》在创作艺术上取得了重大突破。

其一，铺陈夸张，体物细致，辞采富丽。

---

① 按乘字当读作去声 shèng。因唐宋律诗中皆对读为仄声。

《文心雕龙·杂文》说:"枚乘摘艳,首制《七发》,腴辞云构,夸丽风骇。"具有"铺采摛文,体物写志"(《文心雕龙·诠赋》)的特征。最精彩的是"观涛"一节。

> 客曰:"不记(不见典籍记载)也。然闻于师曰,似神而非者三:疾雷闻百里;江水逆流,海水上潮;山出内(纳)云,日夜不止。衍溢(平满)漂疾,波涌而涛起。其始起也,洪淋淋焉,若白鹭之下翔。其少进也,浩浩溰溰(皑皑),如素车白马帷盖之张。其波涌而云乱,扰扰焉如三军之腾装(整理行装)。其旁作(遍作)而奔起也,飘飘焉如轻车之勒兵。六驾蛟龙,附从太白(河伯)。纯驰浩霓,前后骆驿(络绎)。颙颙(yóng)昂昂,椐(jū)椐彊彊,莘莘将将。壁垒重坚,杳杂似军行。訇(hōng)隐匈磕,轧盘(广大无垠的样子)涌裔,原不可当。观其两傍,则滂渤怫郁,暗漠感突,上击下律(通捍,冲击)。有似勇壮之卒,突怒而无畏。蹈壁冲津,穷曲随隈,逾岸出追(古借"堆")。遇者死,当者坏。初发乎或围之津涯,荄(gāi,山陇)轸(转)谷分。回翔青篾,衔枚檀桓,弭节伍子之山,通厉(远行)骨母(山名)之场。凌赤岸,篲扶桑,横奔似雷行。诚奋厥武,如振如怒。沌沌浑浑,状如奔马。混混庵庵(tún),声如雷鼓。发怒庢(zhì)沓,清升逾跇(yì)。侯波奋振,合战于藉藉(地名)之口。鸟不及飞,鱼不及回,兽不及走。纷纷翼翼,波涌云乱。荡取南山,背击北岸。覆亏丘陵,平夷西畔。险险戏戏,崩坏陂池,决胜乃罢。澹淡澎濞,披扬流洒。横暴之极,鱼鳖失势,颠倒偃侧。沈沈(yóu)湲湲,蒲伏连延。神物怪疑,不可胜言。直使人踣(bō)焉,洄暗凄怆焉。此天下怪异诡观也,太子能强起观之乎?"太子曰:"仆病未能也。"

用一系列比喻、侧面烘托等手法,形象描写了江涛由初起到极盛再逐渐平缓的过程,使人感到奇观满目,宏声动耳,如临其境。

其二,虚拟人物,主客对答,结构宏伟。

赋中的所谓"楚太子""吴客"都是虚拟的。全篇以"楚太子""吴客"对答的形式展开,所夸说的7段文字均为吴客的对白。结构宏伟严整,层次清晰,又有变化。清于光华编次《评注昭明文选》引清代何焯说:"数千言之赋,读者厌倦,裁而为七,移步换形,处处足以回易耳目,此枚叔所以为文章宗。"

其三,全篇用韵灵活,韵文与散文夹杂。使用"不歌而诵"(《汉书·艺文志》)的专事铺叙的用韵散文。

其四,劝百讽一,"始邪末正"。以"要言妙道"为祛病的良药。

《七发》在赋的发展史上有重要地位。它的出现,标志着汉代散体大赋的正式形成。并影响到后人的创作,由于模仿者众,在赋中形成了一种主客问答形式的文体——"七体"。其特点是通过虚设的主客反复问答,按"始邪末正"的顺序铺陈七事。

二、司马相如的散体大赋

（一）司马相如生平

司马相如（前179—前118），字长卿，蜀郡成都人。小名犬子，后因慕蔺相如为人，改名相如。好读书、学击剑，口吃而善著书。景帝时为武骑常侍。景帝不好辞赋，而梁孝王来朝时带了邹阳、枚乘、庄忌等一批文学侍从，司马相如于是托病去职，客游于梁，作《子虚赋》。梁孝王死后，相如归蜀，得到临邛令帮助。临邛富人卓王孙寡女卓文君看中相如，双双私奔，"当垆卖酒"，演绎了一段千载流传的爱情佳话。武帝好辞赋，读了《子虚赋》而感叹："朕独不得与此人同时哉！"狗监杨得意为相如同乡，听到武帝赞赏便引荐了相如。相如献《上林赋》。因以为郎，曾两次奉使西南，作《喻巴蜀檄》《难蜀父老》。晚年任孝文园令，作《大人赋》。因患消渴疾（糖尿病）而免官，作《封禅文》，郁郁而终。

《汉书·艺文志》载"司马相如赋二十九篇"，今存《司马文园集》仅得赋6篇，其中《子虚》《上林》两篇最负盛名，被认为是汉大赋的典型作品。

（二）《子虚赋》和《上林赋》

这两篇赋非写于同时，《子虚赋》写于汉景帝时期，相如为梁孝王宾客时，《上林赋》写于武帝召见之时，前后相去大约10年。

《史记》和《汉书》的《司马相如传》都将二赋作一篇，即《天子游猎赋》。萧统《文选》始分为两篇。

1. 主旨和内容

司马迁《史记·司马相如列传》对两赋的结构和主旨作了说明："相如以'子虚'，虚言也，为楚称；'乌有先生'者，乌有此事也，为齐难；'亡是公'者，无是人也，明天子之义。故空藉此三人为辞，以推天子诸侯之苑囿。其卒章归之于节俭，因以风谏。"而其尊崇朝廷的思想与巨丽为美的美学特征则完全是大汉王朝时代精神的反映。

2. 艺术特色暨散体赋的艺术特征

《艺苑卮言》评《子虚》《上林》的艺术特色称："《子虚》《上林》材极富，辞极丽，而运笔极古雅，精神极流动，意极高，所以不可及也。"

其一，结构宏伟，富丽堂皇。

《子虚赋》《上林赋》结构和语言受《高唐赋》《神女赋》的影响。其尊崇朝廷的思想，具有以巨丽为美的美学特征。

其二，铺张扬厉，绘形绘声，穷形尽相，辞采富丽。

如《子虚赋》写云梦：

> 云梦者，方九百里，其中有山焉。其山则盘纡茀郁，隆崇嵂崒，岑崟参差，日月

蔽亏……其土则丹青赭垩,雌黄白坿,锡碧金银……其石则赤玉玫瑰,琳珉昆吾……其东则有蕙圃……其南则有平原广泽……其西则有涌泉清池……其北则有阴林……

还充分利用方块字的特点。几十个山字头、鱼字旁、草字头等的连用,增强文章视觉上的气势。如"于是乎崇山矗矗,巃嵸(zōng)崔巍,深林巨大,崭岩参差……"一段,用表山的字堆砌,在视觉上给人造成一种刺激。但是,这种用字造异的怪异、重沓,令人读之生厌,以至后人讥之"字林""字窟"。

其三,韵散结合。充分体现赋介于诗歌与散文之间的文体特征。

其四,确立了"劝百讽一"的赋颂传统。两篇赋指出沉溺于畋猎的不当,淫乐侈靡的生活应予以否定,用以讽谏。但因劝远过于讽,汉赋自司马相如开始以歌颂王朝声威和气魄为其主要内容,后世赋家便相沿不改,成为一种定势。

以上这几个方面的特征,也就是散体赋的重要艺术特征。当然,司马相如的赋作也有铺张太过、奇词僻字等方面的弊病。

3. 地位和影响

《子虚》《上林》标志着汉大赋的体制已臻于成熟。后来的一些描写帝都、宫苑、田猎、巡游的大赋,无不受其影响;而论规模、气魄,则难与相如之作齐肩。

第二节
史传之文:司马迁和《史记》

> **学习要点**
> 司马迁的生平经历对《史记》创作有重大的影响。《史记》的名称、体例、宗旨与思想内容。

汉武帝时代是传统社会的第一个盛世。时代的召唤与需要,出现了伟大史学家司马迁,《史记》一书,将春秋战国以来的史传文学推向了高峰。

一、司马迁的生平和创作

司马迁大约生于汉景帝中元五年(前145),卒于武帝后元二年(前87)。他的一生约与汉武帝相始终。

司马迁,字子长,生于龙门(今陕西省韩城市)芝川镇,祖父司马喜,是有爵无官的五大夫,家境贫穷,司马迁十岁以前,"耕牧河山之阳",十岁随父亲司马谈移居京师长安,"年十岁则诵古文",向孔安国学《尚书》、向董仲舒学习《公羊春秋》。

司马迁的生平经历对《史记》创作有重大的影响。

(一)家庭的影响

司马迁生于一个世代史官之家。其父司马谈在汉武帝时曾做太史令,著《论六家要旨》(《太史公自序》),批评了儒、墨、名、法与阴阳五家,对道家作了充分肯定,"道家无为,又曰无不为,其实易行,其辞难知。其术以虚无为本,以因循为用。无成势,无常形,故能究万物之情。不为物先,不为物后,故能为万物主。有法无法,因时为业;有度无度,因物与合。"

元封元年(前110),司马谈临终时嘱咐司马迁:"余死,汝必为太史;为太史,无忘吾所欲论著矣。"司马迁俯首流涕说:"小子不敏,请悉论先人所次旧闻,弗敢阙!"(《太史公自序》)

太初元年(前104),司马迁参与改秦汉以来的颛顼历为太初历的工作后,开始写作《史记》,这年司马迁42岁。

司马迁阅读了大量的"金匮石室之书",充分运用已有的文献资料进行史料的梳理,开始了艰巨的著史之旅。

(二)三次漫游的经历

司马迁青年时代有过三次规模较大的出游。第一次是他20岁时,到了长江中、下游和山东、河南等广大地区。这是一条壮游的路线,"二十而南游江淮,上会稽,探禹穴,窥九疑,浮于沅湘;北涉汶、泗,讲业齐鲁之都,观孔子之遗风,乡射邹峄;厄困鄱、薛、彭城,过梁、楚以归。"(《太史公自序》)第二次是他35岁时,奉武帝之命,去巡视今四川和云南边境一带。第三次是在汉武帝元封元年,他36岁时,随武帝到泰山封禅,之后,又侍从武帝东到海上,北出长城巡边。

(三)遭李陵之祸

天汉二年(前99),李陵抗击匈奴,兵败投降,震惊朝野。天汉三年(前98),司马迁48岁,认为李陵并非真心投降,认为李陵"身虽陷败,然其所摧败亦足暴于天下。彼之不死,宜欲得当以报汉也",在汉武帝面前为李陵辩解而被捕入狱,最后为减免死刑之罚,被处以"宫刑"。出狱后,司马迁任中书令(皇帝身边的秘书)。大约在太始四年(前93,一说征和二年,即前91),司马迁写《报任安书》时,《史记》基本完成。这部煌煌巨著,历时十四年多终于完成。

除《史记》外,司马迁还有著名的《悲士不遇赋》。

总之,家乡景观、童年生活、家学渊源、转益多师以及博览群书与漫游交往为司马迁写《史记》打下了深厚的基础。而父亲的遗志和遭受宫刑的耻辱成为司马迁发愤著书的精神动力。

二、《史记》的名称、体例与宗旨

《史记》本是史书的统称,司马迁自称其书为《太史公书》,汉世习称之,有的称《太史公记》,或《太史公百三篇》,《史记》之称,始见于魏晋间,自此才成为专称。

南朝宋裴骃《史记集解》、唐司马贞《史记索隐》和张守节《史记正义》,并称为"《史记》三家注"。

1. 体例

《史记》是一部纪传体通史,它记载了从黄帝到汉武帝太初年间约三千年的历史。全书共52万字,130篇。由12本纪、10表、8书、30世家、70列传五部分组成。

本纪:记载历代最高统治者的政绩。

表:各个历史时期的大事记。

书:关于天文、历法、水利、经济、文化等方面的专史。

世家:先秦各诸侯国和汉代有功之臣的传记。

列传:历代有影响的人物的传记(少数列传是外国史和少数民族史)。

用纪传体写历史是司马迁的首创。后世史家撰写史书主要沿袭了《史记》的体例。

2. 宗旨

司马迁在《太史公自序》和《报任安书》中都提出其撰述《史记》的目的和宗旨是:"究天人之际,通古今之变,成一家之言。"

三、《史记》的思想内容

司马迁的思想受先秦儒家思想影响较深,然而他又不受各家思想限制。其思想具有民主性和人民性。

《史记》的思想内容是博大精深的,尤其是其史学精神,对后世史学影响深远。鲁迅先生称道《史记》是"史家之绝唱"(《汉文学史纲要》)。

《史记》的史学精神就是一种实录精神。《汉书·司马迁传》中提道:"自刘向扬雄博极群书,皆称迁有良史之材,服其善序事理,辨而不华,质而不俚,其文直,其事核,不虚美,不隐恶,故谓之实录。"其中最重要的是"不虚美,不隐恶"。史家必备的才、学、识、胆在司马迁身上达到了高度的统一。

司马迁秉笔直书,写就一部批判性的史书。在《史记》中完成了对汉王朝统治集团和最高统治者丑恶面貌的揭露和讽刺。

下面是梁启超指定的《史记》十大名篇,可择机选读。

大江东去 楚王流芳——《项羽本纪》,礼贤下士 威服九州——《信陵君列传》,文武双雄 英风伟概——《廉颇蔺相如列传》,功成不居 不屈权贵——《鲁仲连邹阳列传》,旷世奇才 悲凉收场——《淮阴侯列传》,官场显形 栩栩如生——《魏其武安侯列传》,戎马一生 终难封侯——《李将军列传》,汉匈和亲 文化交融——《匈奴列传》,商道货殖 安邦定国——《货殖列传》,史公记史 千古传颂——《太史公自序》。

第三节
《史记》的艺术成就

> **学习要点**
> 《史记》人物形象塑造的艺术成就很高。《史记》是我国纪传体史学的奠基之作,也是我国传记文学的开端。

一、《史记》的人物形象塑造艺术

1. 善于抓住人物一生中具有典型意义的事件和行动,突出人物的主要性格

如司马迁从史料中认识到李广的为人特点是"勇于当敌,仁爱士卒,号令不烦"(《史记·太史公自序》),便以此为基础,对材料加以组织安排,通过"上郡遭遇战"(机敏灵活)、"雁门出击战""右北平之战"和从"卫青击匈奴"四个典型战例中,表现李广的才能、功勋和"不遇时"的遭遇。

元朔元年(前128年),李广为上郡太守。一次,三名匈奴骑士射伤宦官,射杀了所有随从卫士。李广认定三人是匈奴的射雕手,于是亲率百名骑兵追赶,射杀两名匈奴射雕手,生擒一名。不料又遭遇到匈奴数千骑,于是下马解鞍设疑兵而回。

四年后,李广率军出雁门关,受伤被俘,被置于两匹马中间的网袋里。装死,推匈奴少年下马,南驰,射杀追兵逃脱回京。法官判李广部队死伤人马众多,自己又被匈奴活捉,应当斩首,后用钱赎罪,成为平民。

元狩四年李广被任命为前将军,随卫青出征。欲为先锋而不得。与右将军汇合时迷路,耽误约定军期。回京后对部下说:"且广年六十余矣,终不能复对刀笔之吏。"言毕拔刀自刎。

《李将军列传》载:"尝从行,有所冲陷折关及格猛兽,而文帝曰:'惜乎,子不遇时!如令子当高帝时,万户侯岂足道哉!'""(李)蔡为人在下中,名声出广下甚远,然广不得爵邑,官不过九卿,而蔡为列侯,位至三公。诸广之军吏及士卒或取封侯。"通过汉文帝的肯定和喟叹、与李蔡的对比,深刻地表现了李广"不遇时"的悲剧。

《项羽本纪》之所以能成功塑造项羽形象,首先得力于精心选材。史公择取巨鹿之战、鸿门宴、垓下之围三件大事,来表现项羽的性格,他的勇武、直率、少谋、迷信武力的思想品格和精神风貌跃然纸上。由项羽形象的塑造一例,可知《史记》善于多角度、深层次、立体化地塑造人物形象。

吴见思曰:"项羽力拔山,气盖世,何等英雄,何等力量!太史公亦以全神付之,成此英雄力量之文。如破秦军处,斩宋义处,谢鸿门处,分王诸侯处,会垓下处,精神笔力,直透纸背,

静而听之,殷殷阗阗,如有百万之军,藏于简蠹汗青之中,令人神动。"(吴见思著《史记论文》)

2. 在矛盾冲突中刻画和塑造历史人物,具有传奇色彩和戏剧性

扬雄在《法言》中评价司马迁的创作风格:"子长多爱,爱奇也。"这种爱奇尚奇的个性,使他更善于把握历史发展趋势,在矛盾冲突中刻画历史人物形象。例如《项羽本纪》中"鸿门宴"的故事,简直就是一场精彩的独幕剧。项羽的直爽、粗犷、无谋和轻敌与刘邦的机智、老练和精细,形成了很好的映衬和对比。

在细节上作了一些必要的虚构,这是典型的文学叙述手法。《管锥编》引清人周亮工《尺牍新钞》语:"垓下是何等时,虞姬死而子弟散,匹马逃亡,身迷大泽,亦何暇更作歌诗!即有作,亦谁闻之而谁记之欤?吾谓此数语者,无论事之有无,应是太史公'笔补造化',代为传神。"①

3. 运用"互见法"

所谓"互见法",即"本传晦之而他传发之",也就是把关于某一历史人物的部分材料不放在本传写,而移植到其他历史人物的传记中去写,如写项羽以《项羽本纪》为主,但其缺点却移到《淮阴侯列传》中去说。

又如《魏公子列传》着力展现信陵君魏公子之风采,但其怕事而不肯容纳魏齐,导致魏齐"怒而自刎"之事,却在《范雎列传》中补之。

一方面,项羽是一位叱咤风云的反秦英雄,司马迁在《项羽本纪》中予以浓墨重彩的书写。另一方面,项羽有不少当领袖人物所忌讳的弱点缺点,司马迁在《淮阴侯列传》中借韩信之口道出。项羽不善于提拔和赏赐部下以拉拢人心。当时楚军中钟离昧等人都发现韩信的天才,但是非项氏的人得不到重用。韩信对刘邦分析了项羽的弱点和战略错误,"项王暗噁叱咤,千人皆废,然不能任属贤将,此特匹夫之勇耳。项王见人恭敬慈爱,言语呕呕,人有疾病,涕泣分食饮,至使人有功当封爵者,印刓敝,忍不能予,此所谓妇人之仁也。"

有的直接注明"其事在《商君》语中""语在《晋》事中""语在《淮阴侯》中""语在《田完世家》中",这类情况不胜枚举。

4. 善于捕捉最足以显示人物性格内在本质的典型细节

如《李斯列传》:

> 年少时,为郡小吏,见吏舍厕中鼠食不絜,近人犬,数惊恐之。斯入仓,观仓中鼠,食积粟,居大庑之下,不见人犬之忧。于是李斯乃叹曰:"人之贤不肖譬如鼠矣,在所自处耳!"

由这个厕中鼠的故事,可以理解李斯的个性和追求,他一生贪恋爵禄,热衷势力,最终导致其杀身灭族之祸。

《酷吏列传》载张汤儿时事:

---

① 钱锺书:《管锥编》第一册,中华书局1979年版,第278页。

> 其父为长安丞,出,汤为儿守舍。还而鼠盗肉,其父怒,笞汤。汤掘窟得盗鼠及余肉,劾鼠掠治,传爰书,讯鞫论报,并取鼠与肉,具狱磔堂下。其父见之,视其文辞如老狱吏,大惊,遂使书狱。

由这个故事,可以看出张汤性格的酷烈苛深已在少儿时期有所表现,可见司马迁对历史人物的深刻洞察。

5. 在刻画人物形象时,广泛运用了对比、映衬、烘托等多种手法

《廉颇蔺相如列传》以廉、蔺二人作比,《项羽本纪》中刘、项二人对比。在《李将军列传》中,多处运用对比手法,以射雕者、程不识、李蔡等才能低下者作对比。这类情况所在多是。

6. 人物语言个性化

如《项羽本纪》中写到,秦始皇南巡,项羽见之,曰"彼可取而代也",刘邦见之,曰:"嗟乎,大丈夫当如此也!"清代王鸣盛评价道:"项之言,悍而戾,刘之言,则津津然不胜其歆羡矣。"(清·王鸣盛《十七史商榷》卷二"刘项俱观始皇"条)

《陈涉世家》记载陈涉当了王后,他以前的农民朋友去谒见:

> 入宫,见殿屋帷帐,客曰:"夥颐!涉之为王沈沈者!"楚人谓多为夥,故天下传之,夥涉为王,由陈涉始。客出入愈益发舒,言陈王故情。或说陈王曰:"客愚无知,颛妄言,轻威。"陈王斩之。

"夥颐"(陈设丰富)、"沉沉"(宫室深邃),为楚地方言,富于乡土气息,符合农民朋友的身份。

《张丞相列传》中记周昌谏废太子事,连口吃的发声方式都保留了下来:"昌为人吃,又盛怒,曰:'臣口不能言,然臣期期知其不可,陛下虽欲废太子,臣期期不奉诏。'"

7. 强烈的抒情性和人物形象的感染力

刘熙载在《艺概·文概》中说:"学《离骚》得其情者为太史公。"鲁迅称之为"无韵之《离骚》"。

《史记》塑造了大量悲剧人物形象,例如李广、项羽、贾谊、屈原、韩信、季布、伍子胥等,寄托着其人生感慨。清刘鹗《老残游记自序》评云:"《离骚》为屈大夫之哭泣,《庄子》为蒙叟之哭泣,《史记》为太史公之哭泣。"明茅坤评云:"读游侠传即欲轻生,读屈原、贾谊传即欲流涕,读庄周、鲁仲连传即欲遗世,读李广传即欲立斗,读石建传即欲俯躬,读信陵、平原君传即欲养士。"(明·茅坤《茅鹿门先生文集》卷一《与蔡白石太守论文书》)

司马迁发愤著书,字里行间寄托着个人遭遇在内的人生体验,因而史记之理性批判,常带有强烈的感情色彩。叙事之时,亦难免移入作者的爱憎好恶。

《报任安书》云:

> 古者富贵而名摩灭,不可胜记,唯倜傥非常之人称焉。盖西伯拘而演《周易》;仲尼厄而作《春秋》;屈原放逐,乃赋《离骚》;左丘失明,厥有《国语》;孙子膑脚,兵

法修列;不韦迁蜀,世传《吕览》;韩非囚秦,《说难》《孤愤》;《诗》三百篇,大抵圣贤发愤之所为作也。此人皆意有所郁结,不得通其道,故述往事,思来者。乃如左丘无目,孙子断足,终不可用,退论书策,以舒其愤,思垂空文以自见。

善于通过夹叙夹议的手法,表达见解和抒发感情。这方面以《伯夷列传》《屈原列传》《游侠列传》为代表。《伯夷列传》全文七百多字,而人物传记只有二百字,其他都是作者的借题发挥。在叙完伯夷、叔齐简略生平后,他质问:"或曰:'天道无亲,常与善人。'若伯夷叔齐可谓善人者非邪?积仁絜行如此而饿死!且七十子之徒,仲尼独荐颜渊为好学,然回也屡空,糟糠不厌,而卒蚤夭。天之报施善人,其何如哉?盗跖日杀不辜,肝人之肉,暴戾恣睢,聚党数千人,横行天下,竟以寿终。是遵何德哉?"司马迁难以抑制地抒发了对现实社会颠倒黑白,善恶不分,摧残人才等现象的愤慨与不平之情。他质问真的善有善报恶有恶报吗,同时也深刻地认识到为善者若无人提携记录也会被磨灭。作者借此引出自己作为史家的责任与最后觉悟——欲传"砥行立名者"。

二、《史记》的地位和影响

《史记》是我国纪传体史学的奠基之作,也是我国传记文学的开端。

于史学之影响,有两个方面:其一,纪传体成为后世正史之祖;其二,考信求实精神成为史学的优良传统。

于文学之影响,亦是极为深远。其一,影响了后世的散文创作;为后世传记文学、小说提供了借鉴。其二,其丰富的历史故事,成为后代小说、戏曲、曲艺题材的来源。如"霸王别姬""赵氏孤儿""渑池会""将相和""文君当垆",等等。

第四节
《史记》《汉书》比较

> **学习要点**
> 古人常以"马、班"并列,或将《史》《汉》齐举。在思想上,《汉书》是官修的史书。而《史记》是私人著述。笔法上来看,《史记》的特点是"体圆用神",《汉书》的特点是"体方用智"。《汉书》不如《史记》的文气流荡,富于神韵。

古人推重《史记》和《汉书》,或以"马、班"并列,或将"《史》《汉》"齐举。

一、史观

在思想上,《汉书》是官修的史书。而《史记》是私人著述。梁启超《中国历史研究法》中有云:"迁、固两体之区别,在历史观念上尤有绝大之意义焉,《史记》以社会全体为史的中枢,故不失为国民的历史;《班书》以下,则以帝室为史的中枢,自是历史乃变为帝王家谱矣。"其体例之改易,得失互见;其文字之删省,则往往失却司马迁的微旨与叙事的生动。

二、笔法

章学诚认为《史记》的特点是"体圆用神",《汉书》的特点是"体方用智"(《文史通义·书教下》)。所谓"体圆用神",如鲁迅所说,"不拘于史法,不囿于字句";所谓"体方用智",即处处讲究规矩准绳,追求形式和表达上的"详整"。

刘熙载云:"苏子由称太史公'疏荡有奇气';刘彦和称班孟坚'裁密而思靡'。'疏'、'密'二字,其用不可胜穷。"(《艺概·文概》)

《汉书》不如《史记》的文气流荡,富于神韵。

就《汉书》的叙事笔法来看,《汉书》重视规矩墨绳,行文谨严有法。具体来说:

第一,笔法精密,在平铺直叙中寓含褒贬、预示吉凶,分寸掌握得非常准确。

《汉书·霍光金日磾传》以精细的笔法刻画出二人的庄重谨慎。写霍光:"光为人沈静详审,……每出入下殿门,止进有常处。郎仆射窃识视之,不失尺寸,其资性端正如此。"对于金日磾亦有类似叙述:"日磾自在左右,目不忤视者数十年。赐出宫女,不敢近。上欲纳其女后宫,不肯。其笃慎如此,上尤奇异之。"然而,两人的谨慎程度又存在差异。日磾对于后代严格管教。书中有如下记载:

> 日磾子二人皆爱,为帝弄儿,常在旁侧。弄儿或自后拥上项,日磾在前,见而目之。弄儿走且啼曰:"翁怒。"上谓日磾"何怒吾儿为?"其后弄儿壮大,不谨,自殿下与宫人戏。日磾适见之,恶其淫乱,遂杀弄儿。弄儿即日磾长子也。上闻之大怒,日磾顿首谢,具言所以杀弄儿状。上甚哀,为之泣,已而心敬日磾。

霍光历经汉武帝、汉昭帝、汉宣帝三朝,其间曾主持废立昌邑王。宣帝地节二年(前68)霍光去世,过世后第二年霍家因谋反被族诛。霍光平日虽然慎重,但功高震主,生活奢侈,权力大,"不逊必侮上",又不能管束家人涉政,为后来的全家族灭埋下了祸根。对此,茂陵徐生有切要的分析:

> 初,霍氏奢侈,茂陵徐生曰:"霍氏必亡。夫奢则不逊,不逊必侮上。侮上者,逆道也。在人之右,众必害之。霍氏秉权日久,害之者多矣。天下害之,而又行以逆道,不亡何待!"

第二,《汉书》对那些带有起始性质的事件,都要特别加以强调。注重演变制度。

《汉书·公孙弘传》:"其后以为故事,至丞相封,自弘始也。"先拜相后封侯的做法是从公孙弘开始的,在此以前绝无仅有。

第三,将有价值的轶闻逸事安排在篇末,并贯之于全书。

例如,《汉书·于定国传》的末尾是这样一段文字:

> 始,定国父于公,其闾门坏,父老方共治之。于公谓曰:"少高大闾门,令容驷马高盖车。我治狱多阴德,未尝有所冤,子孙必有兴者。"至定国为丞相,永为御史大夫,封侯传世云。

第四,《汉书》有些地方刻画人物很细腻。

《汉书》不少人物传记,能够摹声绘形,传达人物的神貌和性格。《汉书》卷五十四《李广苏建传》中对李陵、苏武的刻画就十分精细。李陵兵败降匈奴,昭帝时,派李陵故人任立政出使匈奴,伺机招回李陵,书中对此一事的描写为:

> 昭帝立,大将军霍光、左将军上官桀辅政,素与陵善,遣陵故人陇西任立政等三人俱至匈奴招陵。立政等至,单于置酒赐汉使者,李陵、卫律皆侍坐。立政等见陵,未得私语,即目视陵,而数数自循其刀环,握其足,阴谕之,言可还归汉也。后陵、律持牛酒劳汉使,博饮,两人皆胡服椎结。立政大言曰:"汉已大赦,中国安乐,主上富于春秋,霍子孟、上官少叔用事。"以此言微动之。陵默不应,孰视而自循其发,答曰:"吾已胡服矣!"有顷,律起更衣,立政曰:"咄,少卿良苦!霍子孟、上官少叔谢女。"陵曰:"霍与上官无恙乎?"立政曰:"请少卿来归故乡,毋忧富贵。"陵字立政曰:"少公,归易耳,恐再辱,奈何!"语未卒,卫律还,颇闻余语,曰:"李少卿贤者,不独居一国。范蠡遍游天下,由余去戎入秦,今何语之亲也!"因罢去。立政随谓陵曰:"亦有意乎?"陵曰:"丈夫不能再辱。"

叙述任立政与李陵相见时,将人物的神情和微妙心理展现得非常细腻。两次相见,第一次因为单于设宴,双方不得交谈私事,任立政只能以眼神和动作暗示。第二次相逢,老朋友可以一叙衷情,但中间又插进个卫律,于是,立政婉言侧敲,李陵忧心忡忡。班固把这个场面写得婉曲细腻,极能传神达意。①

第五节
缘事感哀乐:汉乐府民歌

> **学习要点**
>
> 乐府原是官府(署)名,后来演变为一种诗体名。包括乐府民歌与文人乐府诗两部分。乐府一是采自民歌,整理民间歌谣而成;二是为文人的辞赋谱乐。宋人郭茂倩所编的《乐府诗集》是收罗乐府民歌最完备的一部总集,将自汉至唐的乐府分为十二类。

---

① 以上内容可参见袁行霈《中国文学史(第二版)》第一卷汉书部分,高等教育出版社,2005年。

> 乐府民歌在艺术上的特点：1. 叙事性。2. 场景化。3. 戏剧性。汉末建安年间长篇叙事诗《孔雀东南飞》是乐府民歌的代表作。

乐府原是官府（署）名，后来演变为一种诗体名。包括乐府民歌与文人乐府诗两部分。

一、乐府的含义

乐府原本是古代音乐官署的名称。它始于秦代，汉承秦制，也设有这一机关，到了汉武帝时代，规模得以扩大。这时乐府机关的任务主要是为一些文人创作的诗歌制谱配乐，进行演奏，同时兼采各地的歌谣。采诗的目的一是"观风俗，知厚薄"，也就是通过民歌了解民情，了解政治的得失，这是上古采诗以观民风的延续。二是为丰富乐府的乐章，以供朝廷朝会、宴饮、祭祀等典礼以及娱乐之用。

到了汉魏六朝，人们把合过乐的歌诗称为乐府。这样，乐府就由音乐官署的名称变成一种诗体的名称。

到了唐代，乐府已撇开音乐，而注重其社会内容。于是，乐府在此时又演变为一种批判现实的讽刺诗。

到宋元以后，也称合过乐的词曲为乐府。此时的乐府已与汉乐府的含义大相径庭，只是乐府的一种变称。

二、乐府的设立与乐府民歌的采集

据有关史料载，秦代已有乐府机关的设置，《汉书·百官公卿表》及1977年始皇陵出土的错银"乐府"钟证明，乐府建置始于秦。秦代有"奉常"机关，这个机关下又有六个机关，其中有一个是"太乐"。"奉常"掌宗庙礼仪，"太乐"是在祭祀天地、鬼神、祖先时管音乐，另外又有"少府"机关，管理宫廷事务。这下面又设几个机关，其中有"乐府"，负责宫廷音乐。唐代杜佑《通典》中讲官职时说："秦汉奉常属官，有太乐令及丞，又少府属官，并有乐府令、丞。"宋代郑樵《通考》、元代马端临《文献通考》和班固的说法一致。

西汉建立后，"汉承秦制"，在具体官制上，也袭用了秦制。秦"立百官之职，汉因循而不革。"（《汉书·百官公卿表》）直到武帝前，音乐机关都是沿袭秦代的。由于政治、经济各方面混乱，顾不上音乐，因此只挂这一官职，没有多少贡献。由于雅乐消亡，俗乐又不能入庙，乐府出现了凋敝状况。汉武帝时，乘文景之治，政治、经济繁荣之际，在思想文化上，他下令"独尊儒术""崇礼官，兴乐教"，要用礼乐实行教化，对原有的乐府机构进行了改革和扩建。《汉书·礼乐志》中提到武帝定郊祀之礼："乃立乐府，采诗夜诵，有赵、代、秦、楚之讴"。"乃立"有改革和扩充的意思，乐府之名最早源于此。其实《汉书》的这一说法不一定准确，宋代王应麟根据《汉书·礼乐志》中孝惠二年有"乐府令"这一记载提出了怀疑。1977年，临潼秦始皇兵马俑出土的"编钟"上有"乐府"二字,足以说明在秦代已有乐府机关。此外,《汉书·艺文志》中提到:"有赵代之讴,秦楚之风,皆感于哀乐,缘事而发,亦可以观风俗,知薄厚云"。即通过民歌了解民情。

三、乐府的分类

据《汉书·艺文志》记载,西汉乐府民歌有138首,遍及黄河和长江流域,可惜并未全部流传。现存的西汉乐府民歌总共不过40首左右,可见亡佚之多,现存的乐府民歌中东汉占多数。

宋人郭茂倩所编的《乐府诗集》是收罗乐府民歌最完备的一部总集。他将自汉至唐的乐府分为十二类:郊庙歌辞、燕射歌辞、鼓吹曲辞、横吹曲辞、相和歌辞、清商曲辞、舞曲歌辞、琴曲歌辞、杂曲歌辞、近代曲辞、杂歌谣辞、新乐府辞。汉乐府民歌主要保存在"相和""鼓吹""杂曲"三类中。从音乐方面看,"相和"是一种民间的新声。"杂曲"之风格和"相和"相近,因为这些歌辞原来所属的曲调后世不详,所以列为杂曲。"鼓吹曲"今存铙歌十八曲,"铙歌"本是军乐,歌辞多产生在西汉,其中一部分是民歌。

四、乐府民歌在艺术上的特点

(一)叙事性

叙事性,是汉乐府最明显的特点。明代有人说:"乐府往往叙事,故与诗殊。"这里的"诗"指的是《诗经》中的国风。乐府民歌从长篇《孔雀东南飞》到小诗《公无渡河》,都带有明显的情节性、故事性。即如一些抒情诗,如《白头吟》《怨歌行》《青青陵上柏》等作品,也多具浓郁的叙事成分。它们往往采取第一人称的自述方式来表情说事,真切动人。如《白头吟》写一女子坦荡不拘地自叙其与怀有两意的情人斗酒决绝之事,叙事言情通达细腻。《孤儿行》则以孤儿自己的口气来叙述生平,表达悲绪。他用如泣如诉的语言、真切质朴的感受,将自己"命独当苦"的人生经历一一道来,使人如闻其声,如见其状。清人沈德潜在《古诗源》中评价此诗:"极琐碎,极古奥,断续无端,起落无迹,泪痕血点,结撒而成。"

(二)场景化

场景化,是汉乐府民歌叙事的一大特色,其交代故事,塑造人物,总是通过某种特定的场景化描写来进行。如《十五从军征》写一老兵"十五从军征,八十始得归",然而自己的家已是人亡室空,墓冢累累,只见"兔从狗窦入,雉从梁上飞。中庭生旅谷,井上生旅葵"。这是一个极尽破败荒凉的场景,将一个老兵穷老归来、孤贫无依的凄惨晚景极真实地再现出来,集中突出了叙事效果,令人震撼。其他如《陌上桑》中写少女罗敷的美,不从正面写,而是从旁观者的眼神表情中反照映衬,而每一个旁观者都与罗敷构成一种特定的关系场景,更是呼之欲出,如在目前,叙事之巧妙堪为典范。

（三）戏剧性

戏剧性，是汉乐府民歌叙事的又一大特色。乐府叙事，既真切自然，又不平直烦冗，而是抓住事情的矛盾冲突，在跌宕曲折的情节发展中叙说故事，展现性格，在一种动荡紧张的戏剧性氛围中塑造形象，表达主题。这在《孔雀东南飞》中表现得最为鲜明。长篇叙事诗《孔雀东南飞》，又名《焦仲卿妻》，最早见于南朝梁代徐陵所编《玉台新咏》。诗首有序云："汉末建安中，庐江府小吏焦仲卿妻刘氏，为仲卿母所遣，自誓不嫁。其家逼之，乃没水而死。仲卿闻之，亦自缢于庭树。时伤之，为诗云尔。"此序告诉我们，《孔雀东南飞》一诗取自真人实事，而且约成稿于汉末建安年间。全诗共350余句，1 700多字，是古代文学史上最长的叙事诗之一，同时也是最具悲剧性的叙事诗之一。诗中讲述了一个完整的爱情悲剧故事：刘兰芝被婆母所遣是矛盾冲突展开的始因，也是悲剧故事的开端。刘、焦分手，兰芝回家，受兄长逼迫违心答应另嫁，是悲剧故事的展开。至此，人物关系趋于复杂，矛盾冲突愈加尖锐。仲卿闻讯，前来责难兰芝，二人发生误会，继而相约殉情，矛盾冲突至此又充分展开，悲剧故事臻于高潮。二人别后回家，双双如约自尽，矛盾冲突解决，悲剧故事结束。最后，有一个古典和谐美的理想化尾声，二人死后合葬一处，在松柏梧桐之间，有自名鸳鸯的双飞鸟朝夕相向而鸣，尾声饶有余韵，令人嗟叹不已。这一悲剧性长诗，标志着偏于叙事写实的乐府民歌在东汉末年所达到的艺术高峰。具体来说，它通过一个有头有尾、谨严完整的悲剧故事，以及焦、刘等一系列性格鲜明的人物形象，展示了善恶矛盾、美丑冲突的社会现实生活，再现了世俗个体命运多舛的生存状态，描画了一幅真切生动的民俗风情景观。

第六节
秀才家常语：《古诗十九首》

> **学习要点**
>
> 五言诗起源于民间，是在长期酝酿中逐步形成的。现存最早的文人五言诗是班固的《咏史》。西汉是五言诗的酝酿期，班固、张衡时代是五言的成立期，建安前后是五言的成熟期。
>
> 文人五言诗以东汉末年的《古诗十九首》最为典型。以"感伤"为主题，情感表达委婉含蓄。其内容是：其一，游子、思妇的离愁别恨、闺怨乡思。其二，感叹光阴短暂，人生匆促，身如朝露，命若飘尘。《古诗十九首》抒发了当时人的生命意识，写出了人的觉醒，是整个建安时期"人的自觉""文的自觉"的前奏。

《古诗十九首》，最早见于梁萧统编的《文选》卷二十九。因为作者姓名失传，时代不能确定，故《文选》的编者题为"古诗"。古诗十九首是东汉末年文人五言诗的成熟作品，代表了汉代文人五言诗的最高成就。

一、五言诗的起源与发展

五言诗起源于民间,是在长期酝酿中逐步形成的,并非某一人的创造。对于它的起源,前人有不同的说法。

(一)起于枚乘

徐陵《玉台新咏》一书在《古诗十九首》一文中将《西北有高楼》等诗八首,再加《兰若生春阳》一首,题为枚乘杂诗。刘勰在《明诗》中说:"古诗佳丽,或称枚叔。其《孤竹》一篇,则傅毅之辞,比采而推,两汉之作乎?"可见"起于枚乘"之论在徐陵之前已有人提出。但后人多疑其不确。

(二)起于李陵

《文选》中有李陵诗三首。钟嵘的《诗品》于古诗以后,以李陵为第一家,他在自序中说:"逮汉李陵,始著五言之目矣。"这种说法也有人提出怀疑。刘勰《文心雕龙·明诗》中提到:"至成帝品录,三百余篇,朝章国采,亦云周备。而辞人遗翰,莫见五言,所以李陵、班婕妤见疑于后代也。"可知在刘勰时代怀疑此说的人已经很多了。

时代最早的五言诗并非秦代的一首歌谣,而是产生于两汉民谣和乐府民歌中。武帝时搜集歌谣,五言民歌大量进入朝廷。西汉时代的五言诗处于酝酿时期,在形式上还不够成熟。如李延年《李夫人歌》:"北方有佳人,绝世而独立。一顾倾人城,再顾倾人国。宁不知倾城与倾国。佳人难再得。"这首五言诗是李夫人未入宫前,其兄李延年在武帝面前歌唱,赞美其妹容貌的歌谣。又如汉成帝时民谣:"邪径败良田,谗口害善人。桂树华不实,黄雀巢其颠。古为人所羡,今为人所怜。"可知当时五言诗的发展样貌。说枚乘、李陵等已有五言,显然不可信。

到了东汉,纯粹的五言诗出现了。现存最早的文人五言诗是班固的《咏史》,从艺术上说,与《古诗十九首》还有距离,钟嵘评为"质木无文"。班固之后,出现了张衡的《同声歌》,秦嘉的《赠妇诗》,赵壹的《疾邪诗》等。其他如《古诗十九首》等大约产生于此时。总的来说,西汉是五言诗的酝酿期,班固、张衡时代是五言诗的成立期,建安前后是五言诗的成熟期。

文人五言诗的出现和发展,在中国古典诗歌史上具有重大的意义。就诗体形式看,最早成熟的是以《诗经》为代表的四言诗,之后是《楚辞》为代表的杂言诗,汉乐府民歌则是"杂言"和"五言"并行,其中以五言居多。在学习乐府民歌的基础上,东汉出现了文人五言诗。从四言、杂言到五言的演变并不仅仅是诗体形式的问题,实质上也是内容表达的需要。五言较之四言,无论是语词还是音节变化都更丰富和多样,更适于表现较为复杂的事物和情感。

五言诗在东汉文人手里基本定型,这既是中国古典诗歌的发展规律使然,也与东汉时代,特别是东汉中晚期文人特有的生存困境和内心生活直接相关。个人与社会、现实与理想的分裂和冲突,给文人带来复杂而痛苦的内心感受。要表达这种感受,同时又不破坏美的原则,那么,舍弃四言,超越杂言,而走向五言,便成为东汉中晚期文人诗歌创作的必然选择。

二、《古诗十九首》

文人五言诗以东汉末年的《古诗十九首》最为典型。《古诗十九首》是一群无名氏的作品,首载于《文选》,都是完整的五言诗。它们产生的时代,大约在东汉末年到建安时期。

沈德潜《说诗晬语》中评价为:"古诗十九首,不必一人之辞,一时之作。大率逐臣弃妇,朋友阔绝,游子他乡,死生新故之感。或寓言,或显言,或反覆言。初无奇辟之思,惊险之句。而西京古诗,皆在其下。"《古诗十九首》大多为文人之作,大约从其情感表达的委婉含蓄,普遍贯穿的"感伤"情怀等方面看出,这与俚谣民歌大异其趣。其浓郁深重的感伤情怀,在汉魏之交的文人诗歌中极为常见。《古诗十九首》所表达的大都是游子、思妇、闺怨、怀乡、友情、行乐等世俗人生内容,而其最主要也最具时代特色的审美旨趣,就是感伤。那种挥之不去、刻骨铭心的人生失意感、无望感、飘泊感、孤寂感、短促感、寄寓感、焦虑感……皆悲云愁雾般地笼罩在这些五言诗中,凝成看似言近语短,实则负载深沉的"感伤"主题。

(一)游子、思妇的离愁别恨,闺怨乡思,是其感伤主题的一大内容

当时的中下层文人,为了讨个好的出路,不得不远离故乡,游走权门,以图谋一官半职。但这些游宦之士往往得意者少,不幸者多。于是他们苦苦挣扎的人生体验和羁旅情怀便借助五言体诗传达了出来。《明月何皎皎》《涉江采芙蓉》《去者日以疏》等即属此类作品。有了游子,自然就有思妇,有了愁旅,自然就有闺怨。所以留守空房的怨妇们也要通过诗歌来表达"与君生别离"的无尽孤寂和深切悲伤。《古诗十九首》中这类作品居多数,如《行行重行行》《青青河畔草》《冉冉生孤竹》《庭中有奇树》《凛凛岁云暮》《孟冬寒气至》《客从远方来》等皆是(所谓"思妇"诗,人们认为大都是宦游之士模拟女性口吻而作,倘果如此,也应算作游子心态的一种曲折表露)。

譬如《行行重行行》以思妇口吻表达离愁别恨独具意味。一方面是感情真挚深切,语言朴质自然,几无雕琢痕迹,与民歌接近;另一方面又毕竟不同于民歌,感情表达在真挚自然中又具丰富婉转之妙,颇有知书达礼的女性口吻之风韵。

(二)感叹光阴短暂,人生匆促,身如朝露,命若飙尘,则为文人五言诗之感伤主题的又一大内容

实际上,这一内容与"游子"或"思妇"们的生命体验是互为表里的。宦游之士常年远离故土,飘落异乡,居留无定,前途未卜,就自然会产生人生如寄、命运无常的羁旅感受和过客心态,所以也就容易将游子的经验和人生的状态联系在一起。譬如《今日良宴会》中的"人生寄一世,奄忽若飙尘";《青青陵上柏》中的"人生天地间,忽如远行客"。《驱车上东门》中的"浩浩阴阳移,年命如朝露。人生忽如寄,寿无金石固"。

这些诗句表明,羁旅之士境遇的艰难、客居、飘零、匆忙、短暂、无常等内在体验,也同时成了人生状态的真实写照,成了文人士子的生存图景。难怪读着这些文人五言诗,我们会时时感到一种悲伤之情、哀怨之气扑面而来,弥漫而至。

《古诗十九首》抒发了当时人的生命意识,写出了人的觉醒。即在哲学层面上体现为人与诗的觉醒,对生命作深层的思考,觉悟到天地的无序,社会的混沌,人的脆弱,以及人生短促、及时行乐的思想;在世俗的层面,则直白地反映了世态炎凉和下层知识分子不遇的种种悲慨之情。表现了社会的动乱、战争的频仍、国势的衰微,文士游宦天涯,思妇不甘寂寞,由此带来以夫妇生离、兄弟死别、朋友之间契阔相思为基调的歌唱。《古诗十九首》中人的觉醒、诗的觉醒,是整个建安时期"人的自觉""文的自觉"的前奏,是"文的自觉"的起始阶段。

[章测试]

一、单选题

1. 下列关于赋的错误说法是(　　)
A. "铺采摛文""体物写志"是赋的一般特点。
B. 赋为一种不能脱离音乐的诵读方式。
C. 汉大赋的先驱是枚乘的《七发》。
D. 赋,是汉代文学的代表。

2. 《李广列传》通过典型战例,表现李广的才能、功勋和"不遇时"的遭遇。下列不属于李广事迹的是(　　)
A. 上郡遭遇战　　B. 雁门出击战　　C. 右北平之战　　D. 大宛之战

3. 以下不是司马迁作品的是(　　)
A.《史记》　　B.《报任安书》　　C.《悲士不遇赋》　　D.《悲愤诗》

4. 现存文人五言诗最早的是(　　)
A. 张衡的《同声歌》　　B. 班固的《咏史》
C. 秦嘉的《赠妇诗》　　D. 赵壹的《疾邪诗》

二、多选题

1. 《史记》善于通过夹叙夹议的手法,表达作者见解和抒发感情,这方面的代表作有(　　)
A.《屈原列传》　　B.《韩非子列传》　　C.《伯夷列传》　　D.《游侠列传》

2. 《古诗十九首》中有不少"思妇"诗,人们认为大都是宦游之士模拟女性口吻而作。这方面的作品有(　　)
A.《行行重行行》　　B.《青青河畔草》　　C.《冉冉生孤竹》　　D.《今日良宴会》

三、判断题

1. 《子虚赋》和《上林赋》的写作时间,前后相去大约1年。（　　）
2. 《汉书》不如《史记》的文气流荡,富于神韵。（　　）
3. 乐府原本是古代音乐官署的名称。到了汉魏六朝,人们把合过乐的歌诗称为乐府。这样,乐府就由音乐官署的名称变成一种诗体的名称。（　　）
4. 长篇叙事诗《孔雀东南飞》,又名《焦仲卿妻》,最早见于北朝徐陵所编《玉台新咏》。（　　）
5. 文人五言诗以东汉末年的《古诗十九首》最为典型。《古诗十九首》是一群无名氏的作品,首载于《文心雕龙》,都是完整的五言诗。（　　）
6. 最早形成"劝百讽一"的赋颂特色的作品是《七发》。（　　）
7. 《史记》之称,西汉时已是常见。（　　）
8. 在《项羽本纪》中,韩信向刘邦分析了项羽的弱点和战略错误。（　　）
9. 《史记》《汉书》对那些带有起始性质的事件,都要特别加以强调,且均注重演变制度。（　　）
10. 《乐府诗集》中"鼓吹曲"今存铙歌十八篇,"铙歌"本是军乐,歌辞全部产生在西汉,其中一部分是民歌。（　　）
11. 现存最早的文人五言诗是班固的《咏史》。（　　）

 [章讨论]

1. 《七发》的艺术特点。
2. 司马相如散体大赋的特点。
3. 司马迁的生平经历对《史记》创作有何重大的影响?
4. 如何理解《史记》是"史家之绝唱,无韵之《离骚》"?
5. 谈谈《史记》的艺术成就。
6. 比较《史记》和《汉书》。
7. 汉乐府机构采诗的目的是什么?
8. 试论汉乐府民歌的艺术成就。
9. 五言诗的起源和发展是怎样的?
10. 《古诗十九首》的内容和艺术成就。

第三章
魏晋南北朝文学

学习目标…

1. 理解"建安风骨"是中国古代诗歌美学的典范。

2. 理解曹植诗歌的艺术成就。

3. 了解阮籍其人。理解《咏怀诗》八十二首这一政治抒情组诗的艺术特色。

4. 了解左思的代表作;理解"左思风力"。

第一节
曹植：骨气奇高，词彩华茂

> **学习要点**
>
> 曹植是建安文学的代表人物，其诗歌今存八十余首，大致以建安二十五年曹丕即位为界，分为前后两个时期，前期作品志满意得，昂扬乐观，充满自信，富于浪漫情调；后期作品充满了深沉的愤激与悲凉。曹植诗歌对后世影响很大，钟嵘以"骨气奇高，词彩华茂，情兼雅怨，体被文质"来评价他。

在中国文学史上，魏晋南北朝文学是从汉末建安开始的。建安是汉献帝的年号（196—220），建安时代，"三曹""七子"并世而出，为中国诗歌打开了一个新的局面，并确立了"建安风骨"这一诗歌美学的典范。

今天我们就走近建安文学的代表人物曹植。

一、曹植的生平经历

曹植，字子建，曹丕弟。在建安作家中，他是留存作品最多，对后世影响最大，后世评价最高的一位作家。钟嵘称他为"建安之杰"，谢灵运曾说"天下才共一石，曹子建独得八斗，我得一斗，自古及今同用一斗。"[①]

曹植是一个悲剧人物。他的悲剧遭遇，是与他和曹丕争太子的经历密切相关的。他少时以才思敏捷而深得曹操的宠爱，曾一度被立为太子，但由于他放纵不羁，缺乏政治家的成熟与老练，最终在与曹丕的明争暗斗中失败。

曹操死后，他的日子便很不好过。曹丕继位后，他位为藩侯，实同囚徒。曹丕对他颇多猜忌，屡屡更换封地，动辄得咎。魏明帝即位后，他希望改变自己的地位，多次上书，力图得到任用，但仍得不到信任，最终郁郁而终，死时年仅四十一岁。

曹植最后一任徙封陈王，卒后谥为"思"，故后人又称之为陈思王。

在政治上，曹植是一位悲剧人物，然而政治上的悲剧客观上促成了他在诗歌创作上的卓越成就。

二、曹植前后两期的诗文创作分类

曹植的诗歌今存80余首，辞赋、散文40余篇，就其创作经历来看，大致以建安二十五年

[①] 唐李翰撰、宋徐子先补注《蒙求集注》，《丛书集成》初编本，商务印书馆1940年版。参见张继定《成语"八斗之才"典出何处》，《咬文嚼字》2019年第6期。

(220)曹丕即位为界,分为前后两个时期。前期的曹植由于受到曹操的宠爱,显得志满意得,昂扬乐观,充满自信,富于浪漫情调。

如《白马篇》:

> 白马饰金羁,连翩西北驰。借问谁家子?幽并游侠儿。少小去乡邑,扬声沙漠垂。宿昔秉良弓,楛矢何参差。控弦破左的,右发摧月支。仰手接飞猱,俯身散马蹄。狡捷过猴猿,勇剽若豹螭。边城多警急,虏骑数迁移。羽檄从北来,厉马登高堤。长驱蹈匈奴,左顾凌鲜卑。弃身锋刃端,性命安可怀?父母且不顾,何言子与妻!名编壮士籍,不得中顾私。捐躯赴国难,视死忽如归。

诗中所写慷慨赴国难的侠少年,武艺高强:"控弦破左的,右发摧月支。仰手接飞猱,俯身散马蹄。狡捷过猴猿,勇剽若豹螭。"关键还具有高尚无私的爱国主义情怀:"弃身锋刃端,性命安可怀?父母且不顾,何言子与妻!名编壮士籍,不得中顾私。捐躯赴国难,视死忽如归。"实际上是作者的自我化身,寄托了诗人对建功立业的渴望和憧憬。

后期,曹植在曹丕、曹叡父子的猜忌、迫害下忍辱求生,心情极为悲愤苦闷,诗歌内容与风格都发生了很大的变化。豪迈自信、昂扬乐观的情调没有了,代之出现的则是深沉的愤激与悲凉,对个人命运、前途的失望,对曹丕集团的怨恨,对自己在碌碌无为中空耗生命的哀伤以及对自由生活的向往。《赠白马王彪》可视为后期作品的代表。

《赠白马王彪》诗序云:"黄初四年五月,白马王、任城王与余俱朝京师,会节气。到洛阳,任城王薨。至七月,与白马王还国。后有司以二王归藩,道路宜异宿止,意毒恨之。盖以大别在数日,是用自剖,与王辞焉,愤而成篇。"全诗共分七章,以感情活动为线索,集中抒发了诗人数年来屡受迫害而积压在心头的愤慨。诗中痛斥小人挑拨曹丕与他们的手足之情,对任城王的暴卒表示深切的悼念。这首诗在抒情中穿插以叙事、写景,将诗人后期备受迫害的感受凝聚起来,鲜明感人,是文学史上有名的长篇抒情诗。

三、曹植诗歌的艺术成就

曹植诗歌的价值,除了内容上的充实外,对后代影响最大的是他的诗歌艺术。他的诗歌做到了"气骨"与"丹彩"的完美结合,故钟嵘说他是"骨气奇高,词彩华茂,情兼雅怨,体被文质",是当时诗坛最杰出的代表。主要表现在以下几方面。

(一)抒情性增强,个性更加鲜明

就诗歌体裁来看,曹植诗作中有不少乐府诗,事实上三曹七子都多用乐府旧题,但曹植不同之处是创造性地运用了乐府体裁,不是简单地模仿,而是更多地注入了个人的感情,从而将乐府诗的以叙事为主,转变为以抒情为主。

比如他的《美女篇》,从形式上看是模仿汉乐府《陌上桑》,但汉乐府叙述的是采桑女拒绝太守调戏,以叙事为主,而《美女篇》主要表现的是美女盛年未嫁的苦闷,以此美人迟暮的苦

恼,寓托他怀才不遇的感慨,这样就具有了个性。在这一点上,他较曹丕的单纯模仿民歌胜出一等,比如曹丕的《燕歌行》描写男女之情,达到了很高的艺术成就,但此诗乃代言体,个性并不鲜明。

(二)结构上更讲究,尤其是发端精警

他常常以带有强烈的主观感情色彩的景物描写开头,渲染气氛,笼罩全篇。沈德潜说他"极工于起调"(《说诗晬语》)。

如他的《赠徐干》:"惊风飘白日,忽然归西山。圆景光未满,众星粲以繁。"以白日西归,星月忽至来写时光的流逝之速。《野田黄雀行》:"高树多悲风,海水扬其波。"以激烈动荡的景象,暗示作者处境的险恶以及心境的不平,等等。

(三)注重对偶以及锤炼字句

曹植诗歌中对偶句极多,如"秋兰被长坂,朱华冒绿池。"(《公宴》)"闾阖启丹扉,双阙曜朱光。"(《五游》)再如注重炼字的句子,如"清风飘飞阁"(《赠丁仪》),"明月澄清景"(《公宴》),"清池激长流"(《赠王粲》)等,经过诗人的精心锤炼,便达到了十分警醒的效果。这为后来南北朝文人诗歌注重修辞开了先河。

(四)曹植是第一位大力写作五言诗的文人

他现存诗歌80余首,其中有60多首是五言诗。

他的诗歌,既体现了《诗经》"哀而不伤"的庄雅,又蕴含着《楚辞》窈窕深邃的奇谲;既继承了汉乐府反映现实的笔力,又保留了《古诗十九首》温丽悲远的情调。具有鲜明的个性特色,完成了乐府民歌向文人诗的转变。

曹植对诗歌的发展作出了杰出的贡献,后人给予他极高的评价。钟嵘《诗品》说:"陈思之于文章也,譬人伦之有周孔,鳞羽之有龙凤,音乐之有琴笙,女工之有黼黻。"张戒《岁寒堂诗话》评价:"韩退之之文,曹子建、杜子美之诗,后世所以莫能及也。"

第二节
阮籍:言在耳目之内,情寄八荒之表

> **学习要点**
>
> 阮籍生活在魏晋之际,是正始文学的代表。处于魏晋易代之际,他不愿意随波逐流,但对现实又无可奈何,苦闷与矛盾也成为他人生的主旋律。其代表作是《咏怀诗》八十二首。这些诗非一时一地所作,抒感慨,发议论,写理想,开创了政治抒情组诗的先河,对后世产生了重大影响。

一、正始文学的基本特征及其成因

阮籍生活在魏晋之际,是正始文学的代表。正始是齐王曹芳的年号(240—249),约定俗成的正始文学则包括正始以后至西晋立国这一时期的文学。

这一时期文学的总体特征是:

整体风貌上,建安文学中高扬奋发、积极进取的精神基本消失,对人生的哲理性思考以及忧生之嗟成为作品的主调。

在艺术上,不再模仿乐府叙事体的方式揭露时事,而是将抨击时事与抒写感愤融为一体,使诗歌文人化。

风格上,正始诗人创造了曲折隐晦、清隽艰深的风格,开创了以组诗的形式发感慨、寄情怀、写理想的方式。

为什么会发生这种变化呢?原因有二,政局的变动和玄学思潮的影响。

公元239年(明帝景初三年)明帝死,临终以曹爽与司马懿夹辅曹芳即帝位,曹爽与司马懿因权力之争而矛盾激化,正始十年(249)司马懿发动高平陵事件,诛杀了曹爽,依附曹魏的一批名士亦遭杀害,史称"天下名士去其大半"。政治的高压,给文人带来了幻灭感与危机感,他们在写作诗文时,只能以曲折隐晦的形式抒写忧愤。

除了时局政治的影响外,玄学思潮也对文学风貌有所影响。

正始年间,谈玄成为一种社会风气。玄学在内容上以老庄思想为中心,表现出对世俗社会、儒家伦理道德的蔑视,文人开始追求清虚高旷、自然悠远的诗歌境界。

同时,谈玄需"校练名理",玄风的散播使得诗歌的哲理成分加强,如刘勰在《文心雕龙》中说:"正始明道,诗杂仙心。"

正是政治和玄学的双重影响,促成了正始文学特征的形成。

二、阮籍的生平与思想

正始文学的代表人物是"竹林七贤",其中尤以阮籍和嵇康的成就最为突出,今天我们一起走近阮籍。

阮籍(210—263),字嗣宗,建安七子之一阮瑀之子。十一岁时,曹丕代汉即帝位,四十三岁,他做了司马师的从事郎中,晚年(53岁)又求为步兵校尉,后世称其为阮步兵。在他死后两年,魏主正式禅位。

处于这样的政治环境中,苦闷是其人生的主旋律。他不愿意随波逐流,但对现实又无可奈何,于是他始终徘徊于高洁与世俗之间,依违于政局内外,在矛盾中度日。

少年时的阮籍颇有壮志,他曾登广武城,面对楚汉古战场,发出"时无英雄,遂使竖子成名"的慨叹,表现出目空古人的少年英气。

但是随着政局的变化,建立功名的热情消歇,特别是在高平陵事件后,他最大的苦恼在于如何全身远祸。

阮籍了解司马氏集团的凶残面目,对其用卑劣手段攫取政权的行径深恶痛绝,但不敢明确反对,体现在其立身行事中,则是慎与狂的矛盾表现。

慎,体现在对于时事政治问题十分谨慎,口不臧否人物,比如兖州刺史王昶"请与相见,终日不开一言,自以不能测。"(《晋书·阮籍传》)司马昭曾说:"天下之至慎者,其唯阮嗣宗乎?每与之言,言及玄远,而未尝评论时事,臧否人物,可谓至慎乎?"(李康《家诫》,《世说新语》刘孝标注引文)

狂,体现在他对虚伪礼法之士极为蔑视。在生活方式上常常表现为放浪形骸,遗落世事,嗜酒成癖,等等。

阮籍在政治上的至慎,不议论时政,对现实政权没有威胁,而他对礼法的蔑视,则多属伦理道德范畴,对司马氏政治亦无大害,司马氏集团也认识到这一点,使阮籍在乱世中得以全身。其内心却是十分苦闷的。本传中记载他经常驱车疾驰,不由路径,最后痛哭而返。这样的苦闷,就体现在其八十二首《咏怀》诗中。

三、《咏怀》诗的主题及艺术特征

阮籍的代表作是《咏怀》诗八十二首。这些诗非一时一地所作,抒感慨,发议论,写理想,开创了政治抒情组诗的先河,对后世产生了重大影响。

(一) 主题

八十二首《咏怀》诗中,苦闷、孤独的情绪比比皆是,或写时光飞逝、人生无常,如:"朝阳不再盛,白日忽西幽。去此若俯仰,如何似九秋"(其三十二)。或者写鸟兽虫鱼对自身命运之无奈,孤鸟、寒鸟、孤鸿、离兽等意象经常出现在其诗中(如其十四、其二十四、其七十一)。或者直接慨叹人生的各种深创巨痛。总之,从自然到人事都充满苦难,阮籍心中的苦闷难以排遣。

《咏怀》诗第一首可以说是全部组诗的总纲:

> 夜中不能寐,起坐弹鸣琴。薄帷鉴明月,清风吹我襟。
> 孤鸿号外野,翔鸟鸣北林。徘徊将何见,忧思独伤心。

此诗描写自己在夜深人静时难以排解的苦闷心情。诗人设置了深夜一个人在屋里徘徊,陪伴自己的只有皎皎明月的情境,诗歌结束时虽然时间已经流逝,但忧思却并没有消解一丝。结合阮籍的生平思想来看,这样的心绪源于他对社会的不满但又无力抗争的现实。

这种情绪,在作品中有三方面的表现:

1. 人生的感慨

他感慨时光飞逝,人生的短促,以及无法挽回这短促生命的深深的忧伤;夹杂着对时局

的无奈,抒写诗人内心的苦闷和忧虑。其三十三云:

> 一日复一夕,一夕复一朝。颜色改平常,精神自损消。
> 胸中怀汤火,变化故相招。万事无穷极,知谋苦不饶。
> 但恐须臾间,魂气随风飘。终身履薄冰,谁知我心焦。

这首诗特别能够代表阮籍的内心世界:痛苦、焦虑、忧愁、保生畏死之意。

2. 对世俗礼法之士的厌恶

如其六十七"洪生资制度",揭露了礼法之士的虚伪,道貌岸然下的丑恶嘴脸:"外厉贞素谈,户内灭芬芳。放口从衷出,复说道义方。"周旋其中,令其非常痛苦:"委曲周旋仪,姿态愁我肠。"这可能是阮籍不得不面对的现实。

3. 现实中的苦闷不可解脱,通过幻想的境界来摆脱世俗的污浊

《咏怀诗》中迁逝之悲、祸福无常之感触目皆是,正体现了他忧愤深广的情怀。如何排解?他给出的答案是隐居与游仙。

常怀出世之想,不希望与俗人为伍,这当然也是全身避祸的一种方式,他常常以一些高洁的鸟类自喻,表达自己隐居游仙,脱离现实的美好愿望:"云间有玄鹤,抗志扬哀声。一飞冲青天,旷世不再鸣。岂与鹑鷃游,连翩戏中庭。"(其二十一)"鸿鹄相随飞,飞飞适荒裔……抗身青云中,网罗孰能制。岂与乡曲士,携手共言誓。"(其四十三)这些旷达之语亦是阮籍为自己设计的精神出路。

(二)诗歌艺术特色

阮籍诗的风格隐约曲折,他同情曹魏,不满于司马氏,身仕乱朝,常恐遭祸,作诗常借比兴、象征的手法来表达感情、寄托怀抱。或借古讽今,或借游仙讽刺世俗,或借美人香草寓写怀抱。钟嵘《诗品》说其诗:"言在耳目之内,情寄八荒之表""厥旨渊放,归趣难求",的为确论。

第三节
左思:寒士心声,超拔群伦

> **学习要点**
>
> 左思是太康文学的代表,他继承并发扬了"建安风骨"的传统,作品内容充实,富于力度,语言恰当,出语自然,充满了寒士不平的抗争以及对门阀制度的抨击与蔑视,有"左思风力"(钟嵘语)之称。代表作是《咏史》八首及《三都赋》。

西晋历时五十年,以描写繁复、辞采华丽的太康文学为代表,作家则以"三张、二陆、两

潘、一左"最为著名。"一左"就是我们今天要讲的左思。左思继承并发扬了"建安风骨"的传统,作品内容充实,富于力度,有"左思风力"(钟嵘语)之称。

一、左思的出身及性格

左思(250—305),字太冲,临淄(今山东临淄)人。左思出身寒族而极具才华。父亲左雍曾做过殿中侍御史,其妹左棻也曾被选为贵嫔,但这并没有带给他仕途的腾达。他一生未曾做过显官,只在元康时当过一段时间的秘书郎。贾谧专权时,左思曾加入其"二十四友"中,成为浮华贵游集体的成员,因此,在贾谧被诛后,他便受到牵连而居宜春里。八王之乱时,齐王冏命他为记室,他辞而不就。

左思一生不得志。与其出自寒族的家世有关,也与性格有关。左思的家世虽不算世族,但也不是纯粹的草根,应该算是庶族。在门阀制度的大背景之下,即使有才华,也并没有太好的出仕机会。

据记载,他"貌寝口讷",貌丑而且口才不佳,自然容易养成他内向的性格,仕途上的不得意可以想见。

看一下这条材料:"潘岳妙有姿容,好神情,少时挟弹出洛阳道,妇人遇者莫不连手共萦之。左太冲绝丑,亦复效岳游遨,于是群妪齐共乱唾之,委顿而返。"(《世说新语·容止》)与潘岳相比,左思在容貌、出身、资质方面都不及。《文心雕龙·神思篇》:"左思练都以一纪",评为:"虽有巨文,亦思之缓也。"潘岳则"安仁轻敏,故锋发而韵流。"(《文心雕龙·体性篇》)对于左思来说,也自然容易产生反抗与不满。左思的作品,充满了寒士不平的抗争以及对门阀制度的抨击与蔑视。

左思作品今存十四首,影响较大的是《三都赋》与《咏史》八首,所以刘勰在《文心雕龙》中说:"左思奇才,业深覃思,尽锐于《三都》,拔萃于《咏史》,无遗力矣。"

二、《三都赋》引洛阳纸贵

左思重视赋的创作。他的《咏史》八首之一曾自述是"著论准过秦,作赋凌子虚"。

《三都赋》是左思精心结撰的心血之作。他认为自己见闻不广,所以特求为秘书郎,借以阅读皇家藏书,十年之后,终于写成了这篇汉魏第一长赋(全文一万零十三字)。

据说陆机初入洛阳时,也准备作此赋,听说左思作,抚掌而笑,与弟陆云书云:"此间闻有伧父(貉奴),欲作'三都赋',须其成,当以覆酒瓮耳。"(《晋书·本传》)后来赋成,陆机阅后十分叹服,以为无以复加,遂辍笔而罢。

然而,这篇赋写成后,开始并未受到人们的注意,左思便请皇甫谧作序,刘逵、张载、卫权等人作注,加上张华称赞其为班、张之流也,于是一时声名鹊起,豪贵之家竞相传写,洛阳为之纸贵。

《三都赋》的始被忽视终被推重的过程,表明汉魏以来人物品评之风仍颇流行,权威人物的品目评论,帮文士建立社会声誉。

三、《咏史》八首

魏晋南北朝时期重要的社会特点之一是门阀制度,自曹丕实行九品中正制以来,加剧了士庶矛盾,"上品无寒门,下品无士族"成为普遍的社会现象,对文学风貌也有诸方面影响,其一便是寒士不平的文学主题。左思的《咏史》,鲍照的《拟行路难》十八首为其代表。

(一)"咏史"之发展

以"咏史"为诗题,始于东汉的班固。班固的《咏史》诗,直书史实,后王粲、曹植等皆有类似作品。写法上大抵是实咏史事,略述感慨。

左思咏史既受前人影响,又有创新,他变咏史为咏怀。借古讽今,抒发个人怀抱,为后代诗人咏史之作提供了范型,对中国诗歌有独特贡献,可谓"创成一体,垂式千秋"(陈祚明《采菽堂古诗选》卷十一)。

(二)主题:寒士之不平、对士族的蔑视与抗争

左思的经历是个体的,但主题又具有普遍典型性,反映了整个寒族出身的知识分子的共同心声。

左思在门阀制度的重压下,诗歌中所展现的壮志难酬的悲愤与抗争,带有强烈的社会批判精神,在对抗与冲突中,呈现出激情与力度,因而成为建安风骨的嗣响。钟嵘称为"左思风力",正指出了这一特征。如其二:

> 郁郁涧底松,离离山上苗。以彼径寸茎,荫此百尺条。
> 世胄蹑高位,英俊沉下僚。地势使之然,由来非一朝。
> 金张藉旧业,七叶珥汉貂。冯公岂不伟,白首不见招。

以山顶的小苗与谷底的苍松作对比,比喻世胄占据高位,寒士屈沉下僚,这是门阀制度造成的,并且由来已久。后面又用张安世段匹䃅与冯唐的典故来对比。

不屑于这种生活,便建立自己的价值评判体系,在《咏史》四、五、六、八中,左思认可的另一价值标准是名垂千古、出世与游仙。以"振衣千仞冈,濯足万里流"(《咏史》其五)为自我形象写照。《咏史》其四前半极写王侯贵族的豪奢生活,后半写辞赋家扬雄生前之寂寞及死后的不朽声誉,用永恒反衬贵族之速朽:"悠悠百世后,英名擅八区。"其六赞扬了荆轲、高渐离等卑贱者慷慨高歌、睥睨四海的精神,表达了对豪门权贵的蔑视:"贵者虽自贵,视之若埃尘。贱者虽自贱,重之若千钧。"在重新确立全新价值体系的过程中,得到精神满足。

(三)语言精当,出语自然

左思的诗虽有对句而不刻意工巧,不重词采而形象鲜明,运用典故又恰当贴切,借古讽今又思致深刻,所以钟嵘评他:"文典以怨,颇为精切,得讽喻之致。"(《诗品》)

钟嵘《诗品》还评其诗"其源出于公干",公干即建安诗人刘桢。在论及陶渊明时则说"又协左思风力","风力"与"风骨"义近。钟嵘标举"左思风力",含有左思再现了建安风骨之意。

第四节
陶渊明:真实立体的田园诗歌开创者

> **学习要点**
>
> 陶渊明生活在晋宋易代之际,是中国田园诗的开创者,也是中国文化史上一个具有符号意义的存在,他关于人生价值的思考成为后世一代代知识分子的精神依归。他的思想以安贫乐道与崇尚自然为主。其田园诗可以分为前后两个时期,前期的田园对于陶渊明来讲,是理想境界的存在,《读〈山海经〉》十三首是其代表;后期的田园诗呈现了战乱和灾害之中的江州农村残破凋敝的真实面貌,以《怨诗楚调示庞主簿邓治中》《咏贫士》七首为代表。自然是其诗歌总体的艺术特征。

一、陶渊明的生平与思想

陶渊明(约365—427),又名潜,字元亮,号五柳先生,浔阳柴桑(今江西九江西南)人。生活在晋宋易代之际,其曾祖父陶侃曾任晋朝的大司马,祖父做过太守,父亲大概官职更低一些,在陶渊明幼年就去世了。在重视门阀的社会里,陶氏算不上大士族,其政治上的处境比较尴尬。

陶渊明在农村度过自己的少年时代,直到29岁才第一次出仕,做了江州祭酒。这固然与其本性喜欢田园生活有关,但因为家族出身而没有好的出仕机会,也是重要原因。

从29岁第一次出来做官到41岁彻底辞官,陶渊明过了十三年时仕时隐的生活,最初出来做官肯定有建功立业的动机:"猛志逸四海,骞翮思远翥"(《杂诗》其五),但后期当他对官场认识深刻并失望后,应该是因家贫而禄仕了。陶渊明辞官的直接原因是"不能为五斗米折腰向乡里小人",但更深刻的原因当是他已经认识到官场与本性相违,再加上对政局的失望,于是坚决地辞官隐居了。

辞彭泽令,是陶渊明一生前后两期的分界线。从此之后,他一直隐居在家乡农村,即使经历了朝代更替,生活困顿,也未曾再出去做官。

陶渊明的思想比较复杂,他熟悉儒家学说,同时深受魏晋玄学的影响,还融合了道家思想。

安贫乐道与崇尚自然,是陶渊明的主要思想。"安贫乐道"是陶渊明的为人准则。他特别推崇历史上安贫乐道的贫士,有《咏贫士》七首,以他们为榜样。

崇尚自然是陶渊明对人生的更深刻的哲学思考。"自然"是老庄哲学特有的范畴,在《形影神》里,他让"神"辨自然以释"形""影"之苦。"形"指代人企求长生的愿望,"影"指代人求善立名的愿望,"神"以自然之义化解它们的苦恼。形影神三者,还分别代表了陶渊明自身矛盾着的三个方面,三者的对话反映了他人生的冲突与调和。但以"神释自然"为结,表明在其自身的理论体系中最为推崇道家思想。

二、田园诗:理想境界的追求与回归

具体而言,陶渊明的田园诗可以分为前后两个时期,前期是时仕时隐与彻底归隐的前几年,这个时期的田园对于陶渊明来讲,是理想境界的存在,春游、登高、酌酒、读书,与朋友谈心,与家人团聚,盥濯于檐下,采菊于东篱,种种日常生活,化而为诗。《读〈山海经〉》十三首其一写道:

> 孟夏草木长,绕屋树扶疏。众鸟欣有托,吾亦爱吾庐。既耕亦已种,时还读我书。穷巷隔深辙,颇回故人车。欢然酌春酒,摘我园中蔬。微雨从东来,好风与之俱。泛览《周王传》,流观《山海图》。俯仰终宇宙,不乐复何如。

全诗洋溢着难以抑制的欣悦之情。"众鸟欣有托,吾亦爱吾庐",以我观物,故物皆着我之色彩,拟人化的鸟之欣来自我之欣喜。欢然酌春酒,终于归结为"不乐复何如",这份欣悦是诗人在这种生活方式中获得了精神的满足。

后期他的生活逐渐陷入困顿之中,而且在农村生活日久,战乱和灾害之中的江州农村残破凋敝的现实面貌呈现笔下。

《怨诗楚调示庞主簿邓治中》中写道:"炎火屡焚如,螟蜮恣中田。风雨纵横至,收敛不盈廛。夏日长抱饥,寒夜无被眠。造夕思鸡鸣,及晨愿乌迁。"可见其生活困顿,尤其后四句,看得出当时的陶渊明饥寒交迫,夜不成寐。

《咏贫士》其二:

> 凄厉岁云暮,拥褐曝前轩。南圃无遗秀,枯条盈北园。倾壶绝馀沥,窥灶不见烟。诗书塞座外,日昃不遑研。闲居非陈厄,窃有愠见言。①何以慰吾怀,赖古多此贤。

依旧是晚年田园生活的描写,物质生活的绝对匮乏,连读书的心情也没有了。虽然不改初衷,深沉旷达依旧,但增加了悲凉辛酸之意。田园诗写到这个程度,也确是前无古人后无来者了。

对比陶渊明前后期的田园诗歌,风格截然不同,因为在前期,田园并非陶渊明亲身经历

---

① 当初孔子困于陈,资粮断绝。"从者病,莫能兴。子路愠见曰:'君子亦有穷乎!'子曰:'君子固穷,小人穷斯滥矣。'"(《论语·卫灵公》)

的田园,而是陶渊明理想境界的载体,但后期生活日久后,亲身经历的田园显示出其原本的面目,陶渊明的理想载体只能存在于艺术创造的世界了,《桃花源记》并诗就是在这种情形下产生的。

三、陶诗的艺术风貌

"自然"是其诗歌总体的艺术特征。自然流露,一片神行。因其人格清高超逸,生活体验真切深刻,有感染力。

具体来说,陶诗的艺术特色可以概括为以下几点。

(一)情、景、事、理的浑融

陶诗重在写与景物融而为一的、对人生了悟明澈的心境。他无意模山范水,也不在乎什么似与不似,只是写出他自己胸中的一片天地。陶诗发乎事,源乎景,缘乎情,而以理为统摄。

这个理也不是抽象的,而是生活体验,如:"人生归有道,衣食固其端。"(《庚戌岁九月中于西田获早稻》)"落地为兄弟,何必骨肉亲。"(《杂诗》其一)"及时当勉励,岁月不待人。"(《杂诗》其一)"人生似幻化,终当归空无。"(《归园田居》其四)"吁嗟身后名,于我若浮烟。"(《怨诗楚调示庞主簿邓治中》)都是他在生活中总结而出,言浅意深,富有启示性。

(二)平淡中见警策,朴素中见绮丽

这个特点,苏轼概括为"质而实绮,癯而实腴"(《与苏辙书》),十分精辟。语言不是未经锤炼的,只是不露痕迹,显得平淡自然。正如元好问所说:"一语天然万古新,豪华落尽见真淳。"(《论诗绝句》)

关于陶诗的艺术渊源,钟嵘《诗品》评曰:"其源出于应璩,又协左思风力。"

四、陶渊明的典型意义

陶渊明在当时以"隐士"身份知名,文学成就并不为同时代人认可,如他去世后朋友颜延之所作的《陶征士诔》一文,对其立身行事、道德品行进行称赞,但无一语言及其文学成就。因为其平淡自然的文风不符合当时人的审美风尚。

陶渊明在中国文化史上是一个符号意义的存在,其独具一格的诗文作品,关于人生价值的思考,不为五斗米折腰的气节,归隐田园的人生选择,成为一代代知识分子精神上的依归,后世的白居易、苏轼、陆游、辛弃疾等莫不受其思想的熏陶感染。

因为陶渊明的诗文吟咏,酒和菊已成为陶渊明精神的象征,成为隐逸和精神超脱的象征。陶集之中,几乎篇篇有酒,酒助成陶渊明物我两忘的境界。陶渊明写菊只有六处,但因"采菊东篱下,悠然见南山"这两句诗太著名了,菊便成了他的化身,成为中国文学里象征着高情远致的意象。

在酒和菊之外,孤云、青松、飞鸟无一不是其精神的象征。陶渊明生前是孤独的,他生命的光辉在后世才逐渐放射出来,杜甫的"千秋万岁名,寂寞身后事"(《梦李白》其二)这两句诗用在陶渊明身上再恰当不过了。

第五节
谢灵运:山水诗的开创者

> **学习要点**
>
> 谢灵运是中国山水诗的开创者。谢灵运出身于陈郡谢氏家族,有强烈的家族自豪感与责任感,就思想而言,谢灵运受道家、道教及佛教思想的综合影响,曾师事高僧慧远,有很高的佛学修养。其山水诗现存数十首,基本结构是:记游—写景—悟理或抒情,这也是早期山水诗的基本结构。其诗歌的艺术特点是写实与摹象。

一、谢灵运之前的山水审美

在诗歌中描写山水,最早可追溯至《诗经》和《楚辞》,但山水在其中只是衬景或比兴的媒介,尚未成为独立的审美对象。

汉末建安时期,曹操的《观沧海》可视为中国诗歌史上第一首完整的山水诗。西晋左思的《招隐诗》和郭璞的游仙诗都写到山水的清音和美景。这些都为山水诗积累了相关的艺术经验。

晋室南渡之后,山水成为文人的生活环境。山水诗的产生,与当时盛行的玄学和玄言诗也有着密切的关系。借山水体会玄理是当时的风气,所以宗炳在《画山水序》中说"山水以形媚道",可以说玄言诗孕育了山水诗。"庄老告退,山水方滋"是不准确的。

晋宋之际,随着文人对自然山水的审美意识不断增强,山水的绘画及理论也应运而生。这对于山水诗的产生无疑也有着促进作用。

此外,五言诗的成熟、江南民歌中描写自然景物的艺术经验,地方志中的山水风物描写等,都为山水诗的产生做好了文学上的准备。

在山水诗产生与发展的过程中,杨方、李颙、庚阐、殷仲文和谢混等人,都曾有过一定的贡献。但真正大力创作山水诗,并在当时及后世产生巨大影响的,则是谢灵运。

二、谢灵运及其山水诗

谢灵运出身于陈郡谢氏家族,其祖父是东晋赫赫有名的名士名臣谢玄。谢灵运自幼在钱塘杜氏道馆长大,小名客儿,十五岁后回归建康。谢灵运聪敏过人,博学多才,受到族叔谢混的赏识,与从兄谢瞻、谢晦等皆为谢氏家族中的一时之秀。

谢灵运有强烈的家族自豪感与责任感,在政治上很有抱负,但他生活在晋宋易代之际,个人在政治道路的选择中有两次失误,致使仕途一直不畅。另外,寒族出身的刘宋开国之君刘裕又采取压抑士族的政策,谢灵运由公爵降为侯爵,《宋书》本传说他"自谓才能宜参权要,既不见知,常怀愤愤",这种形势下带来的直接后果是他被迫离开政治中心而任地方官,这使他内心颇为不满。

出任永嘉太守之后,无论是在任还是隐居期间,他总是纵情山水,肆意邀游,动静很大,甚至被误作"山贼"。此举一定程度上是他对抗当局,发泄不满的方式,但同时也的确在山水清音之中得到了心灵的慰藉。

就思想而言,谢灵运受道家、佛教思想影响较大,曾师事当时的高僧慧远大和尚,有很高的佛学修养。

谢灵运的山水诗,大部分是他任永嘉太守以后所写。现有诗歌 97 首(存目四首),山水诗占十分之八九。这些诗以富丽精工的语言,生动细致地描绘了永嘉、会稽、彭蠡湖等地的自然景色。

他的山水诗有个模式化的结构:记游—写景—悟理或抒情,也是早期山水诗的基本结构。记游是叙述出游的机缘,写景即诗人面对洁净清丽的自然风物,以精雕细刻、穷形尽相的笔触再现寓目之景;最后,诗人在此基础之上直抒胸臆,悟理兴情。以《登永嘉绿嶂山》为例:

裹粮杖轻策,怀迟上幽室。行源径转远,距陆情未毕。
澹潋结寒姿,团栾润霜质。涧委水屡迷,林迥岩逾密。
眷西谓初月,顾东疑落日。践夕奄昏曙,蔽翳皆周悉。
蛊上贵不事,履二美贞吉。幽人常坦步,高尚邈难匹。
颐阿竟何端,寂寂寄抱一。恬如既已交,缮性自此出。

本诗前四句为记游之语,交代了作诗之缘起,设置了特定的心境与物境。接下来的八句描写寓目之情。深山里万籁俱寂,纯是天机,诗人在一片幽暗之景中又摄入了光影的变化,所有的世俗情绪都消弭在这样封闭深邃的空间里,只是在山林掩嶂中将山中诸景历览殆尽。后八句便是在此基础之上而抒写心中的感悟。《易》之蛊卦上九是"不事王侯,高尚其事";履卦九二是"履道坦坦,幽人贞吉",正是诗人以幽人自矜,隐居不仕为高尚之意,自然流露出对这样一种生活状态的向往之情,最后又明示自己已经悟到要以恬养智,如此方会心性自明。

除结构外,谢灵运山水诗的艺术特色如何呢?我们通过与陶渊明诗歌进行对比来分析这个问题。

三、陶渊明与谢灵运诗歌艺术比较

从诗歌发展史的角度看,陶渊明是魏晋诗歌质朴之风的集大成者,谢灵运是开创了南朝的一代新风。具体说来,从陶到谢,诗歌艺术的转变主要表现在两个方面:

(一)从写意到摹象

陶诗中的山水更多地具有写意的特征。如《饮酒》其五:

> 结庐在人境,而无车马喧。问君何能尔?心远地自偏。
> 采菊东篱下,悠然见南山。山气日夕佳,飞鸟相与还。
> 此中有真意,欲辨已忘言。

在陶诗中,自然景物为与情相融之境,南山、飞鸟等意象并无个性化特征。

谢诗为个性化的山水形象,尽量捕捉山水景物的客观美,穷形尽相、精雕细刻,如《于南山往北山经湖中瞻眺》一诗,对山水景物的描摹更加细致入微:

> 朝旦发阳崖,景落憩阴峰。舍舟眺迥渚,停策倚茂松。
> 侧径既窈窕,环洲亦玲珑。俯视乔木杪,仰聆大壑淙。
> 石横水分流,林密蹊绝踪。解作竟何感,升长皆丰容。
> 初篁苞绿箨,新蒲含紫茸。海鸥戏春岸,天鸡弄和风。
> 抚化心无厌,览物眷弥重。不惜去人远,但恨莫与同。
> 孤游非情叹,赏废理谁通?

开阔的洲渚,茂密的松林,蜿蜒的蹊径,淙淙的流水,嫩绿的初篁,鲜紫的新蒲,自娱的群鸟,都是不可复制的真实场景,诗人细致入微地刻画描摹,精心锤炼地表现出来。

谢灵运垂范后世的佳句,都有着高超的描摹技巧,如:"云日相辉映,空水共澄鲜"(《登江中孤屿》);"林壑敛暝色,云霞收夕霏"(《石壁精舍还湖中作》);"池塘生春草,园柳变鸣禽"(《登池上楼》);"密林含馀清,远峰隐半规"(《游南亭》),等等,语言工整精练,境界清新自然,犹如一幅幅鲜明的图画。

(二)从启示性到写实性

陶渊明的诗歌,十分注重发挥语言的启示性,以调动读者的联想和想象,去体会那些只可意会不可言传的东西。如他笔下的青松、秋菊、孤云、归鸟等意象,无不渗透着诗人的性情与人格,甚至成为诗人的化身和人格的象征。

而谢灵运的诗歌语言,则更注重写实性。他凭着细致的观察和敏锐的感受,运用准确的语言,对山水景物作精心细致的刻画,力求真实地再现自然美。因而他笔下的物象,就更多地带有独立性和客观性。《文心雕龙·明诗》说:"情必极貌以写物,辞必穷力而追新",概括了谢灵运诗歌语言的特点。

那么,陶谢诗歌有没有共同点呢?有,就是强烈的个体情感色彩。他们的作品中既有寄托感念现实不遇的惆怅愤激,又有渴求知音的寂寞胸怀,读者能够从中感受到诗人追求人格超脱的努力和达到心灵自由的精神欢畅。殷仲文、谢混以及颜延之亦同。这是对玄言诗风的反动,也是对传统意义上诗歌言志与缘情而绮靡这些特征的肯定与回归。这是时代所赋予他们的共性。

第六节
庾信：暮年诗赋动江关

> **学习要点**
>
> 庾信是齐梁宫体诗的代表人物,因特殊的人生遭际,晚年的诗文昭示了南北文风融合的前景。他的作品分为前后两期,前期诗文主要是奉和、应制之作,题材狭窄,但在诗歌形制方面颇有贡献,如《乌夜啼》已基本符合律诗的平仄。后期作品以乡关之思发为哀怨之辞,笔调劲健苍凉,以《拟咏怀》二十七首为代表作。他汲取了齐梁文学声律、对偶等修辞技巧,并接受了北朝文学的浑灏劲健之风,从而开拓和丰富了审美意境。

庾信在文学史上的典型意义在于:第一,他是齐梁宫体诗的代表人物之一,与徐陵皆为当时宫廷文学的代表,时称"徐庾体";第二,因特殊的人生遭际,其晚年的诗文昭示了南北文风融合的前景,风格转为萧瑟苍凉。

一、南朝文风的北渐

中国幅员辽阔,易出现文化的地域性差异,先秦时期的《诗经》与《楚辞》的不同风格便是明证。东晋以来,文化重心南移,以长江为界,北方是少数民族建立的政权流转轮换,南方从东晋到宋、齐、梁、陈几个朝代顺次更迭,导致了南北文化发展的不平衡,总体呈现出南方优越,北方滞后的特点。

就文学而言,南方文学繁荣,其清绮文风也一直为北人所向慕。如北魏时温子昇、由魏入齐的邢邵以及同时的魏收,有"北地三才"之称,基本上以学南为主。《北齐书·魏收传》载:"收每议陋邢邵文,邵又云:'江南任昉,文体本疏,魏收非直模拟,亦大偷窃'。收闻乃曰:'伊常于沈约集中作贼,何意道我偷任昉。'"

政治上的分裂与对峙没有造成南北文化交流的阻绝,南北交流的途径有以下几种:

一是南北书籍的流通。由于北方图籍缺少,北魏孝文帝时,曾有向南方的齐秘府借书之举。

二是南北方使者的互聘。这些使者鲜少有政治和军事的使命,他们的交流在于炫耀国家文教之兴。同时也会将对方名家之作带回去流传,温子昇的作品由南方使者张皋抄回南方,受到梁武帝的称赞,云是:"曹植、陆机复生于北土。"

三是双方人才的流徙与迁转。比如梁太清年间侯景之乱时,颜之推、萧祗等人就奔入东魏。江陵陷落之后,王褒、殷不害等被掳入西魏,庾信则在此前因出使被扣留北方,等等。这些文士由于战乱而被迫流徙迁转,自然也会对文风的交流起到一定的影响。

庾信、王褒等南朝作家入北,将南方文风的华美精巧与北方文风的苍凉浑朴相结合,形成了兼具南北之长的新风貌,促进了南北文风的交流和融合,对唐代的诗歌创作产生了直接的影响。

二、庾信的生平与早年作品

庾信(513—581),字子山,南阳新野(今属河南)人。他的一生以42岁出使西魏并从此流寓北方为界,可分为前后两期。

由于在南朝度过的前期生活正逢梁代立国最为安定的阶段,庾信得以在文坛上脱颖而出,并成为宫体诗的代表人物。《周书·庾信传》载:

> 父子在东宫,出入禁闼,恩礼莫与比隆。既有盛才,文并绮艳,故世号为"徐庾体"焉。当时后进,竞相模范。每有一文,京都莫不传诵。

所谓"徐庾体",是指徐、庾父子置身东宫时所作的风格绮艳流丽的诗文,就其文学渊源而言,是沿着永明体讲究声律、辞藻的方向,进一步"转拘声韵,弥尚丽靡"(《梁书·庾肩吾传》),即文学史上所称的宫体诗。

庾信前期的诗文,主要是奉和、应制之作,题材基本上不出花鸟风月、醇酒美人、歌声舞影、闺房器物的范围。如《和咏舞》《奉和初秋》等,这些诗作可以看出其学养与文才,但不易表达个人的信念或情操。

庾信前期的创作,在诗歌形制方面颇有贡献,如《乌夜啼》:

> 促柱繁弦非《子夜》,歌声舞态异《前溪》。
> 御史府中何处宿,洛阳城头那得栖。
> 弹琴蜀郡卓家女,织锦秦川窦氏妻。
> 讵不自惊长落泪,到头啼乌恒夜啼。

这首诗七言八句,声调铿锵,已基本符合律诗的平仄。

再如《燕歌行》拓展了七言古诗的体制,不但篇幅变长以便铺叙,而且配合感情的起伏,变逐句押韵为数句一转韵。清代刘熙载指出:"庾子山《燕歌行》开唐初七古,《乌夜啼》开唐七律,其他体为唐五绝、五排所本者,尤不可胜举。"(《艺概·诗概》)就是强调他在诗歌形制方面的贡献。

庾信在梁朝积累起来的文学经验,除了艺术形式上的经营,还包括美感内容上的体认:以绮艳之辞抒哀怨之情。而其后期的生活经历,使这种美学追求得到充分实现的土壤,从而达到高于同时代人的艺术境界。

三、文章老更成

承平50年后,梁朝的太平景象因侯景之乱而破碎。

逃离建康后,梁元帝萧绎试图在江陵复振,却很快毁于西魏。庾信以使臣身份出使长安,因江陵陷落而不得南归,于是一直滞留北地,历仕西魏及北周,先后官任骠骑大将军、开府仪同三司等职。但因其由南入北的身份,与核心政治之间有疏离,缺乏归属感。

据《周书》本传记载,他"虽位望通显,常有乡关之思"。他以乡关之思发为哀怨之辞,笔调劲健苍凉,这是其后期作品的主旋律。杜甫在《戏为六绝句》中说:"庾信文章老更成,凌云健笔意纵横";又在《咏怀古迹》中评论其"暮年诗赋动江关"。

他的乡关之思主要有两方面,一是感伤时变、魂牵故国。

庾信遭逢亡国之变,内心受到巨大震撼,开始考虑以前不曾考虑的问题。"正是古来歌舞处,今日看时无地行"(《代人伤往》其二),这种沧桑之感,使他更深刻地意识到个人命运与国家命运之间,如同"一马之奔,无一毛而不动;一舟之覆,无一物而不沉"(《拟连珠》其十九)。因此,他在抒发个人的亡国之痛时,也能以悲悯的笔触,反映人民的苦难,并归咎于当权者内部的倾轧与荒嬉。

久居北方的庾信渴望南归,魂牵梦绕于故国山河。接到南方故人的来信,更禁不住悲慨万端:

> 玉关道路远,金陵信使疏。独下千行泪,开君万里书。(《寄王琳》)

这是其代表作之一,语言简练,但深沉厚重之意明显。

二是叹恨羁旅、忧嗟身世。

虽然他北迁以后得到的"高官美宦,有逾旧国"(宇文逌《庾子山集序》),但内心深处却常常有叛国的羞耻感。庾信自谓晚年所作《哀江南赋》"不无危苦之辞,惟以悲哀为主",倪璠作注解时借以发挥道:"子山入关而后,其文篇篇有哀,凄怨之流,不独此赋而已。"(《注释庾集题辞》)可谓深契庾信后期文学的精神特质。

他的《拟咏怀》二十七首,以五言组诗的体制,从多种角度抒发凄怨之情,直承阮籍《咏怀》组诗的抒情传统,尤称杰作。如其七:

> 榆关断音信,汉使绝经过。胡笳落泪曲,羌笛断肠歌。

> 纤腰减束素，别泪损横波。恨心终不歇，红颜无复多。
> 枯木期填海，青山望断河。

这里借流落胡地、心念汉朝的女子，比喻自己仕北的隐恨与南归的渴望，真挚感人。

总之，庾信汲取了齐梁文学声律、对偶等修辞技巧，并接受了北朝文学的浑灏劲健之风，从而开拓和丰富了审美意境，艺术造诣达到"穷南北之胜"的高度，为唐代新诗风的形成作了必要的准备。

第七节
《世说新语》：魏晋名士教科书

学习要点

《世说新语》是六朝志人小说的代表，作者是刘义庆。就体例结构而言共36门，以"孔门四科"开篇，有崇儒的思想倾向，排列原则是价值递减。就内容而言，本书记录魏晋名士的逸闻轶事和玄虚清谈，是一部魏晋风流的故事集，从而也起到了名士"教科书"的作用。综观全书，可以得到魏晋时期几代士人的群像，如竹林名士、元康名士、东晋名士。《世说新语》在艺术上达到了很高的成就："记言则玄远冷隽，记行则高简瑰奇"（鲁迅《中国小说史略》）。

《世说新语》是六朝志人小说的代表。那么，在魏晋南北朝时期，小说这种文体的发展概况如何，《世说新语》又讲了什么内容呢？

一、六朝小说概述

（一）六朝小说概况

东汉班固《汉书·艺文志》著录的小说15家，均已亡佚。今存题为汉人所著的小说，其实都是魏晋南北朝时期伪托汉人的作品，如托名东方朔的《神异经》和《十洲记》，托名班固的《汉武帝故事》。

题为魏晋南北朝时期的小说很多，重要的如西晋张华的《博物志》，东晋干宝的《搜神记》，宋刘义庆的《幽明录》《世说新语》，北齐王琰的《冥祥记》，以及梁沈约的《俗说》等，包括后人的辑本，约五十种，足见其在当时的兴盛。

（二）六朝小说的特点

中国古代小说有两个系统，即文言小说系统和白话小说系统。魏晋南北朝时期的小说是文言小说，记叙社会上流传的奇异故事，人物的逸闻轶事或其只言片语。在故事情节的叙述、人物性格的描写等方面都已初具规模,但篇幅短小、叙事简单,关键是就作者主观意图而言,当成真实的事情来写,传闻直录,缺少艺术的虚构。

中国文言小说成熟的形态是唐传奇,白话小说成熟的形态是宋元话本。

六朝小说有志人与志怪两大类。在中国小说发展史上,六朝小说是不可缺少的一环。

二、《世说新语》的体例与内容

《世说新语》是志人小说的代表。志人小说在当时的兴盛与两种风气有关:一是品评人物,二是崇尚清谈。志人小说在当时很受欢迎,有多部,如裴启的《语林》、殷芸的《小说》等,《世说新语》是其中成就和影响最大的一部。

(一)基本体例与思想

《世说新语》又称《世说》《世说新书》。书分36门,上卷为"德行""言语""政事""文学"四门,这正是孔门四科(见《论语·先进》),说明此书的思想倾向有崇儒的一面。但综观全书亦多有谈玄论佛以及蔑视礼教的内容,可见其思想倾向的复杂性。

除上文所提到的上卷四门外,尚有中卷九门,下卷二十三门。排列的原则是价值递减。

(二)作者与作品价值

《世说新语》的编撰者刘义庆(403—444)是刘宋开国之君刘裕的侄子,袭封临川王,官至尚书左仆射、中书令。他早年文武双全,颇有兼济天下之志,后期因政局变化,专注文艺,崇儒好佛。

他所招集的文学之士很可能参加了《世说新语》的编撰,不少故事取自《语林》《郭子》,文字也间或相同。

梁朝刘孝标为此书作注,孝标博综群书,随文施注,引经史杂著四百余种,诗赋杂文七十余种,可谓弘富;而且所引的书籍后代大都亡佚无存,颇为后人珍重。

(三)内容

《世说新语》的内容主要是记录汉末至晋代士大夫的逸闻轶事和玄虚清谈,也可以说是一部魏晋风流的故事集,从而起到了名士"教科书"的作用。

按照冯友兰的说法,风流是一种人格美,真风流有四个条件:玄心、洞见、妙赏、深情。《世说新语》中一个个小故事恰可体现魏晋名士的这些特征。

《世说新语》的三卷36门中,上卷四门和中卷九门都是正面的褒扬,如:

> 管宁、华歆共园中锄菜,见地有片金,管挥锄与瓦石不异,华捉而掷去之。又尝同席读书,有乘轩冕过门者,宁读如故,歆废书出看。宁割席分坐曰:"子非吾友也。"(《德行》)

通过与华歆的对比,褒扬管宁淡泊名利。

又如：

> 卢志于众坐，问陆士衡："陆逊、陆抗是君何物？"答曰："如卿于卢毓、卢珽。"士龙失色，既出户，谓兄曰："何至如此，彼容不相知也？"士衡正色曰："我父、祖名播海内，宁有不知，鬼子敢尔！"议者疑二陆优劣，谢公以此定之。（《方正》）①

至于下卷23门，情况就比较复杂了。有的褒扬之意比较明显，如容止、自新、贤媛。有的看似有贬意，如任诞、简傲、俭啬、忿狷、溺惑，但也不尽是贬责。有的是贬责，如"谗险"中的四条，以及"汰侈"中的一些条目。也有许多条目只是写某种真情的流露，并无所谓褒贬。既是真情的流露，也是一种风流的表现，所以编撰者津津有味地加以叙述。例如：

> 王子猷尝暂寄人空宅住，便令种竹。或问："暂住何烦尔？"王啸咏良久，直指竹曰："何可一日无此君？"（《任诞》）

这种任诞只是对竹的一种妙赏，以及对竹的一往情深，或者在对竹的爱好中寄托了一种理想的人格。

《世说新语》是研究魏晋风流的极好史料，可以观察到当时人物的风貌、思想、言行和社会的风俗、习尚，综观全书，可以得到魏晋时期几代士人的群像，如竹林名士、元康名士、东晋名士。

三、《世说新语》的艺术成就

《世说新语》在艺术上达到了较高的成就，鲁迅先生曾把它的艺术特色概括为"记言则玄远冷隽，记行则高简瑰奇"（《中国小说史略》）。

（一）记行以显性格

《世说新语》采集汉末至晋代遗闻轶事，错综比类，所涉及的重要人物不下五六百人，上自帝王卿相，下至士庶僧徒，都有所记载。它对人物的描写重在表现人物的特点，通过独特的言谈举止写出了独特人物的独特性格，使之气韵生动、活灵活现、跃然纸上。

如《俭啬》："王戎有好李，卖之恐人得其种，恒钻其核。"仅用16个字，就写出了王戎贪婪吝啬的本性。又云："王戎俭吝，其从子婚，与一单衣，后更责之。"寥寥十六字，在极客观冷隽的笔触中，写出了其吝啬的性格。

（二）对比以显性格

《世说新语》刻画人物形象，表现手法灵活多样，有的通过同一环境中几个人物的不同表现形成对比，如《雅量》门："桓公伏甲设馔"：

> 桓公伏甲设馔，广延朝士，因此欲诛谢安、王坦之。王甚遽，问谢曰："当作何计？"谢神意不变，谓文度曰："晋祚存亡，在此一行。"相与俱前。王之恐状，转见于

---

① 这条材料不仅在对比中塑造了陆机、陆云兄弟的不同特征，亦涉及避讳和当时南北士族之间的矛盾。

色。谢之宽容，愈表于貌，望阶趋席，方作洛生咏，讽"浩浩洪流"。桓惮其旷远，乃趣解兵。王、谢旧齐名，于此始判优劣。

通过展现人物在紧张的环境氛围中的不同气度，凸显人物的性格。后世流传甚广的"谢安赴宴"，通过对比谢安、王坦之两人赴宴时的不同表现，生动展现了谢安临危不惧、处惊不变的气度和品质。谢、王二人原齐名，由此而见高下，让人想到荆轲刺秦王时的荆轲与秦舞阳。

（三）夸张的描述

抓住人物主要特征作漫画式的夸张，亦是《世说新语》的写作手法。如《忿狷》中绘声绘色地描写王述吃鸡蛋的种种蠢相来表现他的性急："王蓝田性急。尝食鸡子，以箸刺之，不得，便大怒，举以掷地。鸡子于地圆转未止，仍下地以屐齿蹍之，又不得，瞋甚，复于地取内口中，啮破即吐之。"只用几处动作描写，就将王述的性急写了出来。

（四）艺术提炼

《世说新语》虽然没有虚构，但一定有所提炼，这番提炼就是小说的写作艺术。例如关于钟会和嵇康的两段故事：

> 钟会撰《四本论》，始毕，甚欲使嵇公一见。置怀中，既定，畏其难，怀不敢出，于户外遥掷，便回急走。（《文学》）
>
> 钟士季精有才理，先不识嵇康。钟要于时贤隽之士，俱往寻康。康方大树下锻，向子期为佐鼓排。康扬槌不辍，旁若无人，移时不交一言。钟起去，康曰："何所闻而来？何所见而去？"钟曰："闻所闻而来，见所见而去。"（《简傲》）

这些事例未必为真，但经过这样的提炼，钟会对嵇康既仰慕又畏惧的心理以及嵇康简傲的态度，就被刻画得入木三分。

《世说新语》的语言简约含蓄，隽永传神，透出种种机智和幽默。正如明代胡应麟《少室山房笔丛》卷十三中所说："读其语言，晋人面目气韵，恍忽生动，而简约玄澹，真致不穷。"

《世说新语》对后世有着十分深刻的影响，许多现在仍被广泛使用的成语便是出自此书，如难兄难弟、拾人牙慧、咄咄怪事、一往情深，等等。此外，后世模仿它的小说不断出现，且不少戏剧、小说也都取材于此。

第八节
六朝文：散文与骈文

学习要点

六朝时期的散文以曹操的教令，曹丕、曹植兄弟的书信，嵇康、陆云、刘琨、王

> 羲之、陶渊明的书札短章为代表。"气爽"与"才丽"是这一时期文章的特点。代表作如曹操的《让县自明本志令》、曹丕的《与朝歌令吴质书》、嵇康《与山巨源绝交书》等。魏晋之后的南朝时期,文章更为讲究对偶、声律等,出现了不少景情完美结合的骈文名篇,如鲍照的《登大雷岸与妹书》、丘迟的《与陈伯之书》、吴均的《与朱元思书》、刘勰的《文心雕龙》等。

魏晋南北朝是文学的自觉时代,文学本身的特征逐渐被大家所了解和认识。时人对文体的分类、各类文体的特征等都有更为深入的了解,讲究对偶、声律和藻饰之美成为时代风气,文章的句式结构逐渐发生变化。

一、魏晋散文

单行散体的文章主要出现在魏晋时期尤为盛行,以曹操的教令,曹丕、曹植兄弟的书信,嵇康、陆云、刘琨、王羲之、陶渊明的书札短章为代表。

刘勰在《文心雕龙·乐府》篇中用"气爽才丽"评论魏之三祖,"气爽"与"才丽"是建安群才的共同特点,也是这一时期文章的特点。

在建安各体文章中,曹操的教令最具异彩,有通脱之风。诏令之体,属于庙堂之制,在两汉时期,这种体制的文辞庄重典雅。曹操所作诸令,不但思想无所顾忌,而且行文风格也不拘常例。

作于建安十五年(210)的《让县自明本志令》,是曹操在"挟天子以令诸侯"的大背景下,自述无废汉自立之心的公告。此文又称《述志令》,自述身世志愿,恳切坦率,其中并不讳言自己功高盖世:"今孤言此,若为自大,欲人言尽,故无讳耳。设使国家无有孤,不知当几人称帝,几人称王。"再如其《求贤令》标举"唯才是举",《举贤勿拘品行令》甚至提出对"不仁不孝而有治国用兵之术"的人也"勿有所遗"。其文因皆为称心而言,字里行间流动着一股率真之气,有强烈的个人色彩。这对于公文性质的诏诰而言,是一种文学性的改造。

同样在应用性的文体中显露出文学魅力的,还有曹丕、曹植的书札,这些书信写作的动因并无具体事由,只是抒发当下的悲欢契阔之情,随境生趣,摇曳多姿。如曹丕《与朝歌令吴质书》曰:"白日既匿,继以朗月,同乘并载,以游后园。舆轮徐动,宾从无声,清风夜起,悲笳微吟。乐往哀来,怆然伤怀……"骈散结合,追念昔游,抒情如诗,写景如画。

再如曹植的《与吴季重书》,不但慷慨任气,而且文采焕然。在其传世文章中,与书体相近的表文,如《求自试表》《求通亲亲表》等,也是情文并茂。

建安时期善为书表之文的,除三曹之外,还有陈琳、阮瑀、吴质、应璩等人。从总的趋势上看,建安之文亦有从辞清志显到藻饰渐繁的过程,预示着此后美文的发展。

以书体而言,建安诸家尚情任气、真挚自然的作风被后来者继承,如正始时期嵇康的《与山巨源绝交书》,就说自己不堪礼法的约束,有"必不堪者七,甚不可者二",以表示自己不愿做官的坚决意志。文中有"非汤武而薄周孔","刚肠疾恶,轻肆直言"之语,充满自由与反叛的气息。

另外,陆云、刘琨、王羲之、陶渊明等人的书札短章也感切于心,笔致清拔。魏晋之后,南朝时期,文章更为讲究对偶、声律,单行散体的文章不多见了,盛行骈文。

二、骈文

骈文是与古文相对而言的一种文体,起源于汉、魏,在南北朝趋于兴盛。王国维在《宋元戏曲史·序》中,曾将"六朝之骈语"作为一代文学的代表。兴盛原因在于对文章形式方面的追求。

具体而言,骈文有几个特征:

第一,讲究对偶,句式上多用四六句式,又称"四六文"。

第二,在语言上讲究平仄。此期兴起的永明体诗歌,就是讲究声律平仄,是律诗发展的关键环节,而这一时期的文章也受此风感染,虽没有"四声八病"的严格限制,但追求平仄配合,形成辘轳交往的艺术效果。

第三,注意征事用典和辞藻的华丽。可以说是一种诗化的散文。

六朝骈文名篇中,景情完美结合的佳作有:鲍照的《登大雷岸与妹书》、孔稚珪的《北山移文》、丘迟的《与陈伯之书》、吴均的《与朱元思书》、陶弘景的《答谢中书书》以及庾信的《哀江南赋序》和刘勰的《文心雕龙》等。

"元嘉三大家"之一的颜延之尤以骈文知名,代表作有《庭诰》《陶征士诔》等。这两篇都是应用性文体,《庭诰》是诫子文,六朝这一类文字十分发达,但多以散文为主,《庭诰》却通体骈俪,文风整饬:"欲求子孝必先慈,将责弟悌务为友。虽孝不待慈,而慈固植孝;悌非期友,而友亦立悌。"选择此种文风一方面与颜延之本身的艺术修养有关,但也可见各体文章骈化之深。

他为特立孤行的陶渊明诔文,叙其立身行事道:"弱不好弄,长实素心;学非称师,文取指达。在众不失其寡,处言愈见其默……心好异书,性乐酒德;简弃烦促,就成省旷。殆所谓国爵屏贵,家人忘贫者与!"(《陶征士诔(并序)》)语虽骈偶,却不失自然萧疏的风神,最关键的是所写内容完全契合陶渊明的为人为文风格。

鲍照以奇峭之风运妍丽之辞,所作《芜城赋》与《登大雷岸与妹书》是这种奇丽风格的代表。

《芜城赋》是骈赋,通过广陵今昔盛衰的强烈对比,表达对战乱的厌恶和对民生的悲叹,极富抒情力度。《登大雷岸与妹书》虽名为家书,其实是期待文人共赏之作,因而作者借此着意显示才情。其中精彩的对句颇多,如"途登千里,日逾十晨;严霜惨节,悲风断肌""寒蓬夕卷,古树云平"。

此外,文论家刘勰的《文心雕龙》,体大思精、深得文理,汲取魏晋以来以骈俪偶语论事析理的经验,使骈文的说理艺术得到淋漓尽致的发挥。

如《物色》篇论心物之关系曰:"春秋代序,阴阳惨舒,物色之动,心亦摇焉……是以献岁发春,悦豫之情畅;滔滔孟夏,郁陶之心凝;天高气清,阴沉之志远;霰雪无垠,矜肃之虑深;岁有其物,物有其容;情以物迁,辞以情发。一叶且或迎意,虫声有足引心。况清风与明月同夜,白日与春林共朝哉!"命意遣辞,不仅洞悉创作的精微过程,且颇有文采。

此外,全书各篇末均有赞,且多为八句四言韵语,尤能显示文采,如此篇赞曰:"山沓水匝,树杂云合。目既往还,心亦吐纳。春日迟迟,秋风飒飒。情往似赠,兴来如答。"既有理趣,亦富诗意。

写景文的成就也引人注目。这一时期文人笔下的山川景物,往往更富情韵。如丘迟《与陈伯之书》之所以收到"强将投戈"的奇效,在于其不仅晓之理,而且动之以情。其中最动情的一段:

> 暮春三月,江南草长,杂花生树,群莺乱飞。见故国之旗鼓,感平生于畴日;抚弦登陴,岂不怆悢!所以廉公之思赵将,吴子之泣西河,人之情也。将军独无情哉!

对江南风物寥寥数笔的勾勒,足以撩动对方的乡土情思。

再如吴均《与朱元思书》曰:

> 风烟俱净,天山共色,从流飘荡,任意东西。自富阳至桐庐,一百许里,奇山异水,天下独绝。水皆缥碧,千丈见底;游鱼细石,直视无碍。急湍甚箭,猛浪若奔……鸢飞戾天者望峰息心,经纶世务者窥谷忘反。横柯上蔽,在昼犹昏;疏条交映,有时见日。

写山、写水、写景,《梁书》本传称其"文体清拔有古气",其辞笔工丽不拘忌,将江南山水的清秀之美以传神之笔写就。此外,陶弘景的《答谢中书书》等也可视作是对以谢灵运为代表的山水文学的一种回应。

[章测试]

一、单选题

1. 曹植后期诗歌的风格是( )。

A. 深沉的愤激与悲凉　　　B. 豪迈自信

C. 昂扬乐观　　　D. 充满了英雄主义情怀

2. 阮籍的代表性作品是( )。

A.《咏史》八首　　　B.《咏怀》八十二首

C.《咏贫士》七首　　　　　　　　D.《杂诗》十首

3. 左思的赋作代表是(　　)。

A.《三都赋》　　B.《两京赋》　　C.《两都赋》　　D.《山居赋》

4. 陶渊明后期诗歌的代表作是(　　)。

A.《读山海经》　　　　　　　　B.《归园田居》

C.《怨诗楚调示庞主簿邓治中》　　D.《和郭主簿》二首

5. 文学史上第一个大力创作山水诗的诗人是(　　)。

A. 谢混　　　　B. 谢灵运　　　C. 陶渊明　　　D. 庾阐

6. 北地三才子是指(　　)。

A. 温子昇、邢邵、何逊　　　　B. 阴铿、何逊、魏收

C. 温子昇、邢邵、魏收　　　　D. 颜延之、谢灵运、鲍照

7. 下列魏晋六朝散文的代表作是(　　)。

A.《北山移文》　　　　　　　　B.《与朱元思书》

C.《登大雷岸与妹书》　　　　　D.《与山巨源绝交书》

二、多选题

"平淡中见警策,朴素中见绮丽。"陶渊明诗歌的这一艺术特征与下文意义相同者为(　　)。

A. 苏轼概括为"质而实绮,癯而实腴"(《与苏辙书》)。

B. 元好问说:"一语天然万古新,豪华落尽见真淳。"(《论诗绝句》)

C. 钟嵘《诗品》曰:"其源出于应璩,又协左思风力。"

D. 杜甫:"千秋万岁名,寂寞身后事"。(《梦李白二首(其二)》)

三、判断题

1. 庾信前期的诗文,主要是奉和、应制之作,题材基本上不出花鸟风月、醇酒美人、歌声舞影、闺房器物的范围。(　　)

2. 六朝时期,单行散体的文章主要在南北朝时期。(　　)

3. 刘勰称曹植为"建安之杰"。(　　)

4. 正始文学的代表人物是"竹林七贤",其中阮籍和嵇康的成就最为突出。(　　)

5. 左思咏史,既受前人影响,又有创新,变咏史为咏怀。(　　)

6. 安贫乐道与崇尚自然,是陶渊明的主要思想。(　　)

7. 在山水诗的产生方面,"庄老告退,山水方滋"的说法是正确的。(　　)

8.《世说新语》在艺术上有较高的成就,鲁迅先生曾把它的艺术特色概括为"记言则玄远冷隽,记行则高简瑰奇"。(　　)

[章讨论]

1. 结合曹植身世,谈谈其后期的诗歌创作。
2. 简述《咏怀》组诗的内容及对后世的启示。
3. 简述《咏史》诗的文学史意义。
4. 结合具体作品,谈谈陶渊明前后期的田园诗有哪些特征。
5. 请比较陶诗与谢诗的艺术特征。
6. 如何理解庾信"暮年诗赋动江关"?
7. 谈谈骈体文的文体特征。
8. 谈谈《世说新语》的艺术特征。

第四章 唐代文学

学习目标…

1、理解和掌握初唐四杰如何成为唐音的肇始;陈子昂高倡风骨,为唐诗风貌的形成奠定基础。

2、理解和掌握山水田园诗的特色和王维、孟浩然的艺术成就。

3、理解和掌握李白的生平与创作的关系;李白的诗歌艺术成就和文学史地位。

4、理解和掌握杜甫的生平与创作的关系;杜甫的诗歌艺术成就和文学史地位。

5、理解和掌握中唐诗歌的基本风貌。包括:韩愈诗歌的新变;李贺的"长吉体"特色;白居易的讽喻诗与叙事诗;诗豪刘禹锡的诗歌成就。

6、理解和掌握晚唐五代著名的诗人与词人:杜牧、李商隐的诗歌,温庭筠、李煜的词。

7、理解和掌握唐代古文运动,韩愈、柳宗元的古文理论与创作。

8、了解唐传奇的发展演变。理解和掌握三大爱情传奇《莺莺传》《霍小玉传》《李娃传》的基本内容和艺术特色。

第一节
扫荡绮丽风，江河万古流：初唐四杰与陈子昂

> **学习要点**
>
> 初唐四杰指王勃、杨炯、卢照邻、骆宾王四人。他们怀着变革文风的自觉意识，反对纤巧绮靡，提倡刚健骨气，扭转了唐朝以前萎靡浮华的宫廷诗歌风气，使诗歌题材扩展到辽阔的自然空间，赋予诗歌以新的生命力。陈子昂提倡汉魏风骨，反对齐梁以来的绮靡文风，主张恢复"诗言志"的风雅传统，对盛唐诗歌产生了深远影响，被誉为"诗骨""唐之诗祖"。

从唐诗的发展阶段来看，可以分为初、盛、中、晚四个阶段。就初唐诗而言，可以分为两个阶段。一是初唐的前五十年。此阶段是宫廷诗的时代，以李世民为代表，包括虞世南、许敬宗、上官仪等人在内的宫廷作家群。此期诗歌延续六朝遗风，"绮错婉媚"的"上官体"是这一时期的诗风代表。二是武后时代。此阶段最初以"初唐四杰"为代表，他们开始思考如何摆脱宫体，逐步突破旧诗风，继之有沈佺期、宋之问确立了律诗这种新形式。最后是陈子昂登高一呼，痛斥齐梁，高倡风骨，为唐诗开创了健康的发展道路。

一、初唐四杰

闻一多先生在《唐诗杂论》中提到："正如宫体诗在卢、骆手里是从宫廷走到市井，五律到王、杨的时代是从台阁移至江山与塞漠"，四杰的诗"放开了粗豪而圆润的嗓子"，有着"生龙活虎般腾踔的节奏"，他们诗文革新"背面有厚积的力量支撑着""这力量，前人谓之'气势'，其实就是感情。有真实感情，所以卢、骆的到来，能使人们麻痹了百年的心灵复活"。在这个意义上，四杰所代表的新的诗歌潮流，使得诗歌从了无生气、无病呻吟的宫廷诗风中挣脱出来，转向广阔的社会，由纤弱变为壮大，感情基调也清新健康起来，成为唐音的肇始。

（一）王勃生平与文学成就

王勃，字子安，绛州龙门人，是隋末大儒王通的孙子，唐初诗人王绩的侄孙。王勃自幼聪敏过人，六岁能文，九岁读颜氏《汉书》，撰写《指瑕》十卷。十四岁时随父寄居长安，上书右相刘祥道，畅论国政，刘氏叹为"神童"。

乾封元年（666），对策及第。章怀太子招入府中为修撰。沛王与英王（即唐中宗）于宫中斗鸡，王勃写《檄英王鸡》以助战，被高宗所知，认为"交构之渐"，挑唆诸王关系，遂逐令出府，时年十九。总章二年（669），王勃辞别长安，前往巴蜀。在蜀三四年间，他与卢照邻往来

唱和,作《入蜀纪行诗》赞美蜀地秀美风光,抒发自己登山临水之愉悦。

上元初,王勃从洛阳出发,前往交阯看望父亲。上元二年(675)秋,途经洪都,恰巧遇到都督阎公在滕王阁设宴大会宾客,王勃被邀参加,写下了千古传诵的《秋日登洪府滕王阁饯别序》,哀叹自己的坎坷命运。次年,王勃行至南海,渡海溺水而亡,终年二十七岁。

王勃现存诗、赋九十余首,序、论、启、表、书、赞等各种骈文百余篇。胡应麟评价说:"王勃兴象宛然,气骨苍然,实首启盛、中妙境。五言绝亦舒写悲凉,洗削流调,究其才力,自是唐人开山祖。"①

(二)杨炯生平与文学创作

杨炯(约650—693),华州华阴人,幼聪敏博学,善属文。显庆四年(659)举神童,待制弘文馆。上元三年(676)应制举及第,补九品校书郎。天授元年(690),任教于洛阳宫中习艺馆,与宋之问成为至交。如意元年(692),迁盈川令,吏治以严酷著称,世称杨盈川。

杨炯以笔力雄劲的边塞诗著名,一股豪迈之气。如《从军行》中:"宁为百夫长,胜作一书生。"写书生投笔从戎,出塞参战,有浓郁的时代气息,表现为国立功的豪情壮志,气势轩昂,风格豪放。其《王勃集序》,对王勃改革当时淫靡文风的创作实践评价很高,反映了四杰有意识地改革当时文坛的绮靡文风。

(三)卢照邻生平与诗歌创作

卢照邻,幽州范阳人。年少时从曹宪、王义方受小学及经史,博学能文。初为邓王府典签,极受邓王爱重,比之为司马相如。高宗乾封初,出为益州新都尉。照邻离蜀后,先是寓居洛阳,曾被横祸下狱,为友人救护得免。后因染风疾,赴长安拜孙思邈为师。后入太白山,服丹药中毒,手足残废。徙居山中,买园数十亩,疏凿颍水,环绕住宅,预筑坟墓,偃卧其中。由于政治上的坎坷失意和长期病痛的折磨,最终"与亲属诀,自沉颍水"。

卢照邻诗存世近百首,其中七言歌行成就最高。《长安古意》不仅是他的代表作,也是初唐歌行体的代表作,与骆宾王的《帝京篇》主题相近,皆对京城权贵的豪奢尽情讥讽,藻采繁丽,声情流宕,体制宏大,堪称双璧。

(四)骆宾王生平与诗歌创作

骆宾王,婺州义乌人。七岁能诗,有"神童"之称。桀骜不驯,侠义肝胆。他做过市井的赌徒,从军的荡子,囚系的南冠,最后参加了极其冒险的军事行动,是初唐极具传奇色彩的诗人。闻一多先生就说:"这以'一抔之土未干,六尺之孤何托',教历史上第一位英威的女性破胆的文士,天生一副侠骨,专喜欢管闲事,打抱不平、杀人报仇、革命、帮痴心女子打负心汉,都是他干的。"(《唐诗杂论·宫体诗的自赎》)

因参加徐敬业扬州起事失败,骆宾王"文多散失",今存各体诗数十首、赋三章、文三十余

---

① 胡应麟《诗薮·内编》卷四,上海古籍出版社1958年版,第67页。

篇。骆宾王擅写长篇歌行。《帝京篇》是其代表作,与卢照邻《长安古意》异曲同工,亦以长安上层社会生活为题材,评说古今,抒发感慨,全篇典雅庄重而又委婉多姿。

骆宾王在边时间较长,集中描写边塞戎马生涯之作亦多。或写边塞战争之激烈悲壮,或歌颂将士高昂的斗志和报国之心,或渲染塞外雄奇瑰丽的景色,风格苍凉悲壮,颇具感染力。

譬如《在军登城楼》:"城上风威冷,江中水气寒。戎衣何日定,歌舞入长安。"用高昂的调子,既反映了唐王朝创建初期蓬勃奋发的时代精神,又表现诗人忠君报国、建功立业的强烈愿望。

其咏物诗《在狱咏蝉》亦是众所周知的名篇。诗人咏物言志,慨叹朝廷视听不明,枉屈忠良,无人为自己昭雪。语意沉至,寄托遥深。

二、陈子昂的生平和文学主张

继四杰之后,以更坚决的态度反对当时诗坛上弥漫的绮靡风气,在理论和创作实践上都表现了鲜明的创造革新精神的诗人是陈子昂。

陈子昂,字伯玉,梓州射洪(今四川射洪市)人。少时豪侠任气,十八时才开始折节读书,二十四岁时进士及第。二十八岁时,他曾一度随乔知之出征西北,三十五岁被提拔为右拾遗,但次年却因遭人诬陷而下狱,出狱后不久,他又随武攸宜东征契丹。东征归来后,陈子昂痛感自己的政治抱负与主张不能实现,便于四十岁那年辞官归乡。返乡后,又因县令段简诬陷而入狱,最终含冤而卒,年仅四十二岁。

陈子昂的诗歌理论主张主要体现在他的《与东方左史虬修竹篇序》中。

> 东方公足下:文章道弊,五百年矣。汉魏风骨,晋宋莫传,然而文献有可征者。仆尝暇时观齐梁间诗,彩丽竞繁,而兴寄都绝,每以永叹。思古人,常恐逶迤颓靡,风雅不作,以耿耿也。一昨于解三处见明公《咏孤桐篇》,骨气端翔,音情顿挫,光英朗练,有金石声。遂用洗心饰视,发挥幽郁。不图正始之音,复睹于兹,可使建安作者相视而笑。

批判齐梁时期诗歌的弊病在于"兴寄都绝""彩丽竞繁",忽视了诗歌的比兴美刺,即忽视了诗歌对社会现实生活内容的反映。在批判的同时,陈子昂明确地提出了纠偏的方法与途径,就是在肯定汉魏文学传统的基础上,主张文学创作应恢复"风骨""兴寄"的优良传统。

陈子昂的主张,对引导有唐一代诗风真诚向上的发展道路,并对唐诗风貌的建立确实起了极为重要的作用。所以罗宗强先生说:"他把唐朝建立以来诗歌缓慢的而又是不可阻拦的发展趋势,加以确切的理论概括和理论表述,变成了一个响亮的号召,从而推动了诗歌的进一步发展。"(《隋唐五代文学思想史》)元好问《论诗绝句三十首》则云:"沈宋横驰翰墨场,风流初不废齐梁。论功若准平吴例,合著黄金铸子昂。"可见他在人们心中的地位。

第二节
清音蕴山水,烽火走尘沙：盛唐诗坛的两个流派

> **学习要点**
>
> 山水田园诗派以描绘自然山水和田园风光为主要内容,代表诗人有王维、孟浩然等。王维的山水田园诗创造出"诗中有画,画中有诗"的静逸明秀诗境,孟浩然则以其平淡自然、清幽淡雅的风格著称。边塞诗派以描绘边塞风光、反映戍边将士生活为主,代表诗人有高适、岑参、王昌龄等。他们的诗歌气势奔放、慷慨激昂,诗风悲壮、格调雄浑,形式上多为七言歌行或五、七言绝句,内容上多写军旅征战、边塞风光、风土民情及征人思妇的深切思念。

盛唐诗坛上,有两个诗歌创作流派特别引人注目,一是以王维、孟浩然、储光羲、常建为代表的山水田园诗派,一是以岑参、高适、王昌龄为代表的边塞诗派。前者综合了陶渊明、王绩等人咏写田园和谢灵运、谢朓等人摹形山水的传统,以田园的情趣领略山水,又以山水的眼光观赏田园,色彩清淡,意境深幽。后者受到鲍照、薛道衡、骆宾王、杨炯等人描写边塞战争题材的影响,把军旅生活的各个侧面、边地奇丽瑰奇的异域风情尽收笔下,并结合自身建功立业的怀抱和慷慨不平的意气,气象开阔,情调悲壮。前者常用五言古诗和五言律绝,后者多用七言歌行或七言绝句,形式、感情和风格均有差异,共同构成了气势磅礴的多声部的"盛唐之音"交响曲。

一、王维及其山水田园诗

王维、孟浩然在题材上都擅长作山水田园诗,在风格上都趋向于清澄平淡。两者相较而言,王维现存诗歌不仅在数量上远远超出了孟浩然,而且在题材、内容、风格上也更为丰富。王维不仅诗文、书画、音律样样精通,而且早年有儒家的抱负、中年具道家的风采、晚年得佛家的精髓,很符合中国古代知识分子"入于儒,出于道,逃于佛"的人格理想。因此,如果说孟浩然的诗歌是天生的平淡、本色的平淡、彻头彻尾的平淡,那么王维的诗歌则是人为的平淡、修炼的平淡、绚烂之极归于平淡。这种登峰造极的平淡之作便是以山水田园诗为代表。

（一）王维生平

王维(约701—761),字摩诘,太原祁县(今属山西)人,迁居蒲州(治今山西永济)。开元九年(721)登进士第,调太乐丞。因伶人违制舞黄狮子受累,贬济州司仓参军。后张九龄执政,擢为右拾遗。二十五年秋,赴河西节度使幕为监察御史兼节度判官。天宝初,召为左补阙,历侍御史、库部员外郎、郎中。丁母忧,退居蓝田辋川别墅,与裴迪等浮舟往来,弹琴赋

诗,啸咏终日。十一载(752)拜吏部郎中,迁给事中。安史叛军陷京,被迫受伪职。两京收复后论罪,因陷贼时曾作《凝碧池诗》思念唐室,弟缙又请削己官为其赎罪,仅责授太子中允,旋迁中书舍人,复拜给事中,转尚书右丞。退朝之后,焚香独坐,以饭僧、禅诵为事。年近七十卒。其早期有用世志,所作边塞、游侠、抒怀诗气骨遒劲,具盛唐蓬勃向上之进取精神;后期历经变乱挫折,思想消沉,奉佛持斋,多山水田园之作。

其诗各体均擅,尤长五言。其山水田园诗融禅理、画意、诗情于笔端,以自然精练、形象准确之语言,将自然美再现为艺术美,尤长于意境之创造。杜甫称其"最传秀句寰区满"(《解闷》),司空图赞其"趣味澄夐"(《与王驾评诗书》),殷璠评云:"词秀调雅,意新理惬,在泉为珠,着璧成绘,一字一句,皆出常境。"(《河岳英灵集》)苏轼谓其"诗中有画"(《书摩诘蓝田烟雨图》)。于后代山水田园诗及宋人严羽之"妙悟"、清人王士禛之"神韵"诸说均有重大影响。《终南山》《山居秋暝》《渭川田家》《观猎》《使至塞上》等为其传世名作。《辋川集》中绝句亦播在人口。工骈文,其《山中与裴迪秀才书》文笔清丽,写景如画,为唐代散文名篇。兼通音乐、绘画、书法,绘有《辋川图》,苏轼称其画中有诗,董其昌推为南宗之祖,有《王右丞集》。生平事迹见唐代张彦远《历代名画记》卷一○、《旧唐书》卷一九○、《新唐书》卷二○二、《唐才子传》卷二。陈铁民、张清华分别撰有《王维年谱》。[1]

(二)王维的山水田园诗

王维的山水田园诗主要描写农村的幽美风光和隐居生活的乐趣,曲折地表现了对混浊官场的厌恶,对美好理想的追求。闻一多先生说:"王维替中国诗定下了地道的中国诗的传统,后代中国人对诗的观念大半以此为标准,即调理性情,静赏自然。"[2]

1. 诗中有画

苏轼在《书摩诘〈蓝田烟雨图〉》中评价王维诗说:"味摩诘之诗,诗中有画;观摩诘之画,画中有诗。""诗中有画"是对王维山水田园诗艺术特色精要鲜明的概括。所谓"诗中有画"大致包含以下几层含义:

一是善于将绘画技巧运用于诗歌意境的营造中,注重诗歌中的色彩、线条。如《送邢桂州》:"日落江湖白,潮来天地青"。在韵尾用青、白两种色彩点出江上日落潮起时的景象。又如《辋川别业》:"雨中草色绿堪染,水上桃花红欲然。"其中绿、红两种颜色色彩鲜明,使画面清新鲜润,给人以愉悦之感。

二是善于表现景物之间的层次感。如《新晴野望》中:"白水明田外,碧峰出山后。""白水""明田""碧峰",互相映衬,在色彩与空间层次上构成了鲜明的对比。他的《终南山》一诗,更是运用中国画特有的透视法,以诗的语言同时表现出三远:高远、平远、深远。

2. 诗中有乐:动静结合的音乐美

王维擅长音乐,在其诗中,他对声音的捕捉敏锐而精细,善于描绘一般人难以察觉的大

---

[1] 钱仲联等:《中国文学大辞典(修订本)》,上海辞书出版社2000年版,第260页。
[2] 郑临川:《闻一多论古典文学》,重庆出版社1984年版。

自然的音响、声息,如《鸟鸣涧》:"人闲桂花落,夜静春山空。"《秋夜独坐》:"雨中山果落,灯下草虫鸣。"正由于他对声响有着敏锐的感受,所以他的诗中常常表现出对声响的生动描摹,并使之与画面结合,形成有声有色的胜境。如"细枝风响乱,疏影月光寒""松含风里声,花对池中影"。巧妙地寓声于景,诱使读者发挥想象力,从景物的形象和色彩中"听"出声音来。

二、盛唐边塞诗

诗歌在初唐"四杰"和陈子昂的手中,即已实现了"从台阁移至江山与塞漠"的历史性转换,诗歌题材走向广阔,但"边塞诗"的兴盛及"边塞诗派"的真正崛起,还是在盛唐时代。这是因为:一方面,作为科举制度的历史性成果,这一时期,大批科举入仕的庶族地主已经真正走上了政治舞台,并试图在开边拓土和保疆卫国的边塞战争中进一步实现建功立业的政治抱负;另一方面,为了加强国防力量,唐代有边帅自辟僚佐的制度,从而给那些科场失利的文人留下了一条通过戎边而博取功名的道路。于是,真正走向边关、走向塞漠的大批诗人,在刀光剑影的大漠风沙中创造出壮丽非凡的"边塞诗"。

这一派中,以高适、岑参为代表,包括王之涣、王昌龄、崔颢、李颀等诗人。他们大多有较长的入幕从军的边疆生活经历,喜欢采用七言歌行和绝句的体裁,反映边疆战争及其军中生活,表达盛唐时代特有的进取精神和社会心理,将梗概多气的建安风骨与哀怨秾丽的齐梁韵调熔铸于诗中,具有极高的审美价值。

以岑参的边塞诗为例。

岑参,天宝三载进士,此后两度出塞。第一次在天宝八载(749),赴安西节度使高仙芝幕府任职,此次出塞似乎并不得意,至天宝十载归长安。十三载又一次出塞,任安西北庭节度使判官,军府所在地为轮台。这次出塞,其幕主为封常清。封氏曾是岑参安西幕府时的上司,因而这次出塞宾主相得,颇受封常清赏识知遇,因此情绪比较高昂乐观,其大部分边塞名作如《走马川行》《白雪歌》《轮台歌》《热海行》等,都写于此时。约在至德二载(757)春夏间,岑参自北庭东归回到长安,因杜甫等举荐,授右补阙。

岑参的边塞诗有七十余首。不仅数量在盛唐边塞诗人中最多,成就也最突出,奠定了岑参在诗歌史上的地位。由于两次出塞,西部、北部等重要的边陲地区他都有亲身的经历,对边塞生活十分熟悉,《唐才子传》说:"参累佐戎幕,往来鞍马烽尘间十余载,极征行离别之情,城障塞堡,无不经行。"所以他的边塞诗对边塞生活的表现就特别生动真切。

岑参边塞诗中多写边塞的奇热酷寒,卷石狂风,茫茫戈壁、漠漠雪原,乃至热海火山等奇丽景观,这些都是过去边塞诗中所未曾描写过的,把读者带到了一个前所未有的奇特境界。《白雪歌送武判官归京》中写大雪严寒:"北风卷地白草折,胡天八月即飞雪,忽如一夜春风来,千树万树梨花开。"《热海行送崔侍御还京》写热海:"侧闻阴山胡儿语,西头热海水如煮。海上众鸟不敢飞,中有鲤鱼长且肥。岸旁青草常不歇,空中白雪遥旋灭。"

同时又善借用声韵变化来传情达意,如《走马川行奉送封大夫出师西征》句句用韵,三句一转,势险节短,以急促的声韵,表现飞沙走石、狂风严寒和军情紧急的情景,写得豪迈雄壮,意气干云,鲜明地反映出其边塞诗独具的奇伟峭丽之美。

在岑参笔下,边塞不仅没有了荒凉之感,反而给人以奇情壮采的魅力。诗人以热烈乐观的情绪去发现、赞叹边塞之奇、边塞之美,在其诗中,边塞风光、边塞生活充满着神奇壮丽的景象与豪迈乐观的情感,这正是岑参诗歌的独特个性所在。

第三节
长安市上谪仙醉:李白诗歌的艺术成就

> **学习要点**
>
> 李白是唐代伟大的浪漫主义诗人,被誉为"诗仙"。其诗歌风格豪迈奔放、想象丰富、语言奇妙、清新飘逸,具有典型的浪漫主义艺术特征。学习李白专题,需重点掌握其生平经历、思想特点、诗歌风格及艺术成就,理解其诗歌中表达的个人理想抱负、忧国忧民情怀以及对大自然的热爱。

余光中在《忆李白》中这样评价李白:"绣口一吐就是半个盛唐"。李白的诗歌,飘逸豪放,清新自然,是盛唐之音的典型。他诗中所体现出的独特的气势、大胆的想象,以及不可复制的天才的魅力,征服了当时以及后代的无数读者,使他在文学史上享有崇高的地位。

一、李白的家世与生平

李白,字太白。关于李白的籍贯,有几种不同的说法。一说为蜀人;一说为山东人;一说为陇西人;一说出生于中亚碎叶。现在一般认为,李白当出生于中亚碎叶,其家世已难于详考。据唐人李阳冰《草堂集序》等记载,李白是凉武昭王九世孙,其先因故流亡到碎叶。中宗神龙元年,李白随父迁居到绵州昌明县清莲乡。李父入蜀后,一直过着"高卧云林,不求禄仕"的隐逸生活,可能是一个富商。李白的家庭显然有浓重的西域文化背景。他的幼年和青少年时期是在蜀中度过的,同时受汉和西域两种文化的熏陶。这就不仅给他一副"眸子炯然,哆如饿虎"的相貌,更赋予他追求自由和豪放不羁的性格,"长不满七尺,而心雄万夫"(《与韩荆州书》)。

李白的一生可谓洒脱不羁:少年时代,他便显示出惊人的天赋、罕见的才华,他"五岁诵六甲""十岁观百家",不仅诗写得好,而且能骑能射、能剑能舞、能琴能书。青年时代,他不像寻常的儒生那样,沿着科举制度的道路求取功名,而是选择了道教徒走的"终南捷径",干谒诸侯、游历天下,颇有任侠之风,在其《上安州裴长史书》中曾说:"曩昔东游维扬,不逾一年,散金三十万,有落魄公子,悉皆济之。"魏颢《李翰林集序》甚至说李白"少任侠,手刃数人"。李白一路求仕、一路访仙、一路拜师、一路吟诗,因风流倜傥而受到了当时的道教大师司马承祯的高度评价,司马承祯赞他"有仙风道骨,可与神游八极之表",李白也因此写了《大鹏赋》。天宝元年,李白四十二岁,因道士元丹丘推荐,玄宗皇帝下诏,命李白入京。李白初闻征召,喜出望外,以为他多年的理想有了实现的机会,在《南陵别儿童》中写道:"仰天大笑出门去,我辈岂是蓬蒿人!"先有"降辇步迎,以七宝床赐食于前"的礼遇,后有"力士脱靴""才人研墨""待诏翰林"的佳话。按照唐制,皇帝所在处必有文词经学之士,下至医卜伎术之流,随时待诏命,备顾问,玄宗时名其待诏之所曰"翰林院",开元二十六年,又别建学士院,以他官兼充学士,专掌起草诏命,李白入翰林,只是以文词秀异待诏供奉而已,并未授正式官职,与以他官充任的学士不同。但以其声名之大,玄宗初亦颇加礼遇,并命其起草诏诰。据说他曾作过《和蕃书》《出师诏》等文,又应诏作过一些描写宫廷歌舞享乐生活的诗文,如《泛白莲池序》《宫中行乐词》《清平调》等。没过多久,李白便发现玄宗对自己只不过是倡优蓄之,并没有委以大任,这与他的理想可谓大相径庭。于是乃"浪迹纵酒,以自昏秽,咏歌之际,屡称东山",表现出厌倦情绪。天宝三载春,李白上书请"还山",玄宗以其"非廊庙器",赐金放还。就这样,李白于天宝三载,怀着悲凉、怨愤而又恋恋不舍的心情,高吟"凤饥不啄粟,所食唯琅玕。焉能与群鸡,刺蹙争一餐"的高傲诗句,告别了帝都,经由商州大道,离开关中,结束了他在长安一年多的宫廷生活。暮年时代,他的生活道路出现了坎坷,因"赐金放还"而再次陷入漂泊的生活状态,后又因入"永王幕府"而获罪朝廷。然而即便如此,仍然以诗名受到朝野人士的广泛关注,所谓"新诗传在宫人口,佳句不离明主心"。

宝应元年(762),李白六十二岁,十一月,卒于当涂,有《临终歌》,自比大鹏凌空,中天摧折,但仍相信他激起的余风足以流传万世,仍不改其文人的浪漫、道士的洒脱。关于李白之死,亦有二说,一说死于"腐肋疾",一说醉后入水捉月而亡。后者应为小说家言。

李白的思想比较复杂,兼有儒、道、游侠、纵横家的成分,而以儒、道为主。但其避开科举,而其思想显为盛唐之产物。龚自珍曾说:"庄、屈实二,不可以并,并之以为心,自白始;儒、仙、侠实三,不可以合,合之以为气,又自白始也。"(《最录李白集》)

二、李白诗歌的艺术成就

李白诗作散失颇多,然至今尚存900余首,内容丰富多彩,风格清新豪放,充分显示了盛唐知识分子的信心、气度、胆略和情怀。李白曾说自己"兴酣落笔摇五岳,诗成笑傲凌沧州",杜甫亦赞其:"笔落惊风雨,诗成泣鬼神。"

受道教的影响,他的诗歌充满了大胆的想象和奇异的夸张,常常出语惊人、行文跌宕,其中一些作品带有鲜明的游仙色彩,显然受道教的直接影响。例如,《古风》第五首中先写其"西上莲花山,迢迢见明星。素手把芙蓉,虚步蹑太清"的游仙之举,继之与"俯视洛阳川,茫茫走胡兵"的人间现实形成鲜明的对照。《西岳云台歌送丹邱子》在九重天、蓬莱境的环境下先将明星、玉女、麻姑、天帝这些道教传说中的仙人与自己的好友元丹邱混杂在一起,最后写自己与道友二人饮玉液琼浆、骑茅龙升天的故事,在传说与想象中幻化着自己真实的情感。至于《梦游天姥吟留别》,更是借梦游的方式写出了"霓为衣兮风为马,云之君兮纷纷而来下。虎鼓瑟兮鸾回车,仙之人兮列如麻"的群仙起舞的景象。

　　李白的诗歌在感情表达上不是掩抑收敛,而是喷薄而出,一泻千里。当平常的语言不足以表达其激情时,就用大胆的夸张;当现实生活中的事物不足以形容、比喻、象征其愿望时,就借助非现实的神话和种种奇丽惊人的幻想。《秋浦歌》的"白发三千丈,缘愁似个长",借有形的发,突出无形的愁,既夸张又极为大胆。又如用"抽刀断水水更流",比喻"举杯消愁愁更愁",极度的夸张,却让人感到最高的真实。又如《侠客行》"三杯吐然诺,五岳倒为轻",以五岳为轻来夸张侠客然诺之重。《北风行》里"燕山雪花大如席,片片吹落轩辕台",想象奇特,脍炙人口。他那些最富于浪漫色彩的山水诗,亦写得奇情壮采,譬如《蜀道难》,殷璠《河岳英灵集》称其"可谓奇之又奇,自骚人以还,鲜有此体"。这正反映了李白同时代文人对这首诗的惊奇赞叹。

第四节
位卑未敢忘忧国:杜甫生平及其创作成就

> **学习要点**
> 　　杜甫是唐代伟大的现实主义诗人,被誉为"诗圣"。其诗歌深刻反映社会现实,关注民生疾苦,情感真挚深沉,风格沉郁顿挫,具有鲜明的时代特色和深刻的思想内涵。学习杜甫专题,需重点掌握其生平经历、创作背景、诗歌风格及艺术特色,理解其诗歌中表达的对社会现实的深刻洞察、对人民疾苦的深切同情以及对国家命运的忧虑关切。

一、杜甫的生平和创作

(一)青少年读书壮游时期

　　杜甫,字子美,祖籍襄阳,自其曾祖时迁居巩县(今河南巩义),生于一个"奉儒守官"的家庭。其十三世祖杜预为西晋名将,祖父杜审言为武则天时著名诗人。杜甫自幼好学,在《壮游》诗中说自己"七龄思即壮,开口咏凤凰。九龄书大字,有作成一囊"。

　　开元十九年,杜甫二十岁,开始了他的漫游生涯。其前后漫游共三次。第一次出游至吴越。其《壮游》诗写道:"东下姑苏台,已具浮海航。"开元二十三年,回洛阳参加了科举考试,未第,又开始了第二次漫游,地点在齐、赵一带。《壮游》诗中说:"放荡齐赵间,裘马颇清狂",并写下了"会当凌绝顶,一览众山小"这样慷慨激昂的名句。天宝三载(744),杜甫在洛阳与李白相遇结识,同游梁、宋,是第三次漫游。一同漫游的还有诗人高适,三人把酒论文,度过了一段裘马清狂的快意日子。

(二)困顿求仕的长安十年

唐天宝五载,杜甫怀着"致君尧舜上,再使风俗淳"的政治理想,来到京都长安,参加"制举",由于李林甫的排摈,结果与同来赶考的所有举人一起落第。李林甫以"野无遗贤"为由上表祝贺玄宗。杜甫在仕途上又一次遭到挫折,政治抱负不得施展,生活也开始变得落魄,迫于饥寒,不得不向达官贵人干谒投诗,希望得到引荐,但是屡屡失望,过着"卖药都市,寄食友朋"的艰辛生活,甚至是"朝扣富儿门,暮随肥马尘"。长安豪贵们的奢侈生活激起他的不平,因此创作了《丽人行》《乐游园歌》等揭露贵族豪门腐朽奢靡的作品。

唐天宝十载正月,玄宗举行祭祀太清宫、太庙和南郊的大典。杜甫趁机写了三篇《大礼赋》,得到玄宗的赏识,令待制集贤院,命宰相试文章。但除了博得个"词感帝王尊"的虚名外,未获得一官半职。直到天宝十四载十月,困守长安十年的杜甫,才被任命为河西尉,但他未接受,旋改为右卫率府兵曹参军,这是一个掌管兵甲器仗的正八品下小官,所以杜甫作《官定后戏赠》一诗以解嘲:"不作河西尉,凄凉为折腰。老夫怕趋走,率府且逍遥。"

唐天宝十四载岁末,杜甫离开生活了将近十年的长安,来到寄居在奉先的妻子身边。一路上他看到饿殍遍野,路过骊山时,见唐玄宗正和杨贵妃在华清宫通宵饮酒作乐,回到家中幼子因冻饿而死。这一系列的刺激使杜甫悲愤满怀,写下了著名史诗《自京赴奉先县咏怀五百字》。

(三)陷贼避乱与为官时期

安史之乱爆发后,杜甫带着家小由奉先前往白水,又由白水向陕北流亡,忍受着国破家亡的痛苦。次年七月,太子李亨在灵武继位,改元至德。杜甫此时已逃到鄜州,八月间得知这一消息,只身投奔灵武,途中为叛军所获,被押解到长安。此时的长安在叛军的蹂躏之下,繁华不再,因此写下了《哀江头》《春望》等一系列伤心至极的诗篇。至德二载(757)夏,杜甫从长安外郭城西面的金光门逃了出来。一路上昼伏夜行,穿过官军与叛军对峙的防线,"麻鞋见天子,衣袖露两肘",投奔流落凤翔的肃宗。肃宗感其忠诚,任命他为左拾遗。可是不到两个月,杜甫因上疏救房琯,触怒肃宗。闰八月,肃宗特许杜甫回家探亲,实为有意疏远。一路上,诗人又看到战争给社会带来的破坏,给人民带来的苦难,不由得五内俱焚,写下了长篇史诗《北征》和《羌村》三首。

十一月杜甫回到收复的长安,仍任左拾遗,虽忠于职守,但终因受房琯案牵连,于乾元元年六月被贬为华州司功参军。华州司功参军的职务给杜甫带来的只是烦躁苦恼,乾元二年秋,杜甫毅然离职,开始了辗转漂泊的生活。

（四）漂泊西南与终老湖湘

杜甫弃官之后，逃荒到秦州一带。乾元二年末，到达成都，次年，在亲友的帮助下，在成都西郊浣花溪畔盖了一所草堂，有了一个安家之处。《卜居》一诗中说："浣花溪水水西头，主人为卜林塘幽。""舍南舍北皆春水，但见群鸥日日来"（《客至》）。杜甫的草堂生活相对平静。

代宗宝应元年，杜甫因避乱又漂泊至梓州、阆州。广德二年重返成都，剑南节度使严武聘杜甫为节度使署中参谋，又荐为检校工部员外郎。但幕府约束不自由，杜甫不久又辞了职。四月严武死，杜甫离开了成都。

杜甫离开成都后，经嘉州、渝州、忠州、云安，于大历元年到达夔州。由于夔州都督柏茂林的照顾，杜甫在此暂住，为公家代管东屯公田一百顷，这一时期，诗人创作达到了高潮，不到两年，作诗四百三十多首，几占全集百分之三十。

大历三年，杜甫思乡心切，乘舟出峡，先到江陵，又转公安，年底又漂泊到湖南岳阳，一直住在船上，辗转漂泊于江湘之间。大历五年（770）冬，诗人病死于由长沙至岳阳的小舟中。

二、杜甫诗歌的艺术成就

将杜甫与王维、李白进行对比，可以发现三者的差异。就时代而言，杜甫比李白和王维晚生十一年，其主要的生活和创作经历均在"安史之乱"以后，很容易使其产生"穷年忧黎元，叹息肠内热"（《自京赴奉先县咏怀五百字》）的济世情怀。杜甫的诗歌所反映的社会内容要远比李白和王维丰富，上至帝王、将相，中至文人、官吏，下至田父、船夫，都是他诗中的人物。社会的动荡，仕途的坎坷，使诗人在颠沛流离之中广泛接触到了下层民众的生活，从而在《哀江头》《悲陈陶》以及著名的"三吏""三别"中具体而微地反映了"安史之乱"期间民间的痛苦和不幸，使这些作品具有了"诗史"的意义。在那个"白骨露于野，千里无鸡鸣"的时代，杜甫能够以一种"仁者之心"将普通人的悲欢离合化为自己的喜怒哀乐。在他的作品中，既有"夜深经战场，寒月照白骨"（《北征》）的描写，也有"请为父老歌，艰难愧深情"（《羌村三首》其三）的感伤；既有"吏呼一何怒，妇啼一何苦"（《石壕吏》）的叙述，也有"安得广厦千万间，大庇天下寒士俱欢颜"（《茅屋为秋风所破歌》）的期望。

杜甫的诗歌不仅在思想上极富有儒家的民本思想和入世情怀，在艺术上也充分体现了儒家美学严谨整饬的形式特点和沉郁顿挫的风格特征。"沉郁顿挫"是杜甫在《进〈雕赋〉表》中自述创作甘苦之语，亦是杜诗艺术风格的高度概括。包括以下几层含义：一、它表现了杜诗思想内容的博大深厚，生活体验的真切丰富，感情的饱满有力；二、它以深厚完整的意境，锤炼精确的语言，铿锵浏亮的音调，并以顿挫变化的节奏表现出来。能够将严格的法度和开张的气势完美地结合,从而使人们在抑扬顿挫的旋律中感受到"风骨"的力量。当然,杜诗的风格除"沉郁顿挫"之外,诸如清新、秀丽、明快、俊逸,等等,无不兼备。这与诗人一生辗转大半个中国,自少至老,心境不同,诗歌技巧又吸收众家之长相关,其诗歌风格有着多样性的特点。

杜甫的诗主要不是面向自然的,而是面向社会的;不是抒发个人理想的,而是描写时事苍生的。这正是他被誉为"诗圣"的原因所在。其诗虽不及李白诗的宏伟、瑰丽,不及王维诗的含蓄、隽永,但却自有李、王二人所不具备的雄浑、深沉,大气磅礴地演奏出了"盛唐之音"的另一维度。

第五节
中唐诗歌——唐诗的第二次高峰

> **学习要点**
> 中唐诗歌是唐诗发展的第二次高潮,诗家辈出,风格多样。学习这一节内容,需重点掌握中唐诗歌的主要流派,如韩孟诗派、新乐府诗潮等,以及各流派代表诗人如韩愈、孟郊、白居易、李贺等的生平经历、诗歌风格及艺术特色。同时,要理解中唐诗歌写实的主流倾向和尚俗尚奇的风格变化,领悟中唐诗歌对社会现实的深刻反映,对人生哲理的深入思考。

唐诗发展到贞元、元和时期,又登上了第二次高峰。安史之乱后,唐王朝集中统一的局面受到破坏,社会趋向纷繁复杂,思想文化更加五花八门,中唐诗人们在盛唐诗歌高峰之后,自觉地从多方面寻找出路,追求创新的积极成果。白居易说"诗到元和体变新",刘禹锡说"请君莫奏前朝曲,听唱新翻杨柳枝"。正是这种变革,使中唐诗歌大放异彩,而且在中国古代诗歌史上成为一个重要的转折点。

一、韩愈诗歌的新变

清代著名诗论家叶燮在《原诗》中说:"唐诗为八代以来一大变,韩愈为唐诗之一大变,其力大,其思雄,崛起特为鼻祖。宋之苏、梅、欧、黄、王,皆愈为之发其端,可谓极盛。"下面,就着重从新变的角度作一些介绍。

(一) 韩愈生平

韩愈(768—824),字退之,河阳(今河南孟县)人。郡望昌黎,世称韩昌黎,晚年任吏部侍郎,谥文,因又称韩吏部、韩文公。三岁而孤,由兄韩会抚育。自幼备受艰辛,少即究心古训,通习六艺。贞元八年(792)登进士第。三上吏部试不入选,乃先后赴汴州董晋、徐州张建封节度使幕府任职。后至京师,官四门博士、监察御史。十九年,因上书论事得罪权要,贬阳山令。元和元年(806)召为国子博士。后迁为职方员外郎。七年,坐事降为国子博士。十二年从裴度讨淮西吴元济有功,升任刑部侍郎。十四年,因上表谏迎佛骨,贬潮州刺史。次年召拜国子祭酒。长庆二年(822)以赴镇州宣抚王廷凑兵变有功,转任吏部侍郎、京兆尹等职。四年冬卒于长安。与柳宗元并称"韩柳",同为中唐古文运动倡导者,同被列入"唐宋八大家"。其诗与孟郊齐名,并称"韩孟",多有反映现实、抨击时弊之作,如《丰陵行》《华山女》等;亦有咏怀述志、咏物纪行之作,如《山行》《秋怀》等。其诗风雄奇壮伟,光怪陆离。如《南山》《月蚀诗效玉川子作》等,然《杏花》《早春呈水部张十八员外》《山石》等诗则不乏自然清新之态。又好"以文为诗",即以古文之章法句式入诗,且多发议论,于宋诗之散文化、议论化影响极大。有《韩昌黎集》。

(二) 韩诗的新变

1. 在内容与诗美上追求非诗之诗,非美之美

唐诗发展到盛唐李杜,生活中各种题材都被写得差不多了,韩愈在这种情况下,要对诗境加以开拓,加上他的审美观与盛唐人不同,于是就把诗歌题材转向日常生活中一些本来没有人涉及、怪怪奇奇的、被一般人认为缺乏诗意美的领域,传统上认为是非诗的领域开拓。而且用极度夸张的手法,把这些事物写得穷形尽相、淋漓尽致。

过去不被写到诗里的,认为缺乏诗美的种种可怕的、可憎的、野蛮的、混乱的事物,都被韩愈纳入诗境。金人赵秉文说:"少陵知诗之为诗,未知不诗之为诗,及昌黎以古文浑灏,溢而为诗,而古今之变尽。"(《滏水集》卷十五《与李孟英书》)从"以诗为诗"到"以非诗为诗""以非美为美",确实是诗歌题材内容的一种新变,也是对传统审美观的一种突破。

2. 在境界上追求狠重奇险,诗中充满震荡、怒张的力

可怕、可憎、野蛮、混乱的事物景象,如果诗人没有用艺术的强力去征服它,就不可能化丑为美,谈不上任何美感。韩愈的成功之处在于用艺术的强力,用狠重奇险的笔法将这些东西写得或壮伟,或奇崛,或恐怖,或幽默滑稽。

韩愈特别喜欢用一些狠重的动词:如舂、撞、劈、镵、崩、刮、斫、轰……下笔又重又狠,造成奇险之感。

在诗歌形式上,他一反六朝、初盛唐以来以对称、均衡、和谐、圆润为美的观念,刻意追求反对称、反均衡、反和谐、反圆润,追求一种古朴、劲健、参差、拗折的风貌。

奇特的字眼,拗口的句法,故意押险韵,或破坏对仗,力求佶屈聱牙,造成一种强劲坚硬的笔力。

3. 在语言和章法结构上追求散文化、议论化

韩愈诗歌的一大特点是以文为诗。主要表现为两个方面:第一,散文化的语言、句法、章法结构;第二,大量运用议论、铺排的写法。

韩愈的有些诗写得就像一篇散文,像《嗟哉董生行》。散文化的章法结构,主要表现为讲究虚实正反,转折顿挫等一套古文作法。这里显然可见,他是以古文作法入诗。诗歌中的议论很早就有,杜诗中更逐渐增多,但大多和强烈的抒情融合。韩诗中大量运用议论,像《调张籍》《荐士》《石鼓歌》,从内容到表现手段,都是学术文章所有的,他把学术引入了诗,故被视为学者之诗。

从以上三个方面可以看出,韩愈在李杜之外,开辟了诗歌题材、境界、表现手法的新局面,展示了一种跟传统的诗美不同的美,从而打开了审美的新天地。他的追求奇崛瘦硬的诗风、散文化、议论化之写作方式,以及以才学为诗的倾向,都对后来的宋诗有着深远的影响,韩愈是从唐诗过渡到宋诗的关键性人物。

二、命运多舛、才华绝世的李贺

李贺(790—816),字长吉,唐宗室郑王裔孙,居于福昌(今河南宜阳)之昌谷。元和初(806),游江南,北归洛阳,以诗谒韩愈,大得赏誉。五年,举河南府乡贡进士,然以父讳晋肃,不得应进士举,韩愈为其作《讳辩》。六年,仕为奉礼郎,郁郁不得志,以病辞官东归。九年秋,往潞州访张彻,归,病卒,年仅二十七。早著诗名,尤擅乐府,当时"云韶乐工,无不讽诵"(《旧唐书》本传)。其为诗苦吟,惨淡经营,句锻字炼,以至其母谓"是儿要呕出心乃已耳"(《新唐书》本传)。所作多抒发其执着之理想追求与怀才不遇之愤懑,亦有反映现实民生之作。好以神仙世界及鬼物等为描写对象,怪怪奇奇,想象丰寓诙诡,意象重叠密集,色彩斑斓绚丽,情调哀艳凄恻,常不顾事物之客观逻辑,而任一己之主观情感之倾泄,故前人谓其诗远去笔墨畦径间。宋严羽则目之为"鬼仙之才",称其诗为"李长吉体"(《沧浪诗话》)。著有《李贺集》五卷,今传《李长吉文集》。

李贺的才能是文学史上少有的。他跟韩愈、白居易基本上是同时代的人,但形象思维特别发达,这方面才能超过韩、白。这种才能,最突出地表现为两个方面:一是想象力的丰富、奇特、怪异,过去诗评家有太白仙才,长吉鬼才的说法,"鬼才"是以怪诞为特征的。二是诗歌语言的奇峭秾丽,富于创造性。他的作品里,像"酒酣喝月使倒行""天若有情天亦老""石破天惊逗秋雨""踏天磨刀割紫云""雄鸡一声天下白""羲和敲日玻璃声""银浦流云学水声"……这类丰富奇特的想象、新颖奇丽的语言为特色的警句几乎俯拾即是。在这方面,他比杜甫的"语不惊人死不休"的追求还要极致。

绝世的才华加上艺术上的刻苦认真,使这位年轻而短命的诗人在很短的时间里创作出了许多极富艺术性的作品(现存诗作240多首)。他生活在元、白、韩、柳、刘并世而出的时代,诗坛上百花争艳,各呈异彩,但他拿笔上阵没打几个回合,就开辟了一个崭新的诗歌境界,创造了一种新的以奇峭冷艳为基本特征的诗歌风格。

李贺在中唐,除了在奇崛方面受到韩愈的一些影响之外,基本上是独来独往,自成一派的。到了晚唐,李商隐、杜牧、温庭筠这三个最重要的诗人都非常推崇李贺,李商隐、温庭筠更有许多直接模仿"长吉体"的作品。可以说,晚唐前期的诗坛,李贺的影响非常大。这以后,李贺的影响一直不断。他的诗对词的影响也很显著,词中许多绮丽的字面往往从李贺诗中化用得来。

三、白居易的讽喻诗与叙事诗

白居易(772—846),字乐天,晚号香山居士。祖籍太原(今属山西),徙居下邽(今陕西渭南),生于郑州新郑(今属河南)。建中三年(782),随父至徐州别驾任所,寄家符离。次年避乱至越中。贞元十六年(800)登进士第。十八年,登书判拔萃科。十九年授校书郎。元和元年(806),登制科,授盩厔尉。三年,除左拾遗,为翰林学士,以直谏为权豪所忌。丁母忧,服除,授太子左赞善大夫。十年,因上书请捕刺杀宰相武元衡之凶手,执政恶其越职言事,贬江州司马。量移忠州刺史。穆宗即位,历司门员外郎、主客郎中知制诰、中书舍人。长庆二年(822),出为杭州刺史。除太子左庶子,分司东都。宝历元年(825),复为苏州刺史。病告归。大和初(827),任秘书监、刑部侍郎。三年,以太子宾客分司东都。四年,授河南尹,复为宾客分司,改太子少傅分司。会昌二年(842),以刑部尚书致仕,闲居洛阳,皈依佛教,以诗酒自适。谥曰文。

初与元稹并称"元白",同为中唐新乐府倡导者,后又与刘禹锡并称"刘白"。其论诗重视诗歌讽喻功能,强调揭露社会弊端,反映民生疾苦,主张"文章合为时而著,歌诗合为事而作"(《与元九书》)。著有《白氏长庆集》七十五卷、《白氏经史事类》(一名《六帖》)三十卷,又编与元稹等唱和诗为《元白继和集》一卷、《三州唱和集》一卷,编与刘禹锡唱和诗为《刘白唱和集》三卷、《汝洛集》一卷。今有《白氏长庆集》(一名《白香山集》)、《白氏文集》行世,《六帖》则与宋孔传《后六帖》合为《白孔六帖》一百卷刊行,余均佚。

从奠定白居易在文学史上的地位的角度看,他的诗歌创作中最重要的是两类:一类是有比较明确的政治目的、社会功利目的的讽喻诗;一类是以《长恨歌》《琵琶行》为杰出代表的叙事诗。

(一)讽喻诗

以《秦中吟》(十首)、《新乐府》(五十首)为代表,总共170多首。写作时间几乎都集中在前期,特别是元和初到元和七年这段时间内。从内容上看,大体上有这样几个方面:广泛反映民间疾苦;揭露统治阶级的各项弊政和骄奢淫逸的生活;反映各种社会问题(民族问题、边防问题、道德问题、妇女问题等)。这几类诗作内容上当然也是互相交叉的。从揭露的大胆、尖锐,反映问题的广泛上看,有它突出的优点。从艺术上看,有主题明确集中、对比鲜明、语言通俗平易、叙事与议论结合等优点。特别是具有意到笔随、用常得奇的优点(用朴素平易的语言表达深警的思想内容)。

(二)叙事诗

如果说白居易的讽喻诗在诗歌史上的意义主要是继往——继承《诗经》以来的现实主义传统而有所发展(当然对以后也有影响),那么,他的叙事诗在诗歌史和整个文学史上的作用就是开来,它们对后世的影响并不局限于诗歌而及于整个市民文学(特别是戏曲)。无论是思想上还是艺术上,白居易叙事诗的创新成分都要比讽喻诗强得多,艺术表现上也比讽喻诗成熟得多。白居易真正的文学才华并不表现在讽喻诗上,而是表现在叙事诗上,他作为政治诗人的生活底子远不如杜甫深厚,作为叙事诗人、抒情诗人,他的才华比作为政治诗人要高。可以说,白居易即使没有讽喻诗,没有3 000首,只要有《长恨歌》《琵琶行》就足以不朽。它们在故事的曲折完整、描写的细致生动和抒情气氛的浓郁等方面,都有突出成绩,都显示出中国古代文人叙事诗所达到的艺术高度,体现出中国古代叙事诗的民族特色。

四、诗豪刘禹锡

刘禹锡(772—842),字梦得。洛阳(今属河南)人。幼居嘉兴、湖州,曾陪皎然、灵澈唱和。贞元九年(793)登进士第,授太子校书。十六年,为杜佑徐泗、淮南从事,调渭南主簿,入为监察御史。永贞元年(805),擢屯田员外郎,判度支盐铁,多有革新。宪宗立,贬连州刺史,道贬朗州司马。元和十年(815)还京,因作诗语涉讥刺,贬授连州刺史,历夔、和二州刺史。大和初(827),入朝为主客、礼部郎中,充集贤直学士,复出为苏、汝、同三州刺史。开成元年(836),以太子宾客分司东都,世称刘宾客。与柳宗元交谊最笃,世称"刘柳"。又与白居易并称"刘白"。其诗各体均擅,多反映时事政治及怀古感兴之作。其诗题材广阔,感情充沛,流畅自然。有《刘梦得文集》(又名《刘宾客文集》)行世。

刘禹锡是中唐除元白、韩孟两派以外自成一派的重要诗人。他在哲学思想上是一个朴素唯物主义者,提出过著名的"天人交相胜"的观点;在政治上是一个革新派,是王叔文"永贞革新"集团的重要成员,著名的"八司马"之一,和柳宗元有着深厚的情谊,是思想上、政治上的同道,兼称刘、柳;晚年和白居易有很密切的交往,世称刘、白。

刘禹锡在"永贞革新"失败后,被贬到边远州郡当司马、刺史(朗州、连州、夔州、和州),写过不少寓言式的政治讽刺诗(如《聚蚊谣》等),政治性、战斗性相当强,艺术上却并非精品。他写得最好的诗基本上是两类:一类是怀古诗,如《西塞山怀古》《金陵五题》是其代表;另一类是学习沅湘巴渝民歌而又在民歌基础上大大提升了艺术性的小诗(民歌体小诗),《竹枝词》是其代表。这两类诗在艺术上都达到了很高的水平,在整个唐代诗坛上,也可算得上第一流的作品。白居易对刘禹锡极为推崇、叹服,称赞刘是"诗豪",他对自己作品的缺点是有自知之明的,认为"太详""太周""太激",也就是不够精炼、含蓄、深沉,刘禹锡的诗恰恰具有白居易所没有的优点。

第六节
晚唐五代的诗人与词人

> **学习要点**
> 需重点关注晚唐诗歌的时代背景,理解末世景象和诗人暗淡前途对诗歌情感基调的影响;掌握晚唐主要诗人如杜牧、李商隐、温庭筠等的生平经历、诗歌风格及艺术特色,如杜牧的俊爽峭健、李商隐的深婉细腻、温庭筠的华美秾丽等;领悟晚唐诗歌中怀古伤今的普遍情绪,以及对爱情题材的开辟和对艳丽诗风的追求等独特风貌。

一、"山雨欲来风满楼"的时代

杜牧、李商隐活跃在诗坛上的时代,主要是文、武、宣三朝(大和、开成、会昌、大中年间),这三朝皇帝并不是那种荒淫昏庸的末代之君,有的还颇想有所作为,但唐王朝的各种错综复杂的矛盾在这一时期愈演愈烈,终于造成了不可挽回的衰颓局势。具体地说,这一时期的四大矛盾更加深化、激化了。

(一)农民起义

整个唐中叶,尽管有种种苛敛暴征,农民起义还是很少的,但到了文、武、宣三朝,情况就不同了,农民起义渐渐多了起来。到了宣宗末年(大中十三年岁末,859年12月),终于爆发了以浙东裘甫为首的规模较大的农民起义,揭开了唐末农民大起义的序幕。范文澜说:"裘甫起义标志着唐朝廷崩溃的开端。"这是非常正确的。所以《新唐书》上说:"唐亡,诸盗皆生于大中之朝……贤臣斥死,庸懦在位,厚赋深刑,天下愁苦。"

(二)藩镇割据

当时河北藩镇的割据已成定局,朝廷已经放弃收复了。各地镇将杀节度使的事件也层出不穷,到了大中时期,连一向相对平静的江南地区也闹得不可开交,说明朝廷对地方的控制力量进一步削弱。

(三)宦官专权

这时的宦官权力比白居易的时代更大,皇帝的生死废立大权都掌握在他们手里。从宪宗到宣宗一共六个皇帝,起码有三个是他们杀的,五个是他们立的。宦官掌握兵权,朝官和皇帝有时虽然共同谋划诛灭宦官,但都不能成事。文宗时的甘露事变就是一次大较量,结果造成流血千门的大惨剧,宦官气焰更盛。

(四)朋党之争

朝廷官僚中分成牛、李两党,闹得你死我活。今天牛党上台打击李党,明天李党上台又打击牛党,有时两党对立势如水火,是非蜂起。这种朋党之争,削弱了朝廷对宦官对藩镇的斗争力量,也使得朝廷根本没有办法搞好政治,去缓和与农民百姓的矛盾。这就是杜牧、李商隐、温庭筠所必须面对的时代,"山雨欲来风满楼"这句晚唐诗人许浑的名句,用来形容晚唐社会再贴切不过。用李商隐的名句形容,就是"夕阳无限好,只是近黄昏"。

二、"小李杜":杜牧、李商隐

刘熙载《艺概》有云:"杜樊川雄姿英发,李樊南深情绵邈。"杜牧和李商隐被后世称为小李、杜,从风格上看,小杜近李白,而小李则受杜甫影响较大。

(一)杜牧

杜牧(803—853),字牧之,京兆万年(今陕西西安)人。杜佑孙。大和二年(828)登进士第,复登制科,解褐弘文馆校书郎。旋辟佐沈传师江西、宣歙、牛僧孺淮南幕,历团练判官、节度推官、掌书记。大和九年,以监察御史分司东都。因弟颛眼疾去职。开成三年(838),为崔郸宣歙团练判官。入朝任左补阙、史馆修撰。历膳部、比部员外郎,皆兼史职。会昌二年(842),出为黄州刺史,转池、睦二州刺史。大中二年(848)迁司勋员外郎、史馆修撰,转吏部员外郎。四年秋,求为湖州刺史。入拜考功郎中、知制诰,官终中书舍人。平生好读书,喜论兵,尝注《孙子》。诗赋散文,各体均擅。尝谓为文当"以意为主,以气为辅,以辞彩章句为之兵卫"(《答庄充书》)。推崇李、杜、韩、柳,高度评价李贺,于元、白颇有微词。著有《樊川文集》,今存。

李商隐有一首写给杜牧的《杜司勋》诗:

> 高楼风雨感斯文,短翼差池不及群。
> 刻意伤春复伤别,人间惟有杜司勋。

所谓"伤春",就是伤时感世,也即为唐王朝的衰落,为当时政治、军事上各种黑暗腐败现象而伤感。所谓"伤别",就是自伤身世遭遇,为个人的怀才不遇而慨叹。无论是"伤春"还是"伤别",都贯穿一个"伤"字,感伤,是晚唐诗歌的基调。

从诗歌体裁来看,杜牧的七律、七绝都颇负盛名,但艺术上最有创造性的还是七绝。在唐代诗人中,李白、王昌龄、王维、李益、刘禹锡、杜牧、李商隐等都是七绝名家,杜牧的七绝,在晚唐是首屈一指的。他的七绝有两类:一类是写景,一类是咏史,都写得才气纵横,风流俊爽。

(二)李商隐

李商隐(813—858),字义山,号玉谿生、樊南生。怀州河内(今河南沁阳)人。大和三年(829),天平节度使令狐楚辟为巡官,令与诸子游。六年,随楚赴镇太原。开成二年(837),登进士第。楚卒,入泾原节度使王茂元幕掌书记,茂元以女妻之。茂元为李德裕所善,牛党以为背恩,乃加排抵。四年,为秘书省校书郎,调弘农尉。会昌二年(842),以书判拔萃授秘书省正字。大中元年(847),桂管观察使郑亚辟为支使兼掌书记。次年府罢,补盩厔尉,假京兆参军事。三年,为武宁节度使卢弘止判官。五年,入朝为太学博士,旋佐东川柳仲郢幕,为节度判官。十年,随柳归朝,任盐铁推官。十二年,归郑州,病卒。

擅骈文,尤工诗,为晚唐大家。从令狐楚习为章奏,俪偶长短而繁缛过之。时温庭筠、段成式俱以此相夸,号"三十六体"。诗与杜牧齐名,人称"小李杜",又与温庭筠并称"温李"。多抒愤寄慨之作,王安石以为"唐人知学老杜而得其藩篱,惟义山一人而已"(《苕溪渔隐丛话》引《蔡宽夫诗话》)。各体皆工,尤擅七言律绝。其《锦瑟》等无题诗,多用比兴手法,创造朦胧之境界,尤为唐诗辟一新天地。著有《樊南甲集》《乙集》各二十卷,《玉谿生诗》三卷、《赋》一卷、《文》一卷、《杂纂》一卷。文集已散佚,后人有辑本,诗集及《杂纂》今传。

李商隐现存的六百首诗中,政治诗(包括咏史诗)占了六分之一左右,这在古代诗人中是一个很大的比重。这些政治诗的一个突出特点,是对上层统治集团的抨击、揭露与批判(包括皇帝、藩镇、宦官),其深刻、尖锐、大胆的程度都超过了同时代的诗人。

李商隐继承杜甫感时忧国的精神,创作了许多内容深广、风格沉郁顿挫的政治诗。像《隋师东》《有感二首》《重有感》《行次西郊作一百韵》等,都是学杜而深得其神髓之佳作,内容涉及方镇跋扈、宦官乱政等政治焦点。《行次西郊作一百韵》更是一首反思唐朝历史的史诗性巨构。而其一系列以古鉴今、借古喻今和托古讽今的咏史诗无疑更能代表其艺术成就。"他的咏史诗不仅能见讽刺对象的性格与灵魂,而且可见诗人的神采个性,对荒淫之君的揶揄嘲讽和对历史教训、现实危机的深刻感受思考,往往交融在一起。既是晚唐统治者腐败现象的反映,又是诗人忧时伤世心理的展示。"①

无题诗并非李商隐独创的抒情诗体但在他手里达致艺术的极致。除七律"万里风波一叶舟"是抒写怀古思乡之情以外(纪昀认为此首系佚去原题而编录者署以无题),其他各首均以男女相思离别为题材。这些诗究竟是纯粹的爱情诗,还是另有寓托,研究者历来有不同看法。但其中亦有像"昨夜星辰昨夜风"这样的艺术精品。无题之外,李商隐还写了不少爱情诗,包括忆内悼亡诗、女冠诗和抒情对象不明的诗。"他把古代文人爱情诗真正提升到纯粹感情的领域,实现了由欲到情的升华超越。"②

清代吴乔说:"唐人能自辟宇宙者,惟李、杜、昌黎、义山。"(《西昆发微序》)李商隐成为继李白、杜甫、韩愈之后,再次为诗国开疆辟土的大家。其艺术上的创造性,概括地说就是:他创造了一种深情绵邈、精丽婉曲的诗风;创造了一种富于感伤情调的悲剧诗美,一种富于象征暗示色彩的朦胧诗境;创造了无题诗这样一种新的抒情诗体;而且把七律这种诗体推向了更高的发展阶段,取得了杜甫以后在这种诗体上的最高成就。

李商隐跟第一个专业写词的作家温庭筠并称温、李,范文澜说李代表旧传统(诗)的总结者,温代表新传统(词)的开拓者。这是很有道理的,不过李商隐所作的总结不是一般的兼收

---

① 刘学锴:《汇评本李商隐诗》前言,上海科学院出版社2002年版,第4页。
② 同上,第5页。

并蓄,而是一种创造性的总结。

三、温庭筠词

温庭筠(约801—866),原名岐,一名庭云,字飞卿,太原(今属山西)人。才思敏捷,长于律赋,相传每入试,押官韵,八叉手而成八韵,时号温八叉、温八吟。然"士行尘杂,不修边幅"(《旧唐书》本传),又喜讥刺权贵,故屡试不第。徐商镇襄阳,署为巡官。后贬方城尉。官终国子助教。《花间集》称"温助教"。诗与李商隐齐名,称"温李"。又与李商隐、段成式皆工骈文,因三人排行皆十六,合称"三十六体"。其乐府古诗师法李贺,辞藻瑰丽,而含思悲凉,近体以咏史吊古见长,寄慨深长。温庭筠的诗,写得清婉精丽,备受时人推崇,《商山早行》诗之"鸡声茅店月,人迹板桥霜",更是不朽名句,千古流传。但他的主要成就是词的创作。有《温庭筠诗集》(又名《温飞卿集》)。

温庭筠是典型的封建文人中的浪子,长期出入歌楼妓馆,精通音乐,"有弦即弹,有孔即吹";擅填词,"能逐弦吹之音,为侧艳之词"(《新唐书》本传),是词史上第一位大量填词的文人,在题材、风格上奠定词类型风格的基础。

其词以闺情相思为主,多写妇女的服饰体态和离思别怨。善于择取富有特征性的名物,构成特殊的意境和抒情氛围,采取含蓄委婉、隐约细致的手法,表现人物的思想感情。词语华艳精美,词风香软绮靡,为花间词人之鼻祖。

清张惠言评曰:"自唐之词人李白为首……而温庭筠最高,其言深美闳约。"(《词选》序)清刘熙载云:"温飞卿词精妙绝人,然类不出乎绮怨。"(《艺概·词曲概》)近代王国维说:"'画屏金鹧鸪',飞卿语也,其词品似之。"(《人间词话》)《菩萨蛮》《更漏子》《梦江南》等为其代表之作。

《花间集》收温词最多达66首,可以说温庭筠是第一位专力于"倚声填词"的诗人,其词多写花间月下、闺情绮怨,形成了以绮艳香软为特征的花间词风,被称为"花间派"鼻祖,对五代以后词的大发展起了很强的推动作用。词这种文学形式,到了温庭筠手里才真正被人们重视起来,随后五代与宋代的词人竞相为之,终于使词在中国古代文坛上蔚为大观。

四、李煜词

李煜(937—978)即李后主,五代南唐后主,中主李璟第六子。公元961—975年在位。字重光,初名从嘉,自号钟隐、钟山隐士、钟峰隐者、钟峰白莲居士等。徐州(今属江苏)人。建隆二年(961)初,立为太子。六月即南唐国主位。开宝八年(975),国亡,降宋,封违命侯。宋太宗太平兴国三年(978)被毒死。能诗善文,尤工书画,以词著名。后人将其词与李璟(中主)词合刻为《南唐二主词》。《全唐诗》存其诗十八首。

李煜的词可分为前后两期，前期做南唐皇帝时期写的词，内容上多为宫廷生活和离愁别绪，风格柔靡，亦有清丽之作；后期做北宋俘虏时写的词，写囚徒生活与亡国之痛，情调极为感伤。奠定他在词史上地位的主要是他的后期词。贯串前后期的艺术特点是真率、自然。

李煜的词（特别是后期词）在后世读者中引起了很强的共鸣。这种共鸣，就其实质来说，是诗词在抒情时往往只单纯地抒写某种情感的形态、深度、强度，这就使得这种抒情带有极大的概括性和一定的抽象性，对读者构成了一种语言上的借代，或引起了类比联想。总之，愈精炼就愈概括，愈概括客观的容量就越大。李煜词中对于"恨""愁"的具体指述并不丰满细致，而且相当抽象概括，"自是人生长恨水长东""问君能有几多愁，恰似一江春水向东流"，唯其有概括之力，方能引起广泛共鸣。

从抒写的题材范围和所创造的意境上看，李煜的词突破了花间派一般只局限于写女子生活、思想感情（主要是离愁别绪），甚至只写妇女装饰、体态的狭小范围，直接用词抒写自己的深哀剧痛，词的境界扩大了，感慨深沉了，个性特点鲜明了。

从语言风格和表现手法看，李煜不像花间派那样雕琢刻镂，浓妆艳抹，而是用非常自然、朴素而又优美和谐的语言，用白描手法，用极其鲜明恰切的比喻来抒写自己真切的生活感受，创造出画笔所不能达的意境。在这方面，李煜确实是难以企及的天才和典型，连苏、辛也很难超过他。周济说李煜的词是"粗服乱头，不掩国色"（《介存斋论词杂著》），实际上正道出了他的词所特具的真率自然之美。

李煜词在题材和意境上突破晚唐五代以艳情为主的窠臼，使词从音乐的附庸变为抒情述怀的工具，这在词的发展史上是有重大意义的。代表作有《虞美人》《浪淘沙》《清平乐》《乌夜啼》等，王国维云："词至李后主，眼界始大，感慨遂深，遂变伶工之词而为士大夫之词。"（《人间词话》）

第七节
韩愈、柳宗元与唐代古文运动

> **学习要点**
>
> 需重点掌握古文运动的兴起背景；了解古文运动的主要目的，即扭转骈文风气，恢复古代儒学道统，提倡质朴自由的古文；掌握古文运动的主要代表人物韩愈、柳宗元等的生平经历、文学主张及创作实践，如韩愈的"文道合一""务去陈言"，柳宗元的"辅时及物"等；同时，要理解古文运动对后世文学的影响，如对宋代古文运动的直接影响，以及对散文、传奇等文体发展的推动作用。

一、唐代古文运动

"古文"这个概念,最初是由韩愈、柳宗元等提出的,指的是与六朝骈体文(唐代称今体文)相对的奇句单行,上承先秦两汉散文的散体文。六朝时期,骈体文发展到鼎盛时期,占据文坛统治地位,骈文在文章的辞采、声律、技巧方面有自觉的追求,是一种充满文学意味的美文,而且产生过不少精美的作品。但这种文体一般不便于叙事、说理,有它自身的局限,加上六朝士人不注重骈文的现实内容,片面追求琐碎的技巧,使形式趋于僵化。对这种文体及其流弊,早在北朝西魏时期,苏绰便有意倡导复兴古文,苏绰更仿《尚书》作《大诰》,隋代李谔上书隋文帝,要求用行政命令禁止浮华不实的骈文。他们的目的都在于恢复先秦两汉散文经世致用、为政治教化服务的传统,但都未产生影响。进入初唐,陈子昂在倡导诗歌革新的同时,其文章也"疏朴近古",表现出对文体与文风的革新。此后,散体文的写作逐渐增多,现存开元时期的约 761 篇文章中,骈文除制诰颂赞外仅 170 篇,散体文 211 篇。天宝以后,萧颖士、李华、元结、独孤及、梁肃、柳冕等人也倡导文章的复古,逐渐形成一种思潮与风气。从写作实践看,在韩柳登上文坛前夕,文体上由骈转散,文风由华返朴可以说已成事实。但直到贞元元和年间,韩愈、柳宗元相继提倡古文,这场文体文风的革新运动——古文运动才真正取得了引人瞩目的成就,开创了古代散文史上继先秦两汉以后第二个光辉的发展时期。

二、韩愈的古文理论与创作

韩柳两人,在倡导古文运动方面,都有着不可泯灭的功绩,也各有自己的独特贡献。但比较起来,韩愈倡导古文运动时间更早(贞元),比柳宗元更为努力,对文体的革新比柳宗元更为彻底,语言的运用也比柳宗元更为纯熟。从总体上看,韩愈在倡导古文运动方面的贡献以及散文的文学成就比柳宗元更大。

韩愈的古文理论,最主要的特点如下:

第一,文以明道。认为道是目的,文是手段;道是内容,文是形式。他说的道有具体现实的政治内容,与维护中央集权、反对藩镇割据、反对佛老相联系。

第二,注意作家的道德修养对文章写作的重要作用,重视"养气"(气指作者的精神状态),提出"气盛言宜"的创作主张。

第三,在语言方面,提出"唯陈言之务去",要求语言的新颖、独创;又提出"文从字顺各识职",要求文句的妥帖与流畅。总之,既要有独创性,又要规范化。

第四,继承发展"发愤抒情"的理论,提出"不平则鸣"的口号。尽管他说的"不平"兼具"喜怒""悲愉"两个方面,但无论如何肯定了"鸣其不幸"的合理性,在一定程度上突破了温柔敦厚、怨而不怒的传统诗教。(在《荆潭唱和诗序》一文中还进一步指出了"和平之音淡薄,而愁思之声要妙,欢愉之辞难工,而穷苦之言易好"的现象。)

韩愈这些古文理论,在当时是有进步意义的,对后世也有深远的影响。

韩愈的散文创作具有以下特点。

第一,各体兼长。无论说理、叙事、抒情,还是政论、杂说、书(赠)序、碑志、祭文都有优秀的名篇流传。

说理名篇如《原毁》《师说》《杂说四》("马说")、《进学解》和《送穷文》,等等。叙事名篇如《张中丞传后叙》《柳子厚墓志铭》《试大理评事王君墓志铭》等;抒情名篇如《祭十二郎文》《祭柳子厚文》等;韩文中书信如《与孟东野书》、赠序如《送孟东野序》《送董邵南游河北序》等,也都是具有感染力的佳作。

第二,他的文章气势充沛,纵横捭阖,曲折多变,流畅明快,极富阳刚之美。

如苏洵说:"韩子之文,如长江大河,浑浩流转,鱼鼋蛟龙,万怪惶惑。"(《上欧阳内翰书》)

第三,他的散文语言极其准确、生动、简洁,富于独创性,具有高度的驾驭语言的艺术,并且创造了许多精炼、新颖的词语,极大地丰富了祖国文学语言的宝库。他是中国文学史上屈指可数的语言巨匠之一。单举一篇如《进学解》,其中就有"同工异曲""俱收并蓄""刮垢磨光""贪多务得""含英咀华""投闲置散""动辄得咎""佶屈聱牙""业精于勤荒于嬉,行成于思毁于随"等已传为流行的成语;还有一些成语如"提要钩玄""焚膏继晷""闳中肆外""啼饥号寒",等等,也是从这一篇的语句中凝缩而来。

三、柳宗元的古文

柳宗元(773—819),唐文学家,字子厚。祖籍河东(今山西永济)人,世称柳河东。贞元九年(793)中进士,十四年中博学宏词科。授集贤殿书院正字,调蓝田尉,回朝为监察御史里行。顺宗即位,擢礼部员外郎。与刘禹锡等积极推动永贞革新。其年八月,顺宗被迫禅位于宪宗,革新失败。柳宗元初贬邵州刺史,未至,再贬永州司马。元和十年(815)春,奉召至京师,三月,改贬为柳州刺史,卒于任所,世称柳柳州。与韩愈皆倡导古文运动,同被列入"唐宋八大家",并称"韩柳"。其诗歌多作于被贬之后,通过对南国奇异山水风物的描写以抒写其迁谪生活中的幽愤之情及怀友思乡之情,在中唐诗坛自成一家。苏轼评柳诗"发纤秾于简古,寄至味于淡泊"(《书黄子思诗集后》)。有名作《江雪》《登柳州城楼寄漳、汀、封、连四州刺史》等诗。今存《柳河东集》。

柳宗元在政治上是个革新派,不但和刘禹锡一起参与了王叔文集团的改革活动,而且在改革失败、受到打击之后,仍然坚持自己的立场,表现了"虽万受摈弃而不更乎其内"的顽强精神。

和韩愈一样,柳宗元也强调"文"与"道"的关系。在《答韦中立论师道书》中,他更明确提出"文者以明道"的原则,在《答吴武陵论〈非国语〉书》中,他又要求文章有"辅时及物"的作用,即能够针对现实,经世致用。认为文学须"有益于世"(《读韩愈所著毛颖传后题》),应"辞令褒贬""导扬讽喻"(《大理评事杨君文集后序》),肯定"词正而理备""言畅而意美",反对"阙其文采"(《大理评事杨君文集后序》)的作品;推崇先秦两汉之文,取其精粹以为己用。

韩愈评其文"雄深雅健,似司马子长,崔、蔡不足多也"(刘禹锡《唐故尚书礼部员外郎柳君文集序》引)。其文具有丰富的内容和精湛的艺术技巧,被贬谪后所作尤为世称赏。

柳宗元散文在艺术上没有韩愈那种长江大河般浑浩流转的雄奇奔放气象,但深刻、严密、细致超过了韩愈,可以说各有千秋。在寓言文学、游记文学方面,柳宗元更有突出的贡献,寓言、游记成为其文学散文中独立的品种,这和柳宗元有意识地创作大量成功的寓言、游记是分不开的。

唐代以前,不是没有寓言,但严格地讲,还没有成为一种独立的文学样式。先秦诸子散文和历史散文中已经有了一些寓言,但一般都是说理过程中出现的,为了把某一个道理说得更清楚、更形象而使用的。它们只是整篇文章中的一个组成部分,不是独立的文学作品。后来,在《列子》中出现了一些独立成篇的寓言,但有意识地大量地创作寓言,把它作为抒发自己政治上的幽愤、批判现实政治的一种武器,是从柳宗元开始的。寓言发展到这时,才成为一种独立的文学样式,而且有了作者的艺术个性。著名的如《三戒》(《永某氏之鼠》《临江之麋》《黔之驴》)《罴说》《蝜蝂传》等。柳宗元不但用散文写寓言,而且用赋、诗写寓言,甚至他的某些人物传记也带有寓言的性质,如《种树郭橐驼传》。

山水游记是柳宗元散文中的精品,最著名的一组游记是"永州八记",按照发现、游览的先后,分别写了永州八个风景优美的地方。它们是《始得西山宴游记》《钴鉧潭记》《钴鉧潭西小丘记》《至小丘西小石潭记》《袁家渴记》《石渠记》《石涧记》《小石城山记》。这类作品,往往在景物描写之中,抒写了他的不幸遭际和他对于现实的不满。他描写山水之乐,一方面借以得到精神安慰,同时也曲折地表现了他对丑恶现实的抗议。这类作品是作者悲剧人生、审美情趣的结晶。

柳宗元的山水游记继承《水经注》的成就,而又有所发展,为游记散文奠定了稳固的基础。

第八节
一代之奇——唐人传奇

学习要点

重点关注唐传奇作为唐代文言短篇小说的独特地位,理解其在六朝小说基础上发展起来的艺术创新,如作家有意识的小说创作、内容扩大到现实生活的各个方面、具有比较完备的艺术形式等;掌握唐传奇的代表作品,如《霍小玉传》《莺莺传》《李娃传》等,及其情节曲折、人物形象鲜明、反映唐代社会风貌和人情世故的特点。

一、唐传奇的发展过程

唐传奇的发展大体上可分为三个时期：酝酿期，繁荣期，衰落期。

唐代前期（安史之乱前），小说大体上承六朝志怪余风，内容怪诞神异，缺乏现实生活气息，但已注意到形象的描绘与故事的完整。现存的作品仅三篇：题王度《古镜记》、无名氏《补江总白猿传》、张鷟《游仙窟》，都成书于高宗、武后时期，盛唐时则一部都没有。

唐代中期（相当于诗歌的中唐时期），由于城市商业非常繁荣，城市纷繁复杂的社会生活和各种矛盾，向文学提出新的任务和新的思想主题，传统的诗歌、散文等形式已经不能适应表现这种复杂的社会生活的需要。而且由于都市繁荣，市民阶层逐渐成长壮大，他们的思想意识、生活内容必然要在文学上反映出来。再加上当时都市中已产生了口头演讲的市人小说，这种民间文艺也对传奇的发展起到了促进作用。而唐代诗歌的繁荣，散文在文体革新方面所取得的成就，更为传奇的创作提供了抒情、叙事的艺术经验。因此，这一时期，传奇小说的发展达到了顶峰，名家辈出，佳作如林。著名作品有蒋防《霍小玉传》、白行简《李娃传》、李朝威《柳毅传》、李公佐《南柯太守传》、元稹《莺莺传》、陈鸿《长恨歌传》《东城父老传》、沈既济《任氏传》、陈玄祐《离魂记》等。这些作品都在不同程度上反映出市民阶层的思想意识，艺术上也高度成熟。这在文学史上是一件具有划时代意义的大事，标志着文学由雅到俗的转变。

唐代晚期，传奇小说数量增加，出现了传奇专集《玄怪录》《集异记》，传奇这个名字，就是因为裴铏《传奇》而得名。但作品的思想艺术质量都大大降低，怪异色彩又浓厚起来，与现实生活距离又趋于疏远。大量描写豪侠题材的传奇出现，是该时期传奇的一个特征。如薛调《无双传》、裴铏《昆仑奴传》《聂隐娘传》、袁郊《红线传》、杜光庭《虬髯客传》，都是一时名作。

二、三大爱情传奇《莺莺传》《霍小玉传》《李娃传》

按照题材分类，唐传奇可划分为神异的警世传奇、才子佳人的爱情传奇、感喟盛衰的轶事传奇和锄奸仗义的豪侠传奇四大类。

《莺莺传》《霍小玉传》《李娃传》被视为唐传奇爱情小说的代表之作。这些小说多以现实的人和事作为题材，多写才子佳人的离合、妓女秀才的认识而衍生出的可歌可泣的故事。

有学者依据考证资料排列出这三大爱情传奇故事的发生年代与传奇可能的创作时间，列表如下：

表4-1 唐代三大爱情传奇的可能发生与创作时间

作品	可能发生时间	可能创作时间
《莺莺传》	德宗贞元十六年至十九年(800—803)	宪宗元和二至三年间(807—808)
《霍小玉传》	代宗大历之世(766—779)	元和五年或六年(810—811)
《李娃传》	玄宗天宝年间(742—756)	元和六年后(811后) 另说穆宗长庆初(821—823)

《莺莺传》写士人张生在骚乱时保护了崔莺莺和她母亲,及后张生倾慕于莺莺,企图以诗定情,与莺莺私订终生,但是莺莺一直拒绝。情节后来由喜转悲:莺莺不能自持、以身相许,但张生因要赴京应试而始乱终弃。元稹笔下的莺莺,家庭背景虽无明确的交代,却保持了一位秉性温柔的女子对意中人过分慷慨而失身后的主要弱点。在他没有回信给她后,她也没有采取任何行动去左右他,一年后便嫁了人。这和《霍小玉传》中女主角苦心孤诣地寻求有着很大的差别。

《霍小玉传》是一篇缠绵悱恻而十分惨烈的爱情悲剧,明代胡应麟说它是"唐人最精彩动人之传奇"。作者主要目的在于暴露唐代社会中名缰利锁给予士子的尖锐矛盾。小说写出身贵族而沦落娼门的女子霍小玉与士子李益相爱,自知不能与之相伴始终,只求李益与自己共度八年幸福生活,而后才另选高门,自己则甘愿出家为尼。然而李益后来却违背誓言,避不见面。小玉百般设法,求一见而不可得,以至寝食俱废,卧床不起。最后一黄衫豪侠强挟李益来见,小玉怒斥其负心无情,愤然死去。死后阴魂不散,使李益终生不得安宁。

《霍小玉传》是一篇真正的小说,对悲剧情感的处理有独特之处,较之《莺莺传》显然进步了许多。

小玉在世时,为爱情耗尽生命,生命之灯烧尽时,又化所有爱为恨。她已无力于生时报复,便立誓死后化为厉鬼来消解生前不能消除的怨气。因此,我们可以说它是一个彻彻底底的大悲剧,这在最讲求"大团圆"的中国文学作品里,是很少见的。因此汤显祖在把它改编成戏剧《紫箫记》和《紫钗记》时,便采取一种比较浪漫的情调,而以"大团圆"作结。

《李娃传》是唐传奇中艺术性极高的一篇,鲁迅称其:"行简本善文笔,李娃事又近情而耸听,故缠绵可观。"(《中国小说史略》)全文结构完整,故事围绕着李娃与郑生的境遇展开,李娃由"长安之倡女",后来做了高贵的"汧国夫人",郑生则由世家公子沦为挽歌郎、乞丐,最终应试得了高官。情节曲折新颖,高潮起伏,主角的心态和遭遇变化难测,构成出人意料却又在情理之中的复杂情节。篇中许多段落都有精彩的描写,逼真地呈现了唐代社会生动的生活画面与社会风习,如对于东西两肆争胜斗歌的描写,成功运用对比衬托之笔法,表现浓厚的都市气息。篇中复杂的人物性格与丰满的人物形象更在文学史上有其不可磨灭的地位。李娃更是篇中形象刻画最为生动的人物,她的容貌、姿态,卓荦的识见、高尚的品格、坚强的意志呈现出一个完整而真实的内外俱美的女子形象。对于这篇作品的文笔,刘大杰评道:"此篇情节复杂,人生之变化,亦多波澜曲折,故极合小说体裁。加以作者文笔高妙,写得委婉动人,遂成为爱情小说之佳品。"

三、唐传奇的艺术特色与影响

宋代洪迈称赞唐传奇:"唐人小说,小小情事,凄婉欲绝,洵有神遇而不自知者,与诗律可称一代之奇。"(《容斋随笔》)

唐传奇有着鲜明的艺术特色。与前代的笔记小说相比,它在题材与篇幅上大大扩展,成为规模严整可观的文学创作,有生动人物、曲折情节,也有细致笔墨、光华文采;它是有意识的小说创作,是作者主动创造美文的艺术自觉,且多想象、虚构,与客观记述有本质区别;它的艺术性显著提高,大大增强了故事的传奇性和表现力,增强了作品的曲折美和变化美。可以说,中国的小说是在唐传奇的阶段成熟的,唐传奇是成熟的文言小说。

唐传奇的影响是深远的。它不仅为后世的文言小说提供了丰富的艺术经验和可供效法的艺术范式,且为白话小说提供了题材和内容的借鉴,使小说的发展进入了新的艺术天地。唐传奇中反复出现的爱情主题、侠义主题、警世主题等都成了唐以后小说的母题。

[章测试]

一、单选题

1. 从诗歌体裁上看,杜牧的(　　)在艺术上最富有创造性。
   A. 五绝　　　　　B. 五律　　　　　C. 七绝　　　　　D. 七律
2. 李商隐的政治诗(包括咏史诗)约占他存世诗歌的(　　)。
   A. 四分之一　　　B. 五分之一　　　C. 六分之一　　　D. 七分之一
3. 隋代(　　)曾上书隋文帝,要求用行政命令禁止浮华不实的骈文。
   A. 宇文泰　　　　B. 苏绰　　　　　C. 李谔　　　　　D. 独孤及
4. 评论"宫体诗在卢骆手里由宫廷走向市井,五律到王杨的时代从台阁移至江山荒漠"的人是(　　)。
   A. 鲁迅　　　　　B. 闻一多　　　　C. 宗白华　　　　D. 朱光潜
5. 总结杜甫四十多年生活,标志着诗人创作成熟的诗是(　　)。
   A.《自京赴奉先县咏怀五百字》　　　B.《北征》
   C.《羌村三首》　　　　　　　　　　D."三吏""三别"
6. 在《河岳英灵集》中被评为"奇之又奇,自骚人以还,鲜有此体调"的诗是(　　)。
   A. 李白《梦游天姥吟留别》　　　　　B. 李白《蜀道难》

C. 岑参《白雪歌送武判官归京》　　D. 李贺《雁门太守行》

7. 白居易的讽喻诗总共有（　　）多首。

A. 150　　　　B. 160　　　　C. 170　　　　D. 180

8. 唐代文人中第一个大力写词，在题材、风格上奠定词类型风格的基础的是（　　）。

A. 李商隐　　　B. 白居易　　　C. 温庭筠　　　D. 李煜

9. 《莺莺传》可能创作时间是（　　）二至三年间。

A. 贞元　　　　B. 元和　　　　C. 长庆　　　　D. 太和

二、多选题

1. 韩愈的古文理论包括（　　）。

A. 文以明道　　B. 气盛言宜　　C. 唯陈言之务去　　D. 不平则鸣

2. 唐朝中期的传奇小说作品有（　　）。

A. 《霍小玉传》　B. 《李娃传》　C. 《莺莺传》　D. 《无双传》

3. 下列诗作中属于刘禹锡的怀古诗的有（　　）。

A. 《西塞山怀古》　B. 《金陵五题》　C. 《聚蚊谣》　D. 《竹枝词》

4. 韩愈的诗歌在形式上追求一种（　　）的风貌。

A. 古朴　　　　B. 劲健　　　　C. 参差　　　　D. 拗折

5. 下列篇目中属于韩愈的说理名篇的有（　　）。

A. 《师说》　　　　　　　　　B. 《杂说四》

C. 《张中丞传后叙》　　　　　D. 《送穷文》

6. 下列作品中成书于唐代前期的有（　　）。

A. 《南柯太守传》　　　　　　B. 《古镜记》

C. 《补江总白猿传》　　　　　D. 《游仙窟》

7. （　　）被视为是唐传奇爱情小说的代表之作。

A. 《莺莺传》　B. 《霍小玉传》　C. 《李娃传》　D. 《无双传》

三、判断题

1. 初盛唐之交的诗人卢照邻的《长安古意》被前人誉为"以孤篇盖全唐"，奠定了其在唐诗史上的大家地位。（　　）

2. 韩愈喜用奇特的字眼、拗口的句法，故意押险韵，或破坏对仗，力求佶屈聱牙，造成一种强劲坚硬的笔力。（　　）

3. 李商隐把七律这种诗体推向了更高的发展阶段，取得了杜甫以后在这种诗体上的最高成就。（　　）

4. 咏物诗《在狱咏蝉》是众所周知的名篇，作者是骆宾王。（　　）

5. 陈子昂主张文学创作应恢复"风骨""兴寄"的优良传统。其诗歌理论主张主要体现在他的《与东方左史虬修竹篇序》中。(　　)

6. 岑参,天宝三载进士,此后两度出塞。大部分边塞名作如《走马川行》、《白雪歌》等写于第二次出塞时。(　　)

7. "兴酣落笔摇五岳,诗成笑傲凌沧州。"是杜甫赞李白的诗句。(　　)

8. "穷年忧黎元,叹息肠内热。"一句出自《北征》。(　　)

[章讨论]

1. 陈子昂的诗歌主张有哪些?
2. 怎样理解苏轼对于王维诗歌"诗中有画"的评价?
3. 简述李白诗歌的艺术成就。
4. 简述杜甫诗歌的艺术成就。
5. 简析韩愈诗歌在内容与诗美上的特点。
6. 简析韩愈诗歌在语言和章法结构上的特点。
7. 简析李贺诗歌的特点及其对后世的影响。
8. 简析李商隐的诗歌特点。
9. 简析温庭筠词的艺术特点。
10. 简析李煜词的艺术特点。
11. 解释名词"唐代古文运动"。
12. 简析韩愈的古文理论。
13. 简析韩愈散文的创作特色。
14. 简析唐传奇的发展过程。
15. 简析唐传奇的艺术特色。
16. 简析唐传奇对后世的影响。

第五章
宋代文学

学习目标…

1. 了解和掌握宋代文学的重要内容和主要文体。理解和掌握宋诗、宋文、宋词的文体特色和代表作家。

2. 宋诗研究情景与主从、辞意与隐秀诸方面的关系。掌握严羽诗论对唐宋诗歌的划分,对陆游《关山月》作典型分析。

3. 宋文研究渊雅与峻切、善美与高格诸方面的关系。掌握欧阳修发动的诗文革新运动,欧阳修的文学理论和实践。以范仲淹的《岳阳楼记》为分析对象,掌握宋代散文文体"记"的艺术特征。

4. 词是诗余,"别是一家","诗庄词媚"。了解柳永、苏轼、周邦彦、辛弃疾词的创作特色。从柳永慢词、周邦彦自铸新词,到苏轼、辛弃疾以诗为词、以文为词,词的表现力越来越强,文学地位也有所提升,但人们仍普遍以婉约词为词之正宗。

第一节
情景与主从：宋诗说（一）

> **学习要点**
>
> 南宋严羽在《沧浪诗话》中指出，宋诗与唐诗的不同在于宋诗以议论为诗，而唐诗则更注重抒情。诗中说理本身无可厚非，关键在于是否能让诗歌保持诗味，即要在景物描写中自然地孕育出哲理和理趣。苏轼的《题西林壁》和朱熹的《观书有感》是成功的说理诗，它们通过具体事物来表现思想，运用形象来说理。

学习宋诗，欣赏宋诗，研究宋诗，常常会碰到一个问题，那就是宋诗跟唐诗有什么不同。在南宋的时候，就有人对此作过思考与回答。这个人，便是严羽严沧浪。他在《沧浪诗话》中说：

> 夫诗有别材，非关书也。诗有别趣，非关理也。然非多读书、多穷理，则不能极其至，所谓不涉理路、不落言筌者，上也。诗者，吟咏情性也。盛唐诸人惟在兴趣，羚羊挂角，无迹可求。故其妙处透彻玲珑，不可凑泊，如空中之音，相中之色，水中之月，镜中之象，言有尽而意无穷。近代诸公，乃作奇特解会，遂以文字为诗，以才学为诗，以议论为诗。夫岂不工？终非古人之诗也。

"近代诸公"，也就是宋代以来的诗人，包括与他同时期的诗人写诗的一个特点，就是"以议论为诗"。对此，严羽认为这样的诗歌虽然写得很认真，很讲究，但却已经不是"古人"的诗歌，也就是说，与古人写的诗不一样了，这里所说的古人，是指唐代及唐代以前的诗人。"非"的原因，也是宋人在诗歌中说理趣，而唐代及以前的诗人在诗歌中抒情。严羽的这一观点，对后来人评价宋诗影响很大。

那么，我们如何来看待诗中的说理？

编者认为，在诗中说理，本身无可厚非。关键是看诗人在用诗说理的时候，有没有继续让诗歌具有诗味。换言之，就是要在描写的景物中自然地孕育出某些哲理、某些理趣。

且看杜甫的这类诗句：

> 江山如有待，花柳更无私。（《后游》）
> 水深鱼极乐，林茂鸟知归。（《秋野》）
> 水流心不竞，云在意俱迟。（《江亭》）

清代学者沈德潜点评以上诗句，给了四个字的评价："俱入理趣"。就是说，诗人本身并没有在诗歌中直截了当地陈述某个道理，而是通过诗歌所描写的景，或叙述的事，自然而然地流露出来。

"江山如有待"两句,写江山、花柳,像在等待人们去欣赏,用来说明大自然是没有私心的;"水深鱼极乐"两句,用来说明环境影响的重要性;"水流心不竞"两句,是说看到水的缓缓流动、云的停顿不动,自己内心那种想要竞争的想法、飞驰的念头也都停滞了。这说明"水流""云在"两个情景中也蕴含道理,并且与诗人当时的心情相应。沈德潜认为这样说理的诗句,写得富有"理趣",认为这样的说理诗是成功的,是可以被人欣赏的。

当然,要让说理的诗歌富有"理趣",并不是容易做到的。由于不少宋代诗人做不到这一点,因此严羽更多的是持批评意见。

那么,如何才能让"以议论为诗"的诗歌具有"理趣"?

通过对上述杜甫诗歌的分析,我们看到,用诗来说理,不能停留在概念层面,而要富有诗意。那就要通过具体事物来表现所要表达的思想。比方说,要表现大自然是无私的,可以通过江山花柳来说;说环境影响的重要,可以通过水深鱼乐来说。如此说理,就可以让诗在表达某一个"理"的同时,充满浓浓的诗意。

虽然严羽之言多有批评宋诗之意,但宋诗中也有写得好的说理诗。这里我们举两首。

苏轼《题西林壁》:

横看成岭侧成峰,远近高低各不同。不识庐山真面目,只缘身在此山中。

诗的前两句描写庐山不同的形态变化,从不同的方位,所看到的景色各不相同。后两句写看山的感悟:只有远离庐山看庐山,跳出庐山看庐山,才能全面把握庐山的真面目。陷在里面,不能跳出来的,往往被各种现象所迷惑,看不到事件的真相。

这是说理的诗,但它是通过庐山的形象来写的,确实写出自己在庐山中的感受,所以又是诗的。

再如,朱熹《观书有感》:

半亩方塘一鉴开,天光云影共徘徊。问渠那得清如许?为有源头活水来。

这首诗也是说理的。把半亩方塘比作一本书,书是长方形的,所以说是半亩。把书打开了,好像打开一面镜子。天光云影,用投影在池塘中的自然风光,比喻书中的丰富内容;方塘水能保持澄清是源于有源源不断的活水,要想写出内容丰富的书籍,也就必须要有丰富深厚的生活体验与艺术灵感。由于它运用各种比喻,用形象来说理,所以是一首成功的说理诗。

唐人和宋人都在诗中说理,二者有哪些异同呢?

拿杜甫的诗与苏轼、朱熹的诗作简单比较的话,上举杜甫的诗句,是在一诗中用几句话来说理;而苏轼、朱熹的诗,是用整首诗来说理。相同之处都是通过具体景物、通过形象来表现。

因此,当我们再次回顾严羽对宋诗"以议论为诗"的态度时,我们可以跟严羽说,以议论为诗,确实是宋诗在唐诗之后推进的又一种诗歌创作路径,而且也是在唐诗基础上不断推进的结果。

当然,在这个推进过程中,既有像苏轼、朱熹这样的成功之作,也有一些缺乏形象,简单说理的作品,如理学家邵雍所写的"一阳初动处,万物未生时",直接用诗的外在形式,去说明理学的抽象学说。这样的作品,只是理学家的话,而不是诗。因此,严羽对这样的说理作品加以批评,是可以理解的。

这也向我们揭示了一个道理,诗不仅可抒情,也可说理。关键是如何说理。

从杜甫到苏轼、朱熹,他们以其自身的创作实践,向我们展示了一个事实:理可以用形象化的手段表现出来,从而使得它与景和情同样富有吸引力。同时,理本身所具有的思辨性往往就是非常引人入胜的。

这也就是这一讲我们使用"情景与主从"作为标题的原因。宋人之诗,出于唐诗,而又变化于唐诗。变化之处,在于唐人更多的是运用形象的手段来表现心中的情感,而宋人却在形象中赋予某种深刻的哲理。若将两者融为一体的话,则尤为人传诵。

第二节
辞意与隐秀:宋诗说(二)

学习要点

陆游被誉为"南宋中兴四大诗人"之一,是宋诗第二个繁荣时期成就最高的诗人。其《关山月》以乐府旧题为题,采用七言古诗形式。此诗是陆游爱国诗歌的代表作,具有深刻的思想内涵和极高的艺术价值。

陆游(1125—1210),字务观,自号放翁,南宋越州山阴人(今浙江省绍兴市)。孝宗时赐进士出身,官至宝章阁待制。晚年隐居家乡。陆游才气超逸,其匡复中原之志溢于诗词间,世誉为"爱国诗人"。著有《剑南诗稿》《渭南文集》《放翁词》《南唐书》《老学庵笔记》等。

陆游在南宋文学史上的地位,在他生前、身后,都备受推崇,与元亮、杨万里、范成大并称"南宋中兴四大诗人"。

中兴四大诗人,是哪四位,历来说法不同。元代学者方回将其认定为范成大、杨万里、尤袤、陆游。最早提出这个称号的人是杨万里,但杨万里并没有把自己列在里面。

这四位诗人之所以被称为"中兴"诗人,是因为他们的写诗经历有某些共同的特点。一是他们大多曾模仿江西诗派,但又认识到江西诗派的弊病,即追求形式、艰深晦涩,于是就跳出窠臼,另辟蹊径;二是他们都不遗余力地通过自己的诗篇和实际行动,来表达爱国之情。由此,宋代诗歌进入了第二个繁荣时期。而陆游又是四位中被公认为成就最高的一位。

说到宋诗的第二个繁荣时期,这里也简要回顾一下宋诗的第一个繁荣期。

宋初三朝（太祖、太宗、真宗）60多年里，诗人们还在学唐诗，有所谓的"三体"，即"白体""晚唐体""西昆体"。北宋中后期，由欧阳修、王安石、苏轼、黄庭坚（并称欧、王、苏、黄）通过自己的创作实践，使得宋诗在唐诗之外，形成了自己独有的特色，使宋诗迎来了第一个繁荣时期。

而陆游则是宋诗第二个繁荣时期成就最高的诗人。

陆游有首《关山月》，无论其表现内容，还是艺术手法，都堪称优秀之作。我们选择这首作品，来了解陆游诗歌的思想内涵和艺术价值。

从题目"关山月"看，这是一首乐府旧题。在陆游之前，李白也写过一首《关山月》，不过，李白采用的是五言体，陆游这首是七言体。陆游"六十年间万首诗"（《小饮梅花下作》），在他近万首诗歌中，喜欢写的就是七言诗，其中，七律数量第一，其次是七绝。

《关山月》诗云：

> 和戎诏下十五年，将军不战空临边。
> 朱门沉沉按歌舞，厩马肥死弓断弦。
> 戍楼刁斗催落月，三十从军今白发。
> 笛里谁知壮士心，沙头空照征人骨。
> 中原干戈古亦闻，岂有逆胡传子孙。
> 遗民忍死望恢复，几处今宵垂泪痕。

几乎所有的选本都称赞这首诗歌为具有爱国主义情怀的诗歌。我们今天重点讲述这首诗歌，原因也在此。那如何来表现爱国主义这个主题呢？诗人们各有侧重，各有特点。有的通过报国无门、理想不能实现来表达，如屈原的《涉江》；有的通过赞美祖国的大好河山来表达爱国情感，如李白的《望庐山瀑布》；有的通过建功立业、保家卫国来表达，如王昌龄的《从军行》；有的通过抒发山河沦丧的痛苦来表达，如文天祥的《过零丁洋》；有的通过同情人民疾苦来表达，如杜甫的《茅屋为秋风所破歌》；有的通过揭露统治者的昏庸腐朽来表达对国家和人民的忧虑，如杜牧的《过华清宫》。

在我看来，陆游的这首《关山月》，厉害就厉害在几乎涵盖了上述所有表现爱国情怀的方式。

全诗共十二句，每四句一转韵，相应的在内容上也分为三个层次。这三个层次分别选取同一月夜下三种人物的不同境遇和态度，作为全诗的结构框架。一是豪门贵宅中的文武官员，莺歌燕舞，不思复国；二是戍边战士，百无聊赖，报国无门；三是中原遗民，忍辱含诟，泪眼模糊，盼望统一。

造成上述局面的原因，便是诗歌的第一句："和戎诏下十五年"，即由于南宋王朝下诏和戎，所以"将军不战空临边"，战士不能上阵杀敌，遗民不能从外族统治的处境中解放出来。诗人的思想倾向是非常鲜明的，即诗中所表现的对南宋统治集团推行妥协投降政策的谴责，对抗敌爱国的将士和遗民的深切同情,以及对侵略者的无比仇恨。

再结合这首诗歌的写作时间,我们还可以从诗中的"将军不战空临边""厩马肥死弓断弦""笛里谁知壮士心""沙头空照征人骨"等句,感受到其中所隐含的陆游本人倾吾无路、壮志未酬的悲愤,诗人与抗金将士们的思想与情感是息息相通的。

因为,就在写作这首诗的上一年,即淳熙三年(1176),陆游被免去"成都府路安抚司参议官,兼四川制置使参议官"职务。理由是与上司交往"不拘礼法",被人"讥其颓放"。被罢免职务后,陆游给自己又取了一个大家都熟悉的外号:"放翁"。到了第二年的春天,在成都,陆游便写下了这首诗。

正因为表现了如此丰富、深刻的思想内容,所以,这首诗便成为陆游爱国诗歌的代表作。

第三节
渊雅与峻切:宋文说(一)

> **学习要点**
> 欧阳修是宋代散文发展的关键人物。他倡导诗文革新的目的是改变五代以来浮靡华丽的文风,作为对唐代韩愈、柳宗元古文运动的一种继续。他提出了"道胜者,文不难而自至"的理论,辩证地看待文与道的关系,提高了文学的地位。在具体创作方法上,他主张文章要简而有法,流畅自然。他通过改革科场积弊,罢黜四六时文,大兴创作之风等多种做法,推动了宋代古文的发展。

宋代散文在古代散文史上成就很高。其中,跟一个作家的贡献密不可分。这个作家,就是欧阳修。

欧阳修(1007—1072),字永叔,晚号醉翁,又号六一居士,宋吉州庐陵人(今江西吉安)。工诗、词、散文,所作文章为世所重,是当时的文坛领袖。官至枢密副使、参知政事,卒谥文忠。著有《新五代史》《欧阳文忠公文集》《六一词》等,并与宋祁合修《新唐书》。

欧阳修对宋代散文的贡献,主要是通过诗文革新运动来实现的。

唐代韩愈、柳宗元曾发起过一场古文运动,目的在于恢复古代的儒学道统,将改革文风与复兴儒学变为相辅相成的运动。这场运动,在当时文坛上取得了胜利,但晚唐以后直到五代,风向又变,骈文重又抬头,浮靡华丽的文风再度泛滥,以至于有位叫牛希济的文人在他的《文章论》中指出,当时文章"忘于教化之道,以妖艳为胜"。北宋初年,也就是宋真宗、宋仁宗时,以杨亿为代表的"西昆派",追求声律骈俪的形式主义思潮,席卷了当时的文坛。在这样的背景下,欧阳修倡导、发起这场诗文革新运动,作为对唐代韩愈、柳宗元古文运动的一种继续。

具体做法归纳起来有四点：

第一，有意把诗文革新同范仲淹领导的政治改革结合起来，使古文创作为现实政治斗争服务。

第二，阐明理论，指引革新。提出了"道胜者，文不难而自至"，"文道并重"等主张。认为道可充实文，而不能代替文，辩证地看待文与道的关系，大大地提高了文学的地位。

在具体的创作方法上，欧阳修主张文章要写得简而有法，流畅自然。

据记载，欧阳修在翰林院时，常常跟同事走出院门散步。有一次，散步途中看到有一匹奔跑的马踩死一条狗，欧阳修就要求同事们用一句话来描写这一情景。

一曰："有犬卧于通衢，逸马蹄而杀之。"

一曰："有马逸于街衢，卧犬遭之而毙。"

公曰："使子修史，万卷未已也。"

曰："内翰云何？"

公曰："逸马杀犬于道。"相与一笑。（《唐宋八大家丛话》）

又据朱熹《朱子语类》卷一三九载："顷有人买得他《醉翁亭记》稿。初说滁州四面有山，凡数十字。末后改定，只曰'环滁皆山也'五字而已。"

其对简约文风的追求可见一斑。

第三，改革科场积弊，罢黜四六时文。

欧阳修在嘉祐二年（1057）权知礼部贡举，严格规定应试文章必须采用平实朴素的散文，坚决反对险怪奇涩和空洞浮华的文风。曾巩、苏轼等人，就是在那年参加考试的。他们在考场上写的文章，都是经过欧阳修审阅的。苏轼写的题目是《刑赏忠厚之至论》。文章以忠厚立论，援引古仁者施行刑赏以忠厚为本的范例，阐发了儒家的仁政思想。文章说理透彻，结构严谨，文辞简练而平易晓畅。

史书曾载，主考官欧阳修认为此文脱尽五代宋初以来的浮靡艰涩之风，十分赏识，曾说"读轼书不觉汗出，快哉！老夫当避此人，放出一头地"。本来想判第一名的，但又觉得好像是曾请教过自己的曾巩的文章，为求避嫌，只判为第二名。

第四，大兴创作之风。

欧阳修本人积极创作，写出了许多优秀散文作品。他的议论文，有的直接关系当时政治斗争，如《与高司谏书》一文，先从时间的纵向角度叙事，虚写高司谏（高若讷）正直秉公，并以实写来揭穿他的虚伪本性；接着，以横向对比，凸显范仲淹与高司谏人格的高下；最后，对高司谏的丑陋与卑劣行径予以痛击，可谓水到渠成。

又如《朋党论》一文，首先论述君子之朋与小人之朋的本质区别；继而引用史实，证明朋党"自古有之"；最后通过对前引史实的进一步分析，论证了"人君用小人之朋，则国家乱亡；用君子之朋，则国家兴盛"之理。

有的表达对历史的深刻思考,如《五代史伶官传序》,通过对五代时期后唐盛衰转变过程的具体分析,推论出:"忧劳可以兴国,逸豫可以亡身"和"祸患常积于忽微,而智勇多困于所溺"的结论,说明国家兴衰败亡,不仅由天命,更取决于"人事",借以告诫当时北宋执政者要吸取历史教训,居安思危,防微杜渐,力戒骄侈纵欲。

总之,欧阳修通过他的理论主张与创作实践,为宋代古文的发展开辟了广阔的前景。

第四节
善美与高格:宋文说(二)

> **学习要点**
> 本节主要介绍了宋代散文文体"记",包括其字面含义、文体意义、发展历程、创作特点、分类及写法。以范仲淹的《岳阳楼记》为例,详细分析了其写作背景、内容、评价及与其他作品的比较。

"记"是宋代散文文体的一种。譬如我们耳熟能详的苏轼的《超然台记》、范仲淹的《岳阳楼记》等。唐宋八大家中,宋代有六家,如果仔细阅读他们的文集,就会发现,他们写的"记"数量不少,类型也不少。从某种意义上说,宋代散文,包括这六大家散文的成就,在很大程度上便是建立在他们所创作的各种各样的"记"这类文体基础之上的。

"记"的字面含义,是识记,在这种含义的基础上,"记"逐步获得了它的文体意义,成为一种专事记录的文章体式。

作为一种文体,"记"在六朝获得生命,如陶渊明的《桃花源记》;在唐代,"记"大量地进入文苑;到了宋代,"记"的内容得到拓展,形式更加稳固。

那么,宋代的"记"有哪些创作特点呢?

从分类看,宋代的记基本沿袭唐代,大体有:

碑记,刻在石碑上记叙人物生平事迹;游记:描写旅行见闻;杂记:因事见义,杂写所见所闻;记事:记载人物生平事迹。可见,记这种文体可表现的内容丰富多样。

从写法上看,大多以记述为主而兼有议论、抒情成分。

我们从范仲淹的《岳阳楼记》这篇能体现宋代的"记"特点的个案说起,深入了解这种文体。

我们读一个作品,首先要思考两个问题,一是为什么写,二是写什么。

《岳阳楼记》应朋友的请求而写。这位朋友叫滕子京。对此,文章的第一段作了清楚的交代:

庆历四年春,滕子京谪守巴陵郡。越明年,政通人和,百废具兴。乃重修岳阳楼,增其旧制,刻唐贤今人诗赋于其上,属予作文以记之。

"属予作文以记之",交代了滕子京请其写作的背景。

据考证,滕子京当时写了好几封《求记书》,请他人为他写记。除了请范仲淹写《岳阳楼记》以外,还请尹洙写《岳州学记》,请欧阳修写《偃虹堤记》,时间都在庆历六年。

这里也可以看出,记是一种实用功能很强的文体。

第二段,总写岳阳楼所在地——巴陵洞庭的胜状。

第三段和第四段,是最有名的写景、抒情文字,文字极其优美。但写景多为虚构,并非实见。

最后一段,是思想的升华,也是全文的重点,即古人所谓"结穴"。其中"不以物喜,不以己悲","居庙堂之高,则忧其民;处江湖之远,则忧其君","先天下之忧而忧,后天下之乐而乐"等句,都成为后世引用率极高的名句。

介绍完这篇楼记的内容,我们再来看看人们对它的评价。

第一个对《岳阳楼记》作出评论的是尹洙。据陈师道《后山诗话》载:"范文正公为《岳阳楼记》,用对语说时景,世以为奇。尹师鲁读之曰:'传奇体尔。'传奇,唐裴铏所著小说集也。"意思是,人们阅读了这篇记后,因为"用对语,说时景",即在散文中使用一些骈语来写景,如"沙鸥翔集,锦鳞游泳"等句,觉得很奇特。

其次,尹洙说《岳阳楼记》乃"传奇体尔"。转述此话的陈师道说,传奇就是"唐裴铏所著小说集"。那么《岳阳楼记》的写作手法,难道真的有如唐传奇的写作手法?尹师鲁的原意究竟是什么?有兴趣的话,课后不妨去探究一番。

《岳阳楼记》流传到明代,还引起了一个叫孙绪的人的好奇。

这个孙绪,经过一番研究后,发现了一个问题。他说:"范文正公《岳阳楼记》,或谓其用赋体,殆未深考耳。此是学吕温《三堂记》,体制如出一轴……但《楼记》闳远超越,青出于蓝矣。夫以文正千载人物,而乃肯学吕温,亦见君子不以人废言之盛心也。"(《沙溪集》卷十四《无用闲谈》)他认为《岳阳楼记》是模仿唐朝吕温的《三堂记》而作的,同时,又认为《岳阳楼记》比《三堂记》写得更好。

吕温,是中唐时期的一个文人,与柳宗元、刘禹锡同时代,是柳宗元、刘禹锡的好朋友。曾经做过衡州刺史,世称吕衡州。孙绪所说的《三堂记》,全名叫《虢州三堂记》,收录在《吕衡州集》。

对两篇记比较阅读,发现两篇文章的写法确实比较接近。都分为缘起、四时之景和思想升华三大部分,写景又都有总写和分写,分写均按季节。因此,要说范仲淹从吕温的文章中得到了启发,应该是可以肯定的。

我们不妨作这样的推测:范仲淹收到滕子京的《求记书》后,查阅了许多"唐贤今人"的有关作品,《求记书》提到的吕衡州(有诗云"襟带三千里,尽在岳阳楼")的诗文集,一定是阅读的重点之一,于是从他文集中的《虢州三堂记》得到了灵感。

如果想亲自验证孙绪说的"《楼记》闳远超越,青出于蓝"这个结论的话,课后也可以将两篇文章对读一番。

第五节
纵收与曲折:柳永词说

> **学习要点**
> 　　柳永作为一位颇受争议的词人,在词史上具有重要意义。评价柳永可从词史和词体两个维度进行。在词史维度上,柳永改变了晏殊、欧阳修等人沿袭南唐词风的现状,创新了题材和形式。在词体维度上,柳永的贡献在于新创词调,以新声慢曲取代晚唐五代小令,开创了两宋慢词的新局面。

柳永,生卒年不详。福建崇安人。初名三变,字景庄,后改名永,字耆卿。因排行第七,也称为"柳七"。宋代词家。官至屯田员外郎,世号柳屯田。其词风旖旎平易,语言通俗,情感率真,多为歌咏太平盛世寻欢作乐的作品。著有《乐章集》。

在文学史上,柳永是一个颇受争议的词人。有人推崇他,有人批评他,举例来说,写《人间词话》的王国维,一边说最不喜欢柳永,一边却又将柳永的《八声甘州》与苏轼的《水调歌头》相提并论,他说:"若屯田之《八声甘州》,东坡之《水调歌头》(中秋寄子由),则佇兴之作,格高千古,不能以常词论也。"(《人间词话删稿》)

那么,如何看待柳永的词呢?

编者认为可从两个维度来考察。一个是词史的维度,一个是词体的维度。前一个维度,就是跟以前的词人做比较,看看他在这个过程中的作用和意义。后一个维度,是看他对词这一文体有哪些贡献。弄清了这两个问题,他在词史上的地位就比较清楚了。

我们先来比较一下柳永跟他之前的词人的创作情况。

柳永之前的词人,成就最高的要数晏殊和欧阳修。他们两人的词,基本上还是沿袭南唐词风,即冯延巳和李煜的词风,以至于这几个人的词,在各自的词集中出现互见的现象,即同一首词,既收录在冯延巳的词集中,也收录在晏殊的词集中。

因此,孤立地看,晏、欧的词,艺术成就确实不低,如晏殊的那首脍炙人口的《浣溪沙》:

　　一曲新词酒一杯,去年天气旧亭台。夕阳西下几时回?　　无可奈何花落去,似曾相识燕归来。小园香径独徘徊。

但从词史的角度看,它在题材上仍以表现男女爱情为主;形式上也仍以小令为主。两个方面都是继承有余,创新不足。

而柳永的出现改变了这一现状。这就引申出第二个维度,词体。

我们知道,词是音乐本位,它的创作方式是以曲拍为句。简单地说,就是按谱填词,按词调填词。因为要填词,就得先有词调。

柳永写词,既有跟别人相同之处,即按照现成的词调来填词;又有跟别人不同之处,那就是他自己还能新创词调,以新声慢曲取代晚唐五代小令,从而开创两宋慢词的新局面。这就是他对词体的贡献。

当然,要新创词调,词人不仅要"知音识曲",还要懂乐律。两宋词人无数,但能知音识曲,能创调的不多。柳永之后,只有周邦彦、姜夔、吴文英等为数不多的几位。

柳永新创慢曲长调,与小令相比,一方面能表现更丰富的内容,另一方面,也更能检验词人的艺术才华。可以做到有放有收,曲折委婉,收放自如,是对词体发展的一大贡献。

以柳永的慢词《八声甘州》为例,可以感受柳永慢词的艺术特点。

> 对潇潇暮雨洒江天,一番洗清秋。渐霜风凄紧,关河冷落,残照当楼。是处红衰翠减,苒苒物华休。唯有长江水,无语东流。
>
> 不忍登高临远,望故乡渺邈,归思难收。叹年来踪迹,何事苦淹留?想佳人妆楼颙望,误几回、天际识归舟。争知我,倚栏杆处,正恁凝愁!

依据词的过片(即下阕的第一句)"不忍登高临远"可知,这是一首以登高为题材的作品。登高之作怎么写?我们可以回顾一下唐诗中的一些经典之作。

王之涣的《登鹳雀楼》和杜甫的《登高》,它们都先写登高之所见:

"白日依山尽,黄河入海流。"(王之涣)

"风急天高猿啸哀,渚清沙白鸟飞回。无边落木萧萧下,不尽长江滚滚来。"(杜甫)

再点明登高的背景或动机:

"欲穷千里目,更上一层楼。"(王之涣)

"万里悲秋常作客,百年多病独登台。"(杜甫)

可见登高之作通常先写登高之所见,这所见又按照上下、远近的空间顺序来写。

于是,我们可以从许多登高诗中看到空中的太阳,看到脚下的大江大河。

当然,景物相同但看景的心理各不一样,从景里体悟到的东西也不相同。王之涣登高后,看到的更多的是远方的希望;杜甫看到的更多的是岁月的无情。

那柳永看到了什么?他看到了杜甫所看到的:"是处红衰翠减,苒苒物华休。唯有长江水,无语东流",这两句与"无边落木萧萧下,不尽长江滚滚来"异曲同工。同时,也看到了王之涣所看到的:"叹年来踪迹,何事苦淹留",与王之涣的"更上一层楼",只是视角不同,王之涣是正向,柳永是反向:尽管前景不明,但仍不放弃。

当然,柳永还看到了王之涣、杜甫没有看到的,那就是一位在故乡苦苦等待他的"佳人",

即这位佳人对他的一片深情。于是,上阕的"秋风""秋雨""秋山""秋阳"等一切景语,皆成情语。

由此,我们发现,上文提到的过片的这一句"不忍登高临远",为整首词实现纵收与曲折的表达效果发挥了重要作用。明明已经登高了,却还要说"不忍登高",这是对登楼临远的反应,由此,词人便层层揭示"不忍"的原因:

一是遥望故乡,触发"归思难收";二是羁旅萍踪,深感游宦淹留;三是怜惜"佳人凝望",相思太苦。

三层原因,层层剖述,明纵而暗收。这也是长调慢词优于小令而可以自由腾挪的地方。

特别是"想佳人",揭示出"不忍"的根本原因,由此又悬想,佳人痴望江天,误认归舟的相思痛苦;最后又转进一层,由虚返实,反照自身,哀怜佳人,怎知我此刻也在靠着栏杆凝望远处的你!语浅而情深,展现出慢词善铺叙的特点。

第六节
痴情与悟彻:东坡词说

> **学习要点**
>
> 苏轼是宋代文学巨匠,其诗、词、文均有传世之作,尤其在词的创作上独树一帜。苏轼改变了晚唐至北宋初期词人沿袭的《花间》词传统,将诗的内容引入词中,形成了新的词风,被视为改革词风、提高词境的成功实践。苏轼的"以诗为词"并非放弃婉约词风,其作品中不乏高水平的婉约之作。

这一讲我们学习苏轼的词。

苏轼(1037—1101),字子瞻、和仲,号铁冠道人、东坡居士,世称苏东坡、苏仙。眉州眉山(四川省眉山市)人,祖籍河北栾城,北宋著名文学家、书法家、画家,治水名人。苏轼是北宋中期文坛领袖,在诗、词、散文、书、画等方面均取得很高成就。作品有《东坡七集》《东坡易传》《东坡乐府》《潇湘竹石图卷》《古木怪石图卷》等。

回顾文学史,我们看到,能运用某一种文体,或诗、或词、或文创作一流作品的作家数不胜数,但将上述每一种文体都能写到炉火纯青的,那就屈指可数了。而苏轼就是这屈指可数中的一位。

苏轼是豪放词的代表词人,这是明代嘉靖年间张綖对苏轼词的一种看法,并影响至今。而在苏轼的时代,苏轼的学生,"苏门六学士"中的一位——陈师道,则对苏轼提出了"以诗为词"的评价。

这个评价暗含的逻辑是，苏轼写词和他之前的词人不同，也就是和晚唐到五代，直到北宋初期的词人都不同。苏轼之前的词人，大多沿袭《花间》词的传统。在内容上，"有绮筵公子，绣幌佳人。递叶叶之花笺，文抽丽锦"，以男女情感及其离愁别绪为主。风格上，"自南朝之宫体，扇北里之倡风"，刚劲不足、阴柔有余。以婉约、香软为特点。即所谓的婉约词风。

而苏轼改变了这样的写法，将原本在诗中表现的内容写进词里。时人对这种"以诗为词"的改革褒贬不一。陈师道当年用"以诗为词"来概括与评价，本身就是一种批评。

其《后山诗话》中的原话是这样的："子瞻以诗为词，如教坊雷大使之舞，虽极天下之工，要非本色。"说他"非本色"，就是说他没有保持花间词以来所形成的传统本色与风格。

另一个提出批评的是南北宋之交的李清照。

李清照《词论》评苏轼词为"皆句读不葺之诗尔"，说苏轼的一些词，只是用长短句形式写成的诗歌罢了。

但在今天，我们却把这种创作视为其改革词风、提高词境的成功实践。也就是说，苏轼"以诗为词"，经历了被批评到认可的过程。之所以如此，是因为苏轼运用这种方法所创作的作品，在艺术上同样达到其至超越了传统婉约词的成就。而他这些成就的取得，又与他对传统婉约词艺术的领悟与掌握密切相关。换言之，他"以诗为词"，写"豪放词"，并不是因为他不擅长写"婉约词"，才去"以诗为词"，才去写"豪放词"。恰恰相反，苏轼的作品中，不乏艺术水准很高的"婉约"之作。

如《蝶恋花》：

> 花褪残红青杏小。燕子飞时，绿水人家绕。枝上柳绵吹又少，天涯何处无芳草。
> 墙里秋千墙外道。墙外行人，墙里佳人笑。笑渐不闻声渐悄，多情却被无情恼。

又如《水龙吟》（次韵章质夫杨花词）：

> 似花还似非花，也无人惜从教坠。抛家傍路，思量却是，无情有思。萦损柔肠，困酣娇眼，欲开还闭。梦随风万里，寻郎去处，又还被、莺呼起。
> 不恨此花飞尽，恨西园、落红难缀。晓来雨过，遗踪何在？一池萍碎。春色三分，二分尘土，一分流水。细看来，不是杨花，点点是离人泪。

正因为如此，苏轼比别的词人更清楚传统婉约词的优长和弊病。因此在"以诗为词"的创作中，能取其长处，弃其短处。

本章节题目取名为"痴情与悟彻"，即兼有这两方面的意思。痴情，用来喻指苏轼对花间以来的传统词风的不舍。悟彻，是指他在熟练掌握传统词艺的前提下，采用"以诗为词"的方法，将诗的题材、内容、手法、风格等引入词的领域，从而创新词风。

对此，我们不妨以苏轼的《水调歌头》为例，看看他是如何做到痴情而悟彻，从而使之成为一首千古名作的。

《水调歌头》:

丙辰中秋,欢饮达旦,大醉,作此篇,兼怀子由。

  明月几时有,把酒问青天。不知天上宫阙,今夕是何年。我欲乘风归去,又恐琼楼玉宇,高处不胜寒。起舞弄清影,何似在人间。

  转朱阁,低绮户,照无眠。不应有恨,何事长向别时圆。人有悲欢离合,月有阴晴圆缺,此事古难全。但愿人长久,千里共婵娟。

根据词序,这首词写于丙辰年,也就是宋神宗熙宁九年(1076)的中秋。这一年,苏轼在山东的密州。

在此之前,苏轼为了避开与王安石因新法而产生的矛盾,主动要求离开朝廷,外放做地方官。于是,得通判杭州差遣。那年是熙宁四年(1071),这是他第一次来杭州做官。他的那首"欲把西湖比西子,淡妆浓抹总相宜"就是在此期间写的。那时的他心情不错,"淡妆浓抹总相宜",不管是在京城上班,还是在西湖边工作,感觉都很适应。在杭州待了三年,任期满了,但他没有被召回朝廷。熙宁七年,被调往经济文化相对落后的山东密州。

这个时候,苏轼的心态悄悄变化了。

本来,苏轼要求外放,是为了避免与王安石新政的矛盾,也是为了增加地方从政经历,为重返朝廷打基础。但现在情况有变,回不到他期待的地方,他心里一是不解,二是放不下。

于是,劈头就写:"明月几时有,把酒问青天。不知天上宫阙,今夕是何年。"身在密州,心在朝廷。下一句:"我欲乘风归去",我想重返朝廷。这就是他当时的内心想法。因为,他已经在杭州待了三年,如今在山东密州又待了三年。

他内心的这种渴望,完全可以理解。

所以,这开场的几句:"不知天上宫阙,今夕是何年。我欲乘风归去",让我们看到了一个痴情的苏轼。

不过,他所痴之情,不再是花间词人所痴迷的男女爱情,而是治国平天下的政治情怀。

用他当年向皇帝表白的话,就是:"惟当披露腹心,捐弃肝脑,尽力所至,不知其它。"(《上神宗皇帝书》)。

然而,苏轼毕竟是苏轼,痴情之后,又能悟彻。

词中,在"我欲乘风归去"之后,是"又恐琼楼玉宇,高处不胜寒"的清醒认识,和"起舞弄清影,何似在人间"的理性选择。这种认识与选择,便是对此前所萌发的那份痴情的一种悟彻。认清现实,放下过去,活好当下。

于是,词的下阕便转向对"亲情""兄弟手足之情"的抒写,即词序中"兼怀子由"(子由,是他的弟弟苏辙的号),以此来表现他悟彻后的一种情感寄托和生活态度。

第七节
脉注与熔成：清真词说

> **学习要点**
> 周邦彦是北宋时期的文学家、音乐家，是宋词"婉约派"的代表词人之一，其作品多写闺情、羁旅，也有咏物之作。格律谨严，语言曲丽精雅，长调尤善铺叙。清真词善于融化前人诗句，不仅借用前人诗作辞藻，更注重用前人诗的意境加以点化，创造出新的意境。清真词能自炼新句，从生活感受出发，自铸新辞，反映主观感情和客观事物。

周邦彦（1056—1121），杭州钱塘人，字美成，号清真居士。神宗元丰中，以献《汴都赋》，由太学生召为太学正。居五年不迁，益尽力于辞章。出为庐州教授、溧水县令。还授国子监主簿。哲宗召对，除秘书省正字，历校书郎、知河中府。徽宗时，为秘书监、徽猷阁待制，提举大晟乐府。后知顺昌府，徙处州。精音律，能自度曲；尤工词，善创新调，格律谨严。有《片玉词》及文集。

周邦彦作为一个成熟的词人，在词的艺术技巧上有许多特点。本节我们将从三个方面来对此进行说明。

一、融化前人诗句

融化前人诗句是宋词中的一个常见现象，但有一个发展过程。

北宋中期，一些名家如欧阳修、晏几道、秦观、苏轼等，已经采用此法。但尚未成为一种风气。到了北宋后期，则成为一种常用的创作方法。

这一方面显然受到了苏轼等前辈词人的启发，另一方面大概是因为当时江西诗派已经兴起，黄庭坚"无一字无来历"和"点铁成金，脱胎换骨"的诗论影响到词坛。

那清真词是如何融化前人诗句的？有两种情况。一是借用前人诗作辞藻，即所谓字面；二是将前人诗的意境加以点化，造出新的意境，为新的内容服务。

前一种自不必多说，这是宋词的普遍特点。值得强调的是第二种情况。

最典型的要算那首《西河》（金陵怀古）：

　　佳丽地，南朝盛事谁记。山围故国绕清江，髻鬟对起。怒涛寂寞打孤城，风樯遥度天际。　　断崖树、犹倒倚，莫愁艇子曾系。空余旧迹郁苍苍，雾沉半垒。夜深月过女墙来，伤心东望淮水。　　酒旗戏鼓甚处市？想依稀、王谢邻里，燕子不知何世,入寻常、巷陌人家,相对如说兴亡,斜阳里。

词中共融化了三首古人诗。其一为古乐府《莫愁乐》:"莫愁在何处,莫愁石城西。艇子打两桨,催送莫愁来。"还有两首都是中唐刘禹锡的七绝:"山围故国周遭在,潮打空城寂寞回。淮水东边旧时月,夜深还过女墙来。""朱雀桥边野草花,乌衣巷口夕阳斜。旧时王谢堂前燕,飞入寻常百姓家。"全词用了三首诗的意境,但是能不被原诗牵制,借这些诗意表达了自己怀古伤今的感情,极为熨帖自然。

开头描绘江景,风致如画:"佳丽地,南朝盛事谁记。山围故国绕清江,髻鬟对起。"而歇拍:"相对如说兴亡,斜阳里",却诉刘禹锡诗所未诉,又未把整个意境说尽,留下许多令人回味的余韵。

二、自炼新句

这是指清真词不但能继承前人,而且能从自己的生活感受出发,自铸新辞,以反映主观感情和客观事物。

从这个意义上说,锻炼字句,并非单纯的技巧问题,而是深切了解描写对象的结果,也是内容表达范畴。

如《苏幕遮》上片:

燎沉香,消溽暑。鸟雀呼晴,侵晓窥檐语。叶上初阳干宿雨,水面清圆,一一风荷举。

这里,一个"呼"字,一个"窥"字,把夏日雨后清晨鸟雀欢喜跳跃之状,活脱脱地勾勒出来。尤其是"水面清圆,一一风荷举",更是意境超妙的清新警拔之句,王国维称赞"真能得荷之神理者"(《人间词话》)。这种生动感人,得力于作者在观察事物的基础上的语言锻炼之功。

类似的佳句很多。最精彩传神的,如《六丑》"愿春暂留,春归如过翼,一去无迹"。形容春归之速,和词人惜春、恋春的急切心情,可谓空前绝后。

又如,《兰陵王》"斜阳冉冉春无极",梁启超评曰:"斜阳七字,绮丽中待悲壮,全首精神振起。"(梁令娴编选《艺蘅馆词选》)

三、熔雅俗于一炉,使得雅俗共赏

将俗语入词,把词写得通畅明白的做法,在周邦彦之前,已有柳永在做。但柳永的做法,有点过头,出现了"俗滥尘下"的毛病。清真有鉴于此,在取柳永之长的同时,又以"花间"和宋初的某些长处来纠偏。因此,他的词,"贵人学士、市儇妓女"各阶层"皆知美成词为可爱"。(陈郁《藏一话腴》)

如《归去难》：

> 佳约人未知，背地伊先变。恶会称停事，看深浅。如今信我，委的论长远。好来无可怨。洎合教伊，因些事后分散。
>
> 密意都休，待说先肠断。此恨除非是，天相念。坚心更守，未死终相见。多少闲磨难。到得其时，知他做甚头眼。

这些都是技巧娴熟的俗词。跟上面所说的"自铸新辞"有所不同，直取当时民间极为自然质朴的俚词俗语，用以白描，用以倚声按拍。

这种语言上融雅俗于一家的做法，使得文人词的语汇更丰富，风格更多样。

第八节
巧拙与刚柔：稼轩词说

学习要点

稼轩词的艺术特色主要体现在"刚柔兼济"和"拙而能巧"上。其爱国主题通过青年时代的英雄传奇与中老年投闲置散的反差、杀敌理想与求和现实的矛盾、厌恶官场与热爱田园的对立来展现。稼轩词在刚柔并济方面也表现出色，既有豪放派的显直，又有接近婉约派的隐曲。

辛弃疾（1140—1207），字幼安，号稼轩，南宋词人。历城（今山东省济南市）人，生时北方已陷于金。后归宋，治军有声，官至龙图阁待制。作品以豪放著称，具有爱国情操，且融会了经、史、子、集，创造出多种风格。著有《稼轩词》。

后人评价稼轩词艺术特色时，常用的评语是："刚柔兼济""拙而能巧"，大体接近稼轩词艺术本身。我们就从这样的视角来一起认识稼轩词。

作为一位爱国词人，辛弃疾的词，首先是以爱国主题吸引读者、感动读者。

与文学史上其他爱国诗人相比，辛弃疾作品中的爱国主题，集中表现为三点：一是青年时代的英雄传奇经历，与中老年被迫投闲置散境况的巨大反差；二是杀敌报国理想，与南宋朝廷妥协求和现实的尖锐矛盾；三是厌恶黑暗腐败官场，与热爱清新纯朴田园的鲜明对立。

那么，词人是如何来表现这"巨大反差""尖锐矛盾""鲜明对立"的？这就是我们开头所引的两个说法："刚柔兼济""拙而能巧"。

先讲巧和拙。一般情况下，读者总是欣赏巧，不喜欢拙，写作的人也是免其拙，务于巧。那理想的境界是什么呢？应该是：出于巧，返于拙，巧拙相乘相因。

辛弃疾的不少词，为了表现"巨大反差""尖锐矛盾""鲜明对立"，会特地选择上下片完全相同的词调来写,如《丑奴儿》,在词中着意营构平列、对照的章法。

> 少年不识愁滋味,爱上层楼。爱上层楼。为赋新词强说愁。
> 而今识尽愁滋味,欲说还休。欲说还休。却道天凉好个秋。

词人有意用淡语、轻松语,表达沉积内心的忧国之愁,收到了语淡而情浓、语轻松而意沉郁的艺术效果。

全篇处处注意上下片的平行、呼应、对照:上片说"少年",下片说"而今";上片言"不识愁滋味",下片则言"识尽愁滋味";上片叠用"爱上层楼",下片就叠用"欲说还休",从而使整首词平列、对比,上下对称。这就是"拙中见巧"的写法。

除了采用平行章法以追求"拙中见巧",辛弃疾还会采用与此相反的一个手法"逆转反跌",即打破上下片平行分段的常规。最典型的要数《破阵子》(为陈同甫赋壮词以寄之):

> 醉里挑灯看剑,梦回吹角连营。八百里分麾下炙,五十弦翻塞外声。沙场秋点兵。
> 马作的卢飞快,弓如霹雳弦惊。了却君王天下事,赢得生前身后名。可怜白发生。

《破阵子》的词调,在结构上与《丑奴儿》一样,都是上下片对称的。但采用了与《丑奴儿》完全不同的手法,《丑奴儿》采用平行对照法,而这首《破阵子》则打破这种平行,畸轻畸重。

全词十句,前九句,写他的远大理想、豪迈激情,写他醉酒之后,在半夜里挑灯看剑,梦回军营,追忆梦中分炙麾下,沙场点兵,冲锋杀敌,完成统一大业。这九句一路写来,酣畅淋漓。最后一句,陡然下跌,写他面对无奈现实,只得发出一声沉痛的感叹,戛然而止,把词人壮志未酬的悲愤表达得扣人心弦。这同样也是一种以拙求巧的艺术方法。

讲了巧拙,再来讲刚柔。

词是抒情文学,它的特点是婉约含蓄。前人常说"词贵阴柔之美",晚唐五代的花间词就是如此。到了宋代,词坛上除了婉约词外,又出现了豪放词。豪放词的代表词人都把词作为抒写自己性情、抱负的文体。具体到辛弃疾,他的词主要是表现其爱国情怀的,《破阵子》就是如此。而当我们将这首《破阵子》和他的《摸鱼儿》比较阅读的话,就会发现,这两首同一主题的词,表现手法却有区别。

《摸鱼儿》:

> 淳熙己亥,自湖北漕移湖南,同官王正之置酒小山亭,为赋。
> 更能消、几番风雨,匆匆春又归去。惜春长怕花开早,何况落红无数。春且住,见说道、天涯芳草无归路。怨春不语。算只有殷勤,画檐蛛网,尽日惹飞絮。
> 长门事,准拟佳期又误。蛾眉曾有人妒。千金纵买相如赋,脉脉此情谁诉?君莫

舞,君不见、玉环飞燕皆尘土! 闲愁最苦! 休去倚危栏,斜阳正在,烟柳断肠处。

在传情达意上,《破阵子》比较显,《摸鱼儿》比较隐;《破阵子》比较直,《摸鱼儿》比较曲。《破阵子》的表现手法,充满豪放色彩;《摸鱼儿》的表现手法,则接近婉约。它完全运用比兴、用典的手法来表达内容,而不直接说明词的内容。

据词序"淳熙己亥,自湖北漕移湖南,同官王正之置酒小山亭,为赋"可知,这首词作于淳熙六年(1179)春。作者工作要调动,由湖北转运副使调湖南。漕运,用今天的话来说,就是利用水路调运粮食。南宋时,主要从产粮区运往抗金前线。辛弃疾原来在湖北负责漕运工作,现在调到湖南,还是做此项工作。临行前,同僚王正之在山亭摆下酒席,为他送别。于是,他就写了这首词。那年,辛弃疾40岁。

在他21岁那年,辛弃疾在家乡(现在的山东济南)参加抗金队伍,23岁那年,带领队伍投奔南宋。一心想收复被金兵占领的北方领土。但事与愿违,17年过去了,他还是不能上前线作战,只能做漕运工作,这显然不是他的理想与抱负所在。于是,就借这次工作调动,写下这首词,主要包括三个方面的内容:

第一,对国家前途的忧虑;

第二,自己在政治上的失意和哀怨;

第三,对南宋当权者的不满。

对这些内容的表达,作者均没有直说,而是采用一系列的比兴和用典的手法。具体而言,词人对国家前途的忧虑,是通过"更能消、几番风雨,匆匆春又归去"这样的比兴手法来表现的;对自己在政治上的失意和哀怨,是通过"长门事""蛾眉曾有人妒"这样的典故来表达的;对南宋当权者的不满,是通过"斜阳正在,烟柳断肠处"这样的比兴来表现的。从而做到化刚为柔,以雄豪之气驱使花间丽语,在悲凉的主旋律上,弹出百转千回、哀怨欲绝的温婉之音。

 [章测试]

一、单选题

1. 宋代作家(　　)把自己的文集题作"小畜集",表示有兼济天下之志。

A. 王禹偁　　　　B. 柳开　　　　C. 苏舜卿　　　　D. 梅尧臣

2. 欧阳修的诗论作品是(　　),其中提出了"诗穷而后工"的诗歌理论。

A.《后山诗话》　　B.《沧浪诗话》　　C.《中山诗话》　　D.《六一诗话》

3. 苏轼提出了词须(　　)的创作主张。

A. 别是一家　　　B. 自成一体　　　C. 自是一家　　　D. 自我表现

4. 北宋末南宋初,追随黄庭坚的诗人逐渐形成了一个声同气应的诗歌流派是(　　)。

A. 韩孟诗派　　　B. 王孟诗派　　　C. 元白诗派　　　D. 江西诗派

5. 北宋词人(　　)的咏物词成就极高,其代表作有《六丑·蔷薇谢后作》等。

A. 柳永　　　　B. 晏殊　　　　C. 晏几道　　　D. 周邦彦

6. 李清照在理论上确立了词体的独特地位,提出了词(　　)之说。

A. 当行本色　　B. 取径花间　　C. 情理合一　　D. 别是一家

二、多选题

1. 宋末的方回把宋初诗风归为三体:"宋铲五代旧习,诗有(　　)"。

A. 白体　　　　B. 七体　　　　C. 昆体　　　　D. 晚唐体

2. 西昆体诗人的人数虽然不少,但成就较高的只有(　　)三人。

A. 刘筠　　　　B. 钱惟演　　　C. 黄庭坚　　　D. 杨亿

3. 宋代诗人陆游(　　)四人被称为"中兴四大诗人"。(　　)

A. 杨万里　　　B. 范成大　　　C. 尤袤　　　　D. 刘克庄

三、判断题

1. "人家在何许,云外一声鸡"是梅尧臣《鲁山山行》中的诗句。(　　)

2. 在两宋词坛上,欧阳修是创用词调最多的词人。(　　)

3. 在北宋词坛上,秦观被认为是最能体现当行本色的"词手"。(　　)

4. 《沧浪诗话》是南宋严羽所作。(　　)

5. 宋初有所谓的"三体",即"白体""晚唐体""西昆体"。(　　)

6. 从题目"关山月"看,这是一首乐府旧题,李白和陆游都采用七言体写《关山月》。(　　)

7. 中唐吕温《虢州三堂记》和范仲淹《岳阳楼记》两篇文章的写法比较接近。都分为缘起、四时之景和思想升华三大部分。(　　)

8. 两宋词人无数,但能知音识曲、创调的不多。柳永之后,只有周邦彦、姜夔、吴文英等为数不多的几位。(　　)

9. 最早说苏轼"以诗为词"的人是陈师道。(　　)

10. 周邦彦《西河》(金陵怀古),化用了三首诗。其一为古乐府《莫愁乐》,还有两首都是中唐刘禹锡的七绝。(　　)

11. 《破阵子》的词调,在结构上与《丑奴儿》一样,都是上下片对称的。(　　)

[章讨论]

1. 宋诗中艺术成就较高的说理诗具有什么特点?

2. 从《关山月》看陆游诗歌的思想内容和艺术价值。
3. 欧阳修倡导、发起诗文革新运动,有哪些具体措施和做法?
4. 宋代的"记"有哪些创作特点? 试以范仲淹的《岳阳楼记》为例进行分析。
5. 从词史和词体的维度,如何看待柳永的词?
6. 如何理解苏轼的"以诗为词"?
7. 试述清真词在语言技巧上的特点。
8. 试论稼轩词"刚柔兼济""拙而能巧"的艺术特色。

第六章
元代文学

学习目标…

1. 理解和掌握《窦娥冤》《西厢记》《琵琶记》等著名元代戏剧。

2. 理解《窦娥冤》是一部大团圆式结局的悲剧。

3. 了解从《莺莺传》到《西厢记》：崔张故事的转型与衍变。

4. 了解《琵琶记》对蔡伯喈翻案以及宣扬道德教化的主旨及其呈现方式。

5. 理解"元曲四大家"的界定,以及他们与杭州的关系。

第一节
《窦娥冤》——一部结局大团圆的悲剧

> **学习要点**
> 《窦娥冤》是一部大团圆式结局的悲剧。仕途无路，跻身书会，铜豌豆关汉卿借剧批判社会。大团圆式结局是一种虚幻想象，最主要的目的是迎合观众，获得较高的演出效益。《窦娥冤》是一部"世界大悲剧"，要深刻理解作者的创作意图和作品的社会批判力度。

一、仕进无路，传统文人不得已沦落为"穷编剧"

元前期不行科举，传统文人进身无路，又"退耕力不任"。时值北曲杂剧方兴未艾，商业性的公开演出日益繁荣之际，在这种背景下，需要大量高质量的剧本以供演出，而公卿大夫不屑染指，民间艺人因文化素养不够难以胜任，于是沉沦下僚或跌入社会底层的文人为生存或是别的原因，从被迫转而自觉投身杂剧的创作编演。际此天地闭塞之秋，这些文人无法展布所怀，他们只有"躬践排场，面傅粉墨，以为我家生活，偶倡优而不辞者。"（臧晋叔《元曲选序二》）文人与勾栏艺人结合，组成"书会"。

仅据钟嗣成《录鬼簿》记述，元代著名的"才人"有150人之多。

二、跻身书会，铜豌豆关汉卿借剧批判社会

关汉卿，号己斋叟。一般认为是元大都人。生卒年不详。金末以解元贡于乡，后为太医院尹，金亡不仕。毕生致力于戏剧，为元曲四大家之一，所作剧本多通俗口语，著有《窦娥冤》等六十五种杂剧。

关汉卿长期生活于勾栏瓦肆，是"玉京书会"的领袖。他是享有盛誉的剧作家，偶尔还登台客串演员，与"当红歌妓""流量艺人"很熟。

今存有他赠珠帘秀的套数《南吕一枝花·赠珠（朱）帘秀》。此外还有顺时秀，朱帘秀的弟子赛时秀、燕山秀等。

他在散曲《南吕一枝花·不伏老》中自称铜豌豆，铜豌豆就是老狎客，当然铜豌豆亦有坚硬、坚强、坚定、一条路走到黑等意思，象征着关汉卿的人生态度。

关汉卿以玩世不恭的铜豌豆形象示人，但内心世界充满着苦难意识和悲剧精神，并将其宣泄在杂剧与散曲中。

关汉卿的杂剧更执着于现实人生，更多地关注底层百姓的生活与命运，其力度和深度在

元杂剧作家中当属首位。

关剧中更多的是市井细民形象,而且作者以同情、理解、悲悯甚至激赏的态度来塑造底层百姓的形象。

三、演出效益,《窦娥冤》结局呈现大团圆的虚幻想象

《窦娥冤》的结局为窦娥冤死三年后,其父窦天章以提刑肃政廉防使的身份出场,到楚州审囚查卷。窦娥的鬼魂向父亲诉冤,窦天章抓获真凶,窦娥冤案得以昭雪,恶人得到恶报,《窦娥冤》以善恶终有报的大团圆结局收尾。

中国古代戏曲通常以先离后合或始困终亨或善恶有报的圆满方式结局。实现路径通常是:

第一,男主状元及第,如王实甫的《西厢记》,男主谈情说爱,无暇读书,但是考"状元"如"拾芥"般唾手可得。

第二,清官或明君出手相助:如包公戏中的包拯,高则诚的《琵琶记》、汤显祖的《牡丹亭》。

第三,女主或男主化身鬼魂,如郑光祖的《倩女离魂》。

而关汉卿的《窦娥冤》则是结合了第二和第三两种路径,即清官窦天章的公断和女主窦娥化身鬼魂。

对大团圆结局的期待是中国古代百姓特有的一种审美心理,原因是饱受苦难的百姓,坚信"善有善报恶有恶报",希望在观剧时得到精神慰藉。基于这种心态,如果戏曲演出终场时,冤案不得昭雪,恶人继续逍遥,善人没有善报,观众是无法接受的。如此,必然会流失很多观众,进而影响到剧团收入。

元杂剧的演出基本上是商业性的公开演出,剧团之间均有商业竞争,因此剧本创作必须迎合观众对大团圆结局的虚幻期待。《窦娥冤》的团圆结尾模式遵循了中国古代叙事文学结尾的传统范式,最主要的原因也应该是为了迎合观众心态,慰藉观众心灵,从而吸引更多的观众,获得较高的演出效益。

四、声声啼血,《窦娥冤》是一部"世界大悲剧"

王国维《宋元戏曲史》认为关汉卿的《窦娥冤》"列之于世界大悲剧中,亦无愧色也"。

(一)《窦娥冤》是一部人生悲剧

悲剧是什么,通俗地说,悲剧就是把美好的东西毁灭给人看。(鲁迅《再论雷峰塔的倒掉》)窦娥(名端云,后改名窦娥)母亲早逝,父亲窦天章是穷秀才。7岁时,父亲将其抵给蔡婆婆做童养媳。17岁与蔡婆婆儿子成婚,婚后不久丈夫去世,从小到大所经历的人生磨难使她归咎于冥冥之中的命运,加上窦娥秉性良善,守孝立节成为她生活的全部内容。

第一折

【仙吕·点绛唇】满腹闲愁,数年禁受,天知否?天若是知我情由,怕不待和天瘦。

……

【油葫芦】莫不是八字儿该载着一世忧,谁似我无尽头。须知道人心不似水长流。我从三岁母亲身亡后,到七岁与父分离久,嫁的个同住人,他可又拔着短筹;撇的俺婆妇每都把空房守,端的个有谁问,有谁偢?

【天下乐】莫不是前世里烧香不到头,今也波生招祸尤,劝今人早将来世修。我将这婆侍养,我将这服孝守,我言词须应口。

这一折曲文读来扣人心弦。窦娥痛苦地活着、呻吟着,没有岁月静好,对生活不敢有任何奢望,只想守着婆婆,蝼蚁般活着,但如此卑微的愿望也得不到满足。

(二)《窦娥冤》是一部社会悲剧

窦娥幼年丧母,父亲窦天章因无力偿还高利贷,将其典押给蔡婆婆,婚后不久丈夫去世,成了寡妇。恶棍张驴儿企图霸占窦娥,遭到拒绝,就从骗子赛卢医那里买了砒霜,企图毒死蔡婆婆,逼迫窦娥成婚,不料弄巧成拙,毒死了他自己的老子。张驴儿竟反诬窦娥,并要挟窦娥私了。窦娥不从,被张驴儿挟至公堂。张驴儿买通楚州太守桃杌。于是窦娥遭到严刑拷打,倔强的她在公堂之上无所畏惧,慷慨陈词,自表清白。但见钱眼开的桃杌罔顾公平正义与百姓性命,竟以对蔡婆婆用刑相要挟,窦娥为了保护婆婆,不得已屈招,被判极刑。

因此,元朝黑暗的政治制度,恶棍张驴儿、江湖骗子赛卢医、贪官酷吏桃杌等各种黑暗力量造成了窦娥的悲剧。

(三)《窦娥冤》的悲剧力量

《窦娥冤》的悲剧力量集中在第三折迸发:

其一,三桩誓愿:血飞白练、六月飞雪、亢旱三年,有着感天动地的冲击力。

其二,与婆婆诀别场景:窦娥善良的品性与悲惨的命运形成强烈对比。

其三,【正宫·滚绣球】是一曲荡气回肠的悲歌。

【正宫·滚绣球】有日月朝暮悬,有鬼神掌著生死权。天地也,只合把清浊分辨,可怎生糊突了盗跖颜渊。为善的受贫穷更命短,造恶的享富贵又寿延。天地也,做得个怕硬欺软,却原来也这般顺水推船。地也,你不分好歹何为地?天也,你错勘贤愚枉做天!哎,只落得两泪涟涟。

窦娥与很多善良的百姓一样,生来就相信"天地鬼神明察人世是非,主持人间正道",到刑场上,她终于清醒,看清了人世间的黑暗。所以,她在生命的最后时刻,满腔悲愤地指责天地不公。窦娥对天地鬼神的怒骂,正是关汉卿对黑暗社会的批判。

第二节
从《莺莺传》到《西厢记》：崔张故事的转型与衍变

> **学习要点**
>
> 从唐代元稹的《莺莺传》到元代王实甫的《西厢记》，崔张故事经历了文体的递嬗、内容的沿革、人物形象的蜕变和艺术的升华，王实甫的《西厢记》完成了本质性转型，取得了很高的艺术成就。其曲文广采博取前人诗词尤其是唐宋诗词，深受读者喜爱。

王实甫，名德信，元代戏曲作家，生卒年不详，元大都（今北京市）人。工乐府，所著《西厢记》，世推为北曲第一，又有《丽春堂》等杂剧。

王实甫的《西厢记》是中国古典戏曲的标杆，是爱情题材文学作品的典范，对后世通俗文学产生了巨大的影响。从唐代元稹的《莺莺传》到元代王实甫的《西厢记》，崔张故事经历了文体的递嬗、内容的沿革、人物形象的蜕变和艺术的升华，王实甫的《西厢记》完成了本质性转型。

一、文体的递嬗

崔张爱情故事最早见于唐代元稹的传奇小说《莺莺传》（又名《会真记》）。元稹友人杨巨源、李绅分别做《崔娘诗》和《莺莺歌》。之后，王涣有《惆怅词》也咏崔张故事。

至北宋，崔张故事成为文人诗词和民间说唱的典事。苏轼《赠张子野诗》有"诗人老去莺莺在"句，并自注用崔莺莺事。秦观、毛滂各有崔张题材的"调笑转踏"，传唱于士林间。赵德麟鼓子词《元微之崔莺莺商调蝶恋花》最后一章有："弃掷前欢俱未忍，岂料盟言，陡顿无凭据，地久天长终有尽，绵绵不似无穷恨。"（赵德麟《侯鲭录》卷五）

南宋时，民间说话已有《莺莺传》名目。周密《武林旧事》官本杂剧名目中有"莺莺六幺"。陶宗仪《南村辍耕录》金院本名目中有《红娘子》和《拷梅香》。

金章宗时期（1190—1208），董解元《西厢记诸宫调》用了14种宫调，193套组曲，五万多字的篇幅，来演绎崔张故事（诸宫调流行于北方，伴奏乐器主要是琵琶和筝，因此《西厢记诸宫调》又称《弦索西厢》）。

至王实甫的《西厢记》，崔张故事在文体上完成了从传奇小说→诗歌→鼓子词等说唱文学→诸宫调→北曲杂剧的递嬗，同时也完成了从叙事体到代言体的嬗变。

王国维《宋元戏曲史》第八章《元杂剧之渊源》总结元杂剧和前代戏曲相比有两大进步，一是曲，二是由叙事体变为代言体，《西厢记》为其代表。

二、内容的沿革

元稹《会真记》内容是张生对崔莺莺始乱终弃。陈寅恪先生考证《莺莺传》是带有自传性质的作品,张生即作者本人。鲁迅先生评价作者"文过饰非,遂堕恶趣"(《中国小说史略》)。

至秦观和毛滂已经摒弃始乱终弃的结局。董西厢的演变主要有四点:

第一,以崔张相爱、私奔的团圆喜剧结局替换了《莺莺传》的莺莺被弃结局;

第二,矛盾冲突从张生和莺莺变为崔张、红娘与老夫人、郑恒;

第三,主题升华到对传统礼教的反叛;

第四,增加了很多人物和情节。

所以刘大杰先生说:"《董西厢》实为《王西厢》的底本。"(《中国文学发展史》)

王实甫的《西厢记》实现了崔张故事在主题思想、剧情冲突、人物形象和艺术表现等方面的飞跃。

《西厢记》最后一折【清江引】曲"愿天下有情的都成了眷属",可视作全剧主题,这句话可以作三点解读:成眷属的基础是爱情,而不是门第;赞成自由恋爱、自择配偶,而不是由家长包办;爱情至上,功名利禄为浮云(尤其是莺莺的价值观)。《莺莺传》是功名至上,而《西厢记》则是爱情至上。

但是《西厢记》为化解老夫人的三代不招白衣女婿的结,让张生赶考,最后状元及第,迎娶莺莺,虽然博得爱情事业双丰收的完美结局,却在一定程度上削弱了以情抗礼的主题。

三、人物形象的蜕变

(一)莺莺: 反叛的闺秀——从弃妇到女神的演进

在《莺莺传》中,莺莺深陷礼教桎梏,任凭命运摆布,她一直是被动的,没有主动追逐爱情的勇气,被抛弃后就默默接受结果,没有反抗意识。

这是元稹在"功名至上"观念下塑造出来的一个作为男性附属品的女性形象,是礼教社会中众多的"失声"女性,也是古代文学作品中常见的弃妇形象。

《西厢记》中的莺莺始终渴望自由美好的爱情,虽然老夫人的治家严肃,礼教的浸染,名门闺秀的身份约束以及对张生是否能托付终身的不确定性、对红娘身份的疑惧等因素,导致她总是在若进若退地试探得到爱情的可能性(这种试探的情节设计赋予了人物真实性,也使得戏剧冲突富于张力),但莺莺最终以勇敢的私奔冲破各种束缚,毅然决然地"出走"。正是因为莺莺在爱情中的主动,情终于战胜了礼,莺莺也因此成为男女两性世界里的"女神"。

(二)张生: 多情的才子——从负心男到情种的改写

《莺莺传》中的张生无疑是一个薄情郎、负心汉。虽然元稹各种辩解,称其"性温茂,美风容,内秉坚孤,非礼不可入","容顺而已,终不能乱",甚至为了洗白负心汉的形象,不惜污名化莺莺,称其为"尤物","不妖其身,必妖于人","昔殷之辛,周之幽,据百万之国,其势甚厚。然而一女子败之,溃其众,屠其身,至今为天下僇笑",但张生始乱终弃的做法仍是引起许多读者的不满。

《西厢记诸宫调》已经基本完成了张生形象的转变,他不再是"功名至上"的薄情郎,爱上莺莺后,他"不以进取为荣,不以干禄为用,不以廉耻为心,不以是非为戒",这"四不"已经去掉了张生形象的负心、薄情标签。

王实甫《西厢记》则完全洗白了张生形象,张生从可恨的"负心汉"变成了可爱的情种。张生自始至终是一个"志诚种",对莺莺爱得专一、爱得深沉。对自由爱情的追求更为坚定,对传统礼教的挑战更为勇敢。张生更是一个有勇有谋的行动派。

王实甫《西厢记》中的张生是一个世俗化的书生形象,有着元代落拓文人的印记,符合普通市井百姓的审美理想,是女性向往的男性范本。

(三)红娘: 智勇的军师——从龙套到主角的逆袭

在王实甫《西厢记》中,婢女身份的红娘从龙套逆袭为主角,成为剧中解决矛盾冲突的关键人物。红娘善良、机智、热情、泼辣、勇敢,当崔张爱情陷入困境之时,基本上是凭红娘一己之力解决的。她不因自己的婢女身份而自卑,有时居高临下地鄙视讽刺张生的酸腐、莺莺的矫情、老夫人的顽固。

红娘从龙套逆袭为主角,折射出元代文人的价值取向。

四、艺术的升华

《西厢记》取得了很高的艺术成就:

其一,《西厢记》在体制上有颇多创新:(1)5本21折,大型连台杂剧。(2)多角色司唱。

其二,《西厢记》善于进行情节处理:(1)采用双线复合结构。(2)情节生动。(3)悬念迭出。

其三,《西厢记》语言清丽华美,典雅工致。

明人朱权《太和正音谱》称其:"王实甫之词,如花间美人。铺叙委婉,深得骚人之趣。极有佳句,若玉环之出浴华清,绿珠之采莲洛浦。"

《西厢记》精湛的语言技巧主要表现在以下三个方面。

一是融情入境,情景相生。

如第四本《草桥店梦莺莺》第三折写长亭送别情景:

> 【正宫】【端正好】碧云天,黄花地,西风紧,北雁南飞。晓来谁染霜林醉?总是离人泪。

二是刻画人物性格,描写内心世界,熨帖自然。

如：

【滚绣球】恨相见得迟,怨归去得疾。柳丝长玉骢难系,恨不得倩疏林挂住斜晖。马儿迍迍的行,车儿快快的随,却告了相思回避,破题儿又早别离。听得道一声去也松了金钏,遥望见十里长亭减了玉肌:此恨谁知?

三是广采博取前人诗词尤其是唐宋诗词。

如第二本《崔莺莺夜听琴》第一折:

【八声甘州】恹恹瘦损,早是伤神,那值残春。罗衣宽褪,能消几度黄昏?风袅篆烟不卷帘,雨打梨花深闭门;无语凭阑干,目断行云。

其中"能消几度黄昏"化用宋代赵德麟【清平乐】:断送一生憔悴,只消几个黄昏。"雨打梨花深闭门"直接借用宋代秦观【忆王孙】和【鹧鸪天】的词句。"无语凭阑干"化用宋代孙光宪【临江仙】词句:含情无语,延伫倚凭阑干。

再如:第四本《草桥店梦莺莺》第三折【端正好】,其中"碧云天,黄花地,西风紧,北雁南飞"句化用宋·范仲淹【苏幕遮】上片:"碧云天,黄叶地,秋色连波,波上寒烟翠。山映斜阳天接水,芳草无情,更在斜阳外。""晓来谁染霜林醉?总是离人泪"化用董西厢的曲词:"莫道男儿心如铁,君不见满川红叶,尽是离人血。"

对前人诗词的广采博取,使得《西厢记》语言尤其是曲文呈现出典雅清丽、婉约柔美的艺术特质。

第三节
翻案与教化——高明《琵琶记》的主旨及其呈现

> **学习要点**
> 《琵琶记》为蔡伯喈翻案的主旨及其呈现:高明除对《赵贞女蔡二郎》的结局做了反转改编外,笔墨集中于对蔡伯喈和赵五娘形象的重新塑造:对蔡伯喈作了反向的再塑造,对赵五娘作了正向的再提升。《琵琶记》宣扬道德教化的主旨及其呈现:除了很多直接的说教,《琵琶记》主要是通过关目的设置和人物的塑造来呈现教化的主旨。

一、高明及其创作

高明,字则诚,自号菜根道人,瑞安(今属浙江温州市)人。生卒年不详。其弟高旸生于大德十年(1306)左右,高明的生年当在这之前若干年;卒年有至正十九年(1359)和明初两说。他出身于书香门第,从小被称为"奇童"。

至正五年(1345)中进士,才华横溢,却屈居下僚。为官正直,颇有政声。晚年隐居宁波,以创作自娱。

除南戏《琵琶记》外,另有少量诗文传世。《琵琶记》则被推崇为"南曲传奇之祖"。

二、《琵琶记》为蔡伯喈翻案的主旨及其呈现

《琵琶记》的创作主旨有两个,一是为蔡伯喈翻案,二是宣扬道德教化。

蔡伯喈在原南戏《赵贞女蔡二郎》里是一个负心书生形象。

宋代重科举,取士数量远超唐朝,更多的寒门士子能通过科举进身仕途,朝为田舍郎,暮登天子堂。同时,每届科举也是权贵重臣笼络门生壮大实力的时机,最好的笼络手段是在新科进士中纳婿,于是出现权贵"榜下择婿",书生"富贵易妻"的社会现象。婚变就成为一个社会问题。

婚变戏是早期南戏的一个重要类型,其基本叙事模式为穷书生金榜题名忘恩抛妻。最早的南戏作品有《赵贞女蔡二郎》(已全佚)和《王魁》(仅存残文)两种。前者演东汉文人蔡伯喈弃亲背妇,最终被暴雷劈死的故事(徐渭《南词叙录》记有《赵贞女蔡二郎》的名目,并斥之为"里巷妄作");后者写妓女桂英供王魁读书赶考,王魁状元及第,背弃誓言,抛弃桂英,另娶新妻,桂英愤而自杀,魂魄变作厉鬼,活捉王魁。

现存最早的南戏剧本,是保存于《永乐大典》中的《小孙屠》《张协状元》和《宦门子弟错立身》三种戏文(钱南扬《永乐大典戏文三种校注》)。

元萧德祥撰《小孙屠》是一部公案戏,《宦门子弟错立身》则是完颜寿马放弃"官二代"的身份,历尽艰辛,与女艺人王金榜终成眷属的故事(这本戏不以男主金榜题名、状元及第为解决戏剧冲突的路径,没有落入爱情戏的俗套)。

《张协状元》,一般认为是南宋时作品。作者姓名不详。题为温州九山书会才人编撰。写四川书生张协忘恩负义,富贵易妻甚至欲置贫妻于死地的行为,并对其进行严厉的批判。但结尾让贫女去做了几天状元夫人,这个大团圆结局显然逻辑上不能自洽,也有可能是明代文人改编所致。

早期南戏基本出自民间艺人之手,民间艺人要在南戏中传达出底层民众的价值取向,底层民众自然很痛恨书生的弃妇背亲行为。因此南戏的结局通常是负心书生不得善终,比如被雷劈死,被鬼捉走,这正是底层民众对这类无行文人的诅咒和谴责。

自从文人参与南戏创作后,就渐渐改变了这种叙事模式。

元末明初的四本南戏,即所谓的"四大本"为:《荆钗记》《白兔记》《拜月亭记》和《杀狗记》,其中《荆钗记》中的书生王十朋、《拜月亭记》中的书生蒋世隆均为对爱情忠贞不渝的好男人。而高明的《琵琶记》更是为负心书生"洗白"的经典剧作。

《琵琶记》演蔡伯喈之事。蔡伯喈非蔡邕,蔡邕为东汉文人,《后汉书》记载是大孝子。然而,《琵琶记》中的蔡伯喈在后来的民间传唱文学和早期南戏中曾被视为负心汉。包括南宋诗人陆游在内的一些文人很是为蔡伯喈鸣不平。

明人黄溥言在《闲中古今录》中说:"(高明)编《琵琶记》,用雪伯喈之耻。"

高明除对《赵贞女蔡二郎》的结局做了反转改编外,笔墨集中于对蔡伯喈和赵五娘形象的重新塑造:对蔡伯喈作了反向的再塑造,对赵五娘作了正向的再提升。主要策略有两条:

其一,安排一半以上的关目让蔡伯喈出场,超过赵五娘。大部分关目是为了塑造蔡伯喈的正面形象,有的词曲写得很精彩,如《琴诉荷池》《官邸忧思》《中秋赏月》等出中的词曲:

《琴诉荷池》:"俺只弹得旧弦惯,这是新弦,俺弹不惯。""我心里岂不想那旧弦,只是新弦又撇不下。"①

《官邸忧思》:"几回梦里,忽闻鸡唱,忙惊觉,错呼旧妇,同问寝堂上。"

《中秋赏月》:"孤影,南枝乍冷。见乌鹊缥缈惊飞,栖止不定。万点苍山,何处是修竹吾庐三径?追省,丹桂曾攀,嫦娥相爱,故人千里谩同情。"

其二,通过"三辞三不从"("辞试不从""辞婚不从""辞官不从")的情节把蔡伯喈塑造成"全忠全孝""有情有义"的书生形象。

三、《琵琶记》宣扬道德教化的主旨及其呈现

高明是理学家黄溍的弟子,他的封建伦理观念很重,作有表彰孝子节妇的诗文。如《昭君出塞图》批评"佳人失节",《王节妇诗》表彰"贞节贤德"。

以儒家传统道德来纠正"恶化"的风俗,是高明的理想,也是他创作《琵琶记》的出发点之一。

《琵琶记》开场词宣称"不关风化体,纵好也枉然",表明他有意识地把戏曲作为道德教化的工具。

除了直接的说教,《琵琶记》主要是通过关目的设置和人物的塑造来呈现教化的主旨。

在《琵琶记》中,"背亲弃妇""不忠不孝"的蔡伯喈变成了"有情有义""全忠全孝"的蔡伯喈;"马踹赵五娘""雷震蔡伯喈"的结局变成了"夫妻重聚""一夫二妻"、旌表满门的大团圆收场。"三辞三不从"的情节设置同样也是为了宣扬道德教化。

赵五娘是一个经典的孝媳贤妻形象,集中了封建社会中女性该有的全部美德,符合传统礼教对女性的所有要求。

《琵琶记》中关于赵五娘的精彩篇章大约有十出。《勉食姑嫜》《糟糠自餍》《代尝汤药》《祝发买葬》《感格坟成》《乞丐寻夫》等出堪称南戏和传奇艺术中的典范。

第二十一出《糟糠自餍》:

---

① 本节《琵琶记》引用版本为毛晋编《六十种曲》(中华书局1982年版)。下同。

【前腔】糠和米，本是两依倚，簸扬作两处飞。一贱与一贵，好似奴家与夫婿，终无见期。丈夫，你便是米呵，米在他方没寻处。奴家恰便似糠呵，怎的把糠来救得人饥馁？好似儿夫出去，怎的教奴供膳得公婆甘旨？

【前腔】思量我生无益，死又值甚的！不如忍饥死了为怨鬼。只一件，公婆老年纪，靠奴家相依倚，只得苟活片时。片时苟活虽容易，到底日久也难相聚。谩把糠来相比，这糠呵，尚兀自有人吃，奴家的骨头，知他埋在何处？

这一出词曲写赵五娘的声声哭诉：无解的悲苦、无尽的愁绪、无望的等待加上羸弱的身体、煎熬的岁月，一唱三叹，感人至深，难怪有烛光交合的传说。

明王世贞曰："高明撰《琵琶记》，填至《吃糠》一折，有'糠与米一处飞'之句，案上两烛光交合而为一，交辉久之乃解。"（《汇苑详注》）

蔡公这个人物是作者用来说教的一个传声筒。通过他阐明作者对"孝"的看法：在家侍养父母，只是"小孝"；追求立身，事君，显祖，扬名，才是"大孝"。

蔡公最后觉醒，后悔当初的决定，"把媳妇闷得孤又苦，把婆婆又送黄泉路"，尽忠和尽孝自古难以两全，高明也无解。作者否定"全忠全孝"的说法，在一定程度上削弱了说教的力量。

第四节
元曲四大家的杭州游

> **学习要点**
>
> "元曲四大家"一般指关汉卿、郑光祖、白朴、马致远。至元（1264—1294）前后，大量北方杂剧作家和杂剧艺人纷纷南下，游历或移居杭州，杭州成为元杂剧后期的创作中心。元曲四大家"关、郑、白、马"或游历杭州，或游宦杭州，均留下关涉杭州的诗词或散曲，抒写自己的情怀。

一、"元曲四大家"释词

"元曲四大家"究竟是指哪四个杂剧作家，元明清三代评论家各持不同说法。元人周德清在《中原音韵》中论元杂剧以"关郑白马"并称，但并未冠以"四大家"之名，何况周氏生活年代是元代中前期，因此其论说不能涵盖有元一代的杂剧作家。

明人何良俊第一次明确提出"四大家"的概念，他认为马、郑、关、白为元杂剧四大家（《四友斋丛说》），王骥德主张"王、关、马、白"（《曲律》），徐复祚主张"马、关、白、郑"（《曲论》）。由此可见，关、白、马三人没有争议，有争议的是王与郑。

本课所讲的元曲四大家是指关汉卿、郑光祖、白朴、马致远。

二、杭州杂剧中心的形成

元统一南北后,杭州富庶的经济、繁荣的文化、宜人的气候、秀丽的景色加上运河南北贯通的便利交通,吸引了包括官宦贵族、士人作家、军吏游民、富商大贾与市井平民等各个阶层的大量北方人南下。至元(1264—1294)前后,大量北方杂剧作家和杂剧艺人纷纷南下,游历或移居杭州,与杭州本地的杂剧作家和艺人共同创造了杭州杂剧创作与演出的繁荣气象,于是杭州成为元杂剧后期的创作中心。元曲四大家"关、郑、白、马"也随着这股人口南迁大潮到了杭州,推动了杭州杂剧的繁荣。

著录杂剧作家及剧目的《录鬼簿》(钟嗣成)、著录北曲艺人的《青楼集》(夏庭芝)、北曲曲韵专著《中原音韵》(周德清)均出自南方或定居南方的文人之手。今存元刊30种杂剧,标注刊刻地的11种杂剧中有7种刻于"古杭"。

杂剧中心南移后,创作风格发生了变化:第一,批判精神少了。第二,题材领域变狭窄了。第三,与底层民众的距离远了。最后,更为注重词藻音律了。

三、"元曲四大家"的杭州游

(一) 关汉卿

关汉卿是较早游历杭州的北方剧作家。蒙古族灭南宋后不久,关汉卿就从大都出发,南下游历,大约在至元十七年(1280)抵达杭州。

到杭州后,关汉卿作有散曲【南吕一枝花·杭州景】:

> 普天下锦绣乡,寰海内风流地。大元朝新附国,亡宋家旧华夷。水秀山奇,一到处堪游戏,这答儿忒富贵。满城中绣幕风帘,一哄地人烟凑集。
> ……
> 【尾】家家掩映渠流水,楼阁峥嵘出翠微,遥望西湖暮山势。看了这壁,觑了那壁,纵有丹青下不得笔。

字里行间充满着一个北方作家对杭州绮丽风光、繁华市井的艳羡。

关汉卿旅居杭州的时间不短,与其他南下的剧作家和杭州本地的剧作家多有交游。现存《元刊杂剧三十种》收录关剧四种,其中《单刀会》一剧署"古杭新刊"。

杭州本土曲家沈和甫被称为"蛮子关汉卿",可见当时关汉卿在杭州剧坛的地位以及对杭州杂剧创作的影响力。

(二) 白朴

祖籍隩州(今山西曲沃),后迁居真定(今河北正定)。

白朴的剧作见于著录的有十六种,完整留存的有《墙头马上》《梧桐雨》《东墙记》三种。

白朴词集《天籁集》记载:"至元辛卯春二月三日同李景安提举游杭州西湖。"至元辛卯即二十八年(1291),可见在此之前,白朴就已经游历至杭州。

白朴有吟咏杭州的【永遇乐】词:

> 一片西湖,四时烟景,谁暇游遍。红袖津楼,青旗柳市,几处帘争卷。六桥相望,兰桡不断,十里水晶宫殿。夕阳下、笙歌人散,唱彻采菱新怨。
>
> 金明老眼,华胥春梦,肠断故都池苑。和靖祠前,苏公堤上,谩把梅花捻。青衫尽耐,蒙蒙雨湿,更着小蛮针线。觉平生、扁舟归兴,此中不浅。

极写杭州风景之秀美,都市之繁华以及作者对杭州的流连忘返。

白朴还作有以杭州为故事背景的杂剧《苏小小月夜钱塘梦》(今散佚)。

(三)马致远

大都人。在元代梨园界声名显赫,有"曲状元"的美称。著有15种杂剧,代表作《汉宫秋》。散曲《天净沙·秋思》被称为"秋思之祖"。

与关汉卿、白朴游历至杭不同,马致远则是宦游杭州。至元十五年(1278),元朝置杭州路总管,至元二十一年,徙省治于杭州,称江浙行省。马致远曾任江浙行省务官。马致远年轻时代,情怀豪壮,一心追求功名,"且念鲰生年幼,写诗曾献上龙楼"(【黄钟女冠子】),自恃有"佐国心、拿云手"(【南吕四块玉·叹世】),但一直怀才不遇,因此感叹"枉了闲愁,细寻思自古名流,都曾志未酬"(【黄钟·女冠子】)。追求功名受挫后产生了退隐的念头,"穷通皆命也,得又何欢,失又何愁"(【黄钟·女冠子】),"人间宠辱都参破"(【南吕四块玉·叹世】)。晚年俨然是"林间友""世外客"。

马致远散曲【双调·新水令】《题西湖》,就表达了归隐西湖的愿望。

> 四时湖水镜无瑕,布江山自然如画。雄宴赏,聚奢华。人不奢华,山景本无价。
> ……
> 【尾】渔村偏喜多鹅鸭,柴门一任绝车马。竹引山泉,鼎试雷芽。但得孤山寻梅处,苫间草厦,有林和靖是邻家,喝口水西湖上快活煞。

林和靖是北宋诗人,隐居西湖边的孤山,留下梅妻鹤子的佳话,其诗《山园小梅》有"疏影横斜水清浅,暗香浮动月黄昏"句。马致远希望自己能和林和靖一样,隐居西湖。

马致远在杭州和卢挚等散曲作家互有唱和,马致远有散曲【双调·湘妃怨】《和卢疏斋〈西湖〉》。而学者李修生认为:马致远最后归隐在杭州,归隐前,可能一直在江浙行省任职。

(四)郑光祖

郑光祖也是因仕宦迁居杭州的曲家,平阳襄陵(今属山西)人。

钟嗣成《录鬼簿》记载他的生平事略,说"以儒补杭州路吏。为人方直,不妄与人交,故诸公多鄙之,久则见其情厚,而他人莫之及也。病卒,火葬于西湖之灵芝寺。诸公吊送,各有诗文"。郑光祖在当时剧坛很有声望,《录鬼簿》载:"公之所作不待备述,名香天下,声震闺阁,伶伦辈称'郑老先生',皆知其为德辉也。"

杂剧代表作有《王粲登楼》《倩女离魂》。

郑光祖自青年时期起,怀着扶持社稷的宏图大愿,只身南奔,官场蹭蹬数十载,也未能跻身于高官显爵之列,两鬓斑白竟"百事无成",屈沉于"杭州路吏",难展"经纶天地"之才。

郑光祖的《王粲登楼》第一折【鹊踏枝】:

> 赤紧的世途难,主人悭,那里也握发周公、下榻陈蕃?这世里冻饿死闲居的范丹!哎,天呵!兀的不忧愁杀高卧袁安!

以周公握发、陈蕃下榻两个典故说自己没有遇到礼贤下士的人,又以范丹、袁安自比,说自己坚持操守。

《王粲登楼》是郑光祖本人遭遇与心境的投射。作者通过王粲之口抒发怀抱,写出自己仕途挫折、客居他乡、穷愁交加、哀怨无助的境遇,是他客居杭州,志不得伸的心境展露。

第五节
元散曲述略

学习要点

明晰元代散曲前后两阶段的特征和代表人物;记诵并掌握经典作品以及元曲格式等文学常识;理解诗词曲三种韵文艺术形式的差异。

中国是诗的国度,韵文学是不可逾越的高峰。当我们对唐诗、宋词、元曲如数家珍之际,便会感知到几种文体的不同意蕴。从文体发生学角度来看,诗词曲血脉相连,格律、音韵的逐步调整最终形成不同的体例样态。从文化美学的角度来讲,三者诞生的时代环境、作者创作的主观情愫迥然有别。唐诗的刚劲豪迈,宋词的婉约清雅,元曲的诙谐放逸,构成中国韵文学的生动气象。

元曲包含散曲、剧曲两种形态。散曲同诗词一样,是独立成章的抒情片段;剧曲则是连缀成文的完整叙事,亦称元杂剧。这一讲我们先来认识元散曲,其体制以小令、套数、带过曲为主。

小令又名"叶儿",是散曲的最小单位,其名源于唐代酒令。一支小令只由简短的乐句构成,如果多个同调小令反复使用,就会形成联章体的重头小令,常用于围绕某一主题的组曲吟咏。比如关汉卿的〔南吕〕《四块玉·闲适》:

>   适意行,安心坐,渴时饮饥时餐醉时歌,困来时就向莎茵卧。日月长,天地阔,闲快活!(其一)
>
>   旧酒投,新醅泼,老瓦盆边笑呵呵,共山僧野叟闲吟和。他出一对鸡,我出一个鹅,闲快活!(其二)
>
>   意马收,心猿锁,跳出红尘恶风波,槐阴午梦谁惊破?离了利名场,钻入安乐窝,闲快活!(其三)
>
>   南亩耕,东山卧,世态人情经历多,闲将往事思量过。贤的是他,愚的是我,争甚么?(其四)

这四支小令共同表现了闲适生活的情景,将看破名利、参透荣辱、与世无争的思想顺次展开。据《录鬼簿》记载,最长的重头小令是乔吉咏西湖的【梧叶儿】一百首,可见小令强大的构曲能力和灵活的应用方式。

套数,也称套曲、散套,由唐宋大曲和宋金诸宫调发展而来。套数由同一宫调的若干首曲牌联缀而生,各曲同押一部韵。与小令以抒情为主不同,套数各曲子参差错落,可以展开一个独立的叙事片段。比如睢景臣的〔般涉调〕《哨遍·高祖还乡》:

>   社长排门告示,但有的差使无推故,这差使不寻俗。一壁厢纳草也根,一边又要差夫,索应付。又言是车驾,都说是銮舆,今日还乡故。王乡老执定瓦台盘,赵忙郎抱着酒胡芦。新刷来的头巾,恰糨来的绸衫,畅好是妆幺大户。
>
>   【耍孩儿】瞎王留引定火乔男女,胡踢蹬吹笛擂鼓。见一彪人马到庄门,匹头里几面旗舒。一面旗白胡阑套住个迎霜兔,一面旗红曲连打着个毕月乌。一面旗鸡学舞,一面旗狗生双翅,一面旗蛇缠葫芦。
>
>   【五煞】红漆了叉,银铮了斧,甜瓜苦瓜黄金镀,明晃晃马鞔枪尖上挑,白雪雪鹅毛扇上铺。这几个乔人物,拿着些不曾见的器仗,穿着些大作怪衣服。
>
>   【四煞】辕条上都是马,套顶上不见驴,黄罗伞柄天生曲,车前八个天曹判,车后若干递送夫。更几个多娇女,一般穿着,一样妆梳。
>
>   【三煞】那大汉下的车,众人施礼数,那大汉觑得人如无物。众乡老展脚舒腰拜,那大汉挪身着手扶。猛可里抬头觑,觑多时认得,险气破我胸脯。
>
>   【二煞】你身须姓刘,你妻须姓吕,把你两家儿根脚从头数:你本身做亭长耽几杯酒,你丈人教村学读几卷书。曾在俺庄东住,也曾与我喂牛切草,拽坝扶锄。
>
>   【一煞】春采了桑,冬借了俺粟,零支了米麦无重数。换田契强秤了麻三秤,还酒债偷量了豆几斛,有甚糊突处。明标着册历,见放着文书。
>
>   【尾】少我的钱差发内旋拨还,欠我的粟税粮中私准除。只道刘三谁肯把你揪捽住,白甚么改了姓、更了名、唤做汉高祖。

这首套曲生动诙谐地描绘了乡下人眼中汉高祖刘邦称帝还乡的场面,本来煊赫威严的衣锦还乡场景,在调笑解构之下成了充满讽刺意味的小丑表演。哪怕你"乔模样",也知你"根脚儿",这正是元曲恣意洒脱、不惧权威的潇洒!

与小令、套曲不同,带过曲由同一宫调的不同曲牌组成,如【雁儿落带得胜令】【十二月带过尧民歌】等,且组合的曲牌不能超过三种。带过曲属于组合型大曲,曲律转折变换,较小令意蕴悠长,又比套曲简约灵动,因而在散曲中应用广泛。

接下来,我们结合元散曲和杂剧的发展历程,体会其独特艺术魅力的来源。据《录鬼簿》等戏曲史料记载,元散曲作家至少有150余人,是一个庞大的创作群体。以元仁宗延祐年间为界,可将他们的创作活动和作品风格分为前后两个时期。

元散曲前期的创作中心在北方大都圈,作者身份较为复杂,大致可分为三个阶层:一是传统文人组成的书会才人群体,他们原本是传习儒业的读书人,但入元以后科举凋敝,这些文人失却了仕进之路,沦为社会底层。为了生存,甚至混迹勾栏,与倡优为伍。巨大的心理落差造成作家们强烈的反叛精神和旷达的自由意志,他们熟悉底层生活,以深厚的学识素养贴近民生,将元曲艺术推向高峰。同时,为了作品舞台化、商业化需要,散曲与剧曲紧密结合,许多散曲家亦为戏剧家,如关汉卿等。二是高官贵族群体,受元大都的艺术氛围的熏染,许多上层人士都热衷于散曲创作,包括一批北方少数民族作家。他们的创作将草原文化与中原文化相融合,在学习汉文学的过程中带来粗犷、刚毅、率性的风调,体现了胡汉文明融合的时代趋势,汉官中则以刘秉忠、卢挚、姚燧等成就较高。三是教坊艺人,他们的作品相对粗糙且多数散佚,仅名优珠帘秀等留下寥寥数曲,但这些艺人拥有高超的舞台技艺,许多经典杂剧便是在艺人和文人的通力合作下打磨而成,其中质朴真淳、谐趣生动的特质显然出自教坊艺人的巧思。

随着北方政治空气日渐紧张,多数文人流寓江南,形成以杭州为中心的创作圈子,这便是元散曲后期的活动中心。张可久、贯云石、徐再思、乔吉等为此期代表人物,他们的作品兼具前期散曲豪壮雄丽的曲风和诗词清丽雅正的传统,涌现出多首佳作。更为重要的是,曲学研究受到重视,周德清的《中原音韵》都是此期出现的经典曲学理论著作。然而,散曲的精雅化洗脱了民间文艺的烟火气和天然风貌,成为与近体诗、自度词类似的讲求炼字定韵的书斋玩物,元曲最宝贵的风韵也部分丢失了。

[章测试]

一、单选题

1. 以下哪个人物不是《窦娥冤》里的人物?( )

A. 恶棍张驴儿　　　　　　　　B. 江湖骗子赛卢医
C. 贪官酷吏桃杌　　　　　　　D. 后生崔宁

2. (　　)已经基本完成张生形象的转变,他不再是"功名至上"的薄情郎。

A. 董解元《西厢记诸言调》

B. 元稹《会真记》

C. 赵德麟鼓子词《元微之崔莺莺商调蝶恋花》

D. 王泺《惆怅词》

3. 在崔张故事的衍变过程中,(　　)基本完成了张生形象的转变。

A. 李绅《崔娘诗》

B. 赵德麟鼓子词《元微之崔莺莺商调蝶恋花》

C. 董解元《西厢记诸宫调》

D. 王实甫《西厢记》

4. 关汉卿旅居杭州的时间不短,现存《元刊杂剧三十种》收入关剧四种,其中(　　)一剧署"古杭新刊"。

A.《拜月亭》　　B.《单刀会》　　C.《救风尘》　　D.《鲁斋郎》

5. 以下哪个作品不属于四大南戏?(　　)

A.《荆钗记》　　B.《白兔记》　　C.《望江亭》　　D.《杀狗记》

6. 以下哪位作者不属于"元曲四大家"?(　　)

A. 关汉卿　　B. 马致远　　C. 王实甫　　D. 郑光祖

二、多选题

1. 中国古代戏曲通常以先离后合或始困终亨或善恶有报的圆满方式结局。实现路径通常是:① 男主状元及第,如王实甫的《西厢记》,男主谈情说爱,无暇读书,但是考"状元"如"拾芥"般唾手可得。② 清官或明君出手相助:如包公戏中的包拯,高则诚《琵琶记》、汤显祖的《牡丹亭》。③ 女主或男主化身鬼魂,如郑光祖《倩女离魂》。关汉卿《窦娥冤》的路径为(　　)

A. 男主状元及第　　　　　　B. 清官或明君出手相助

C. 外部事件　　　　　　　　D. 女主或男主化身鬼魂

2. 王国维《宋元戏曲史》第八章《元杂剧之渊源》总结元杂剧与前代戏曲相比的两大进步为:(　　)。

A. 乐曲的进步　　　　　　　B. 脚色行当的多样

C. 表演手段的丰富　　　　　D. 由叙事体变到代言体的转变

3.《西厢记》最后一折【清江引】曲"愿天下有情的都成了眷属"就是剧作主题,这句话可以作三点解读(　　)

A. 成眷属的基础是爱情,而不是门第。

B. 赞成自由恋爱、自择配偶,而不是由家长包办。

C. 张生状元及第后的美好祝愿。

D. 爱情至上,功名利禄为浮云(即莺莺的价值观)。

4. 下列哪些是关汉卿的作品？（　　）

A.《窦娥冤》　　　B.《望江亭》　　　C.《救风尘》　　　D.《墙头马上》

三、判断题

1. 关汉卿在散曲《【南吕】一枝花·不伏老》中自称铜豌豆,铜豌豆就是指老狎客。（　　）

2.《琵琶记》演蔡伯喈之事。蔡伯喈即蔡邕,东汉文人,后汉书记载他本是不孝子。（　　）

3. 关汉卿的《窦娥冤》是一部性格悲剧。（　　）

4. 婚变戏是早期南戏的一个重要类型,故事的基本模式为穷书生金榜题名忘恩抛妻。（　　）

5. 高明是元末著名诗人、戏曲家,代表作《琵琶记》。（　　）

6. 赵盼儿救风尘故事反映了元代贪官横行、吏治腐败的社会现实。（　　）

7. 小令是宋词主要形式,不能用于元散曲。（　　）

[章讨论]

1. 关汉卿《窦娥冤》的悲剧性是如何呈现的？

2. 描述崔莺莺形象从"失语的弃妇"到"反叛的闺秀"的演进路径。

3. 元朝至元(1264—1294)前后,北方杂剧作家和杂剧艺人的南下给杭州杂剧创作与演出带来了什么影响？

4. 高明的《琵琶记》是如何为蔡伯喈翻案的？

5. 北方少数民族散曲作品的艺术特色如何？

6. 简述《琵琶记》的戏曲史地位与意义。

7. 评析《西厢记》中的红娘形象。

8. 论述关汉卿作品的多样艺术风格。

第七章
明代文学

学习目标…

  1. 通过梳理明代诗文流派的发展历程,感知由复古到性灵的诗文观念因革。

  2. 了解明代四大奇书、拟话本等白话小说与明代社会文化。

  3. 了解《牡丹亭》的艺术特色与明传奇创作的高峰。

第一节
复古与性灵：从前后七子到公安派的文风丕变

> **学习要点**
>
> 梳理明代文学嬗变历程，结合时代语境解读各派文学主张，捕捉明代诗文从馆阁文学到复古运动，再到性灵崛起的三次思维递迁。在宏观视野基础之上，分析台阁体、茶陵派、前后七子、唐宋派以及公安派等重要诗文流派的各自特征。

宋元以后迎来了俗文学的全盛时代，雅文学不复先代荣光，再也未能出现诸子、李杜、韩柳那样的大家。提到明代诗文，我们的第一印象便是良莠林立的文学流派及其激烈炽热的理论纷争。明代诗文为何会呈现这样的景观？其背后反映了怎样的政治历史生态？通过纷繁复杂的诗文流派变迁史，我们可以清晰透视明代文脉的起承转合。

明代诗文的发轫以元末"吴中四杰"为肇基，四人中以高启的文学成就及影响力最大，有"开明第一人"之誉。高启才华横溢、诸体兼善、文风俊逸，不幸的是，因曾为苏州知府作《上梁文》，被疑歌颂张士诚，获罪腰斩。高启以后，文坛噤惧，在紧张的政治氛围中，应制颂圣的馆阁文学大行其道。自永乐至成化年间，大学士杨士奇、杨荣、杨溥引领了"台阁体"风尚，然而其对"平正典雅"的过度追求和内容的贫乏，造成艺术表现力的萎缩。直到茶陵诗派领袖李东阳崛起以后，诗歌的抒情功能才得以恢复，真挚情感才得以倾注。

李东阳是湖广茶陵（今湖南省茶陵县）人，自幼有神童之称。天顺八年（1464），他进士及第后供职翰林院近三十年，是内阁重臣，孝宗皇帝的顾命大臣之一，位高权重。然而同时期宦官刘瑾专权，同为顾命的刘健、谢迁被排挤辞官，只有李东阳以成熟隐忍的政治手腕得以留任。李东阳韬光养晦，与权宦虚与委蛇间，庇护了大批士人，在文坛上拥有极高的声望。他不满台阁体的枯索文风，强调文学之真情，并提出师法古人的创作主张。李东阳的积极倡导深刻影响了前后七子，通过几代人的接续发扬，凝练为明代文学著名的"复古"观念。

弘治、正德年间，迎来复古运动的第一次高潮。在与刘瑾的斗争中，一批年轻人逐渐脱离李东阳的羽翼，形成了独立的文学群体，即以李梦阳、何景明为代表的"前七子"。前七子的复古运动表面上是文学运动，实质上是反对权宦专权的政治斗争，其成员多为进士出身的精英士人，群落遍布全国各地，既有围绕在李梦阳、何景明周围的河洛作家群，又有康海、王九思代表的关中作家群（"关中十才子"），还有顾璘、边贡等人凝聚的南京作家群（"金陵三俊"等）。总之，因着相同的政治追求和文学理想，以前七子为中坚力量的复古流派不断增加，形成声势浩大的文化盛况。"文必秦汉，诗必盛唐"是前七子的复古口号，注重诗文的情文并茂,反对台阁体、理学诗的矫揉造作和八股文的萎靡文风,推动了明代文学的良性发展。比如李梦阳在创作中提出"以我之情,述今之事,尺寸古法,罔袭其词",即将时事真情融汇于古诗文技法当中,熔炼出时代精神和个人风格。

与复古运动的兴盛约略同时,阳明心学也异军突起。在摆脱衰弊文风的观点上,二者同出一辙,但在对个体精神解放的追求方面,阳明心学走得更远。一些复古派成员受阳明心学感召,逐渐形成了与之对抗的唐宋派。唐宋派对个人心灵的自由表达尤为重视,因上古汉语较中古汉语晦涩,有碍作家情思的恣意书写,因而从学秦汉转向学唐宋。唐顺之、王慎中是唐宋派的旗手,二人早年都是前七子的拥趸,名列"嘉靖八才子"之间。接受心学思想以后,他们开始摒弃古典诗文的法度规范,主张"率意信口,不调不格",将俗化、口语化的表达入诗入文,唐宋派散文家尤以归有光成就最大。唐宋派的美学主张和创作实践一方面顺应了明中叶以后通俗文学的发展潮流,直启晚明性灵派堂奥;另一方面也因矫枉过正,全盘推翻古典体式而造成文风鄙俚。随着唐宋派弊端的显露,复古运动也迎来了第二次高潮。

第二次复古运动发生在嘉靖、隆庆年间,由李攀龙、王世贞等组成的"后七子"引领。他们重新标举前七子学习秦汉、盛唐的大旗,继续探索古典审美与现实理想融合的奥义。后七子的结盟,始于刑部青年进士的诗社集会。随着唱和频密,意趣相投,逐渐有"五子"之称。其后,这批青年才俊外放出京,但一直保持文学交游,其间布衣诗人谢榛因卢柟案与李、王结识,成为"七子"的重要成员。后七子所处的时代,正是明朝由盛转衰的关节——嘉靖帝荒唐暴戾、严嵩父子贪酷擅权。后七子在政治上勇斗严嵩奸党,文学上与唐宋派抗衡,同时七子之间还存在不少个人矛盾,名利之争引起他们的几次分化。严嵩倒台后,后七子受到徐阶的重用,王世贞成为文坛领袖,天下依附求名者不计其数,形成了声势浩大的复古风潮。岁月流逝,汪道昆、屠隆、胡应麟等作为复古派新秀,将古雅的美学主张推崇到极致。

然而晚明繁荣的经济、开放的社会与人性解放更为洽和,阳明心学大放异彩,李贽的人欲主义与市民文艺、感官文学相得益彰,雅文学领域,倡导性灵的"公安派"应运而生。万历年间,湖北公安袁宗道、袁宏道、袁中道兄弟以"独抒性灵,不拘格套"的理论实践受到瞩目,时称"公安三袁"。三袁所倡导的性灵文学以清新活泼的风格一洗复古文风的苦涩板滞,其灵动隽永的游记、尺牍开创了晚明小品文先河。公安派要求发前人所未发,反对因循抄袭,对前后七子的拟古模仿严加伐挞。另外,三袁重视民间文艺,提倡从通俗文学中汲养,打破了正统文人的偏见,对中国文学的雅俗互动和良性发展具有积极意义。

总之,明代诗文在复古与性灵两股思潮的共同作用下曲折前进,文学家因政治形势、社会思潮、文学主张形成不同的文学流派,但其本质都是对文学真谛、理想审美的孜孜追求。在富有生机的碰撞、融合中,明代文学的复杂景观也随之生成。

第二节
《三国》《水浒》《西游》与世代累积型创作

> **学习要点**
>
> 通过三部长篇章回白话小说的发轫与定型,介绍世代累积型小说的相关知识。世代累积型文学多来源于历史,经过多种文艺形式的加工润色而成。它不是某一时代或某位作家的专利,而是中华民族集体智慧的结晶,承载着文艺创作者和读者受众的共同心理体验。各版本之间存在重叠、讹传等比较粗糙的加工痕迹,但包含了丰富的文献学知识,也是通俗文学的特质所在。

《三国》《水浒》和《西游》是中国古代章回小说巨著,名列"四大名著""四大奇书",可谓家喻户晓。

"四大奇书"的提法在明末清初即已出现,指《三国演义》《水浒传》《西游记》《金瓶梅》四部小说。"四大名著"则是当代出版业的说法,将《金瓶梅》换成《红楼梦》。这五部小说在成书方式上,可以分为两类。《三国》《水浒》《西游》属于世代累积型作品,《金瓶梅》和《红楼梦》则由文人独立创作。

何为世代累积? 这要从中国古代小说发展史谈起。

宋人笔记《都城纪胜》中记载了宋代的说话四家,这是中国白话小说的滥觞。

> 说话有四家:一者小说,谓之银字儿,如烟粉、灵怪、传奇。说公案,皆是搏刀赶棒,及发迹变泰之事。说铁骑儿,谓士马金鼓之事。说经,谓演说佛书。说参请,谓宾主参禅悟道等事。讲史书,讲说前代书史文传、兴废争战之事。最畏小说人,盖小说者能以一朝一代故事,顷刻间提破。合生与起令、随令相似,各占一事。

这一段话告诉我们宋元时期的话本分为四类:小说、说经、讲史、合生,其中小说又分为银字儿、说公案、说铁骑。到了明清时期,话本发展为成熟的小说样式。其中,中短篇话本小说衍生为拟话本,以"三言二拍"为代表。讲史发展为历史演义,以《三国》为代表。银字儿与说经共同发展为神魔小说,以《西游记》为代表。说公案和说铁骑共同发展为侠义公案小说,以《水浒传》为代表。

三国、水浒和西游故事在宋元话本时期已经存在,由历代文人不断加工,随着小说文体的成熟最终呈现为长篇章回体小说。因此,我们得到世代累积型小说的定义,即不同时代的人对同一种题材进行不断加工完善,最后由文人编订而成的作品。其特征一方面是故事内容不断完善,另一方面是思想主题随不同时代、不同作者的价值观不断转变。

以《三国演义》的成书过程为例,三国故事首先是一段真实的历史。陈寿的《三国志》是记述这段历史的官方史书。刘宋时期,裴松之为《三国志》作注,为其增添了不少细节。隋唐时期,三国故事成为讲史和诗歌创作的素材,李商隐的《娇儿》诗有"或谑张飞胡,或笑邓艾吃"之句,引用了两个三国人物。宋代的话本演出中有专门的"说三分"节目,开始流露出尊刘贬曹的倾向。"说三分"吸收了金元戏剧的养分,在元代形成了真正的小说雏形《三国志平话》。元末明初,罗贯中以《三国志平话》为基础完成了《三国志通俗演义》的创作。由于文献流传的原因,这部小说目前存在不同版本。而当下通行本《三国演义》则是清代的毛纶毛宗岗父子修订的版本。从正史《三国志》到通行本《三国演义》,作品内容、思想主题、人物形象都发生了很大变化。

以刘备人物形象的加工生成为例,历代文人、艺人使其完成了由草莽英雄到一代仁主的形象升级。在魏晋时期的正史叙事中,刘备是多败少成的英雄,且对其赖占荆州等行为并无讳饰。史书中对他的称呼以"先主"居多,即定位为一方诸侯。相对曹操被称为"太祖",显然是帝王之尊。到了隋唐文人的话语体系中,刘备的仁德被不断宣扬。宋元之后,胡汉矛盾升级,出身汉家正统的刘备开始受到民间的追捧。为了迎合观众的欣赏口味,话本艺人和小说家开始对刘备形象全面包装。比较《三国志》正史和《平话》小说可以看到,刘备的出身、性格、外貌都发生了很大变化,成为一个出身高贵、品性高尚的高大全人物。此外,小说家又为他增加了富有传奇色彩的坐骑"的卢马"和双股剑,并着力突出"桃园结义"的手足之谊和"三顾茅庐"的知己之情,使其成为具有神性的完人。苏轼《东坡志林》中曾记载:"至说三国事,闻刘玄德败,颦蹙有出涕者;闻曹操败,即喜唱快。以是知君子小人之泽,百世不斩。"此时,拥刘贬曹已经成为固定的思维导向。到了明清文人笔下,这一创作倾向继续强化,甚至走向"显刘备之长厚而似伪,状诸葛之多智而近妖"的极端。

同样地,西游和水浒故事也以历史本事为原型,经过历代文人和话本艺人的共同改编,形成了伟大的传世之作。

水浒故事以《宋史》中的一段记录为蓝本,经过讲史话本《大宋宣和遗事》、水浒画、水浒戏等流行艺术的共同发酵,形成了流传海内外的水浒文化。到了元末明初,水浒英雄的故事基本定型,施耐庵将这些独立的小故事串联在一起,完成了《水浒传》小说。最先问世的是百回本的《忠义水浒传》,其后书商为了招徕顾客,在征辽征方腊之后,又增加了征田虎、征王庆桥段,扩写为一百二十回本。而大文豪金圣叹不满梁山英雄的悲剧结局,将梁山大聚义排座次之后的征四寇全部删除,称"腰斩本"。

《西游记》同样取材真实历史,唐代高僧玄奘法师从长安出发,西行学习佛法的事迹便是唐僧西天取经的原型。玄奘回到长安后,由其口述、辩机和尚编纂成书的《大唐西域记》,记载了他一路西行的见闻,全书对西域两百多邦国的文化面貌、风土人情予以生动展现,是西游故事的灵感雏形。其后,经过说经、曲艺、绘画等多种文艺形态的共同塑造,取经四众的形象逐渐定型。尤其杨景贤的6本24折元杂剧《西游记》问世后,"三打白骨精""收服红孩儿"

等经典桥段家喻户晓。到明代小说《西游记》成书之际,多种素材已经齐备,通过作者吴承恩的精心打磨,经典水到渠成。因世代累积,《西游记》版本系统异常复杂。计有明刊《西游记平话》、世德堂本、清白堂本、李卓吾评点本、清刊证道本、真诠本、新说本等十余种。著作权亦存在争议,除了主流的吴承恩说,还有丘处机、陈元之等多种说法,时至今日依然受到海内外学者的热烈讨论。

从三部经典章回小说的基本情况中,我们可以看到世代累积型作品的诸多共同特质,比如与史传文学的天然联系;版本系统、作者归属情况复杂,难以一概而论;成书过程受到曲艺、说话、绘画等姊妹艺术形式的介入影响;叙事基本情节不变,作品主题随时代语境或文人作家主观意愿改变,等等。因此,我们在学习和研究这类作品时必须辨明源流,廓清不同版本间的承递关系,同时开阔眼界,将一切相关文学文化现象纳入思考范围,这就是探索世代累积型作品乃至俗文学的要旨所在。

第三节
"三言二拍"与晚明商业文化

> **学习要点**
>
> 了解拟话本等流行小说与商业文化的关系。文学是社会生活的产物,文科学习需要具有打通文史哲的视野和思维。晚明的资本主义萌芽和阳明心学带来的人性解放思潮对中国近世文学的转型具有根本性意义。"三言二拍"作品中先进的两性观念、伦理观念和昂扬蓬勃的时代风貌即使放诸当下,其价值亦不遑多让。

明代白话短篇小说集"三言二拍"是古代白话小说史上的一座丰碑,向我们展示了晚明商业文化的深刻影响,描绘了市民生活烟火红尘的生动画卷。

所谓"三言二拍"是五部明代拟话本小说集的简称,"三言"指冯梦龙编写的《喻世明言》《警世通言》《醒世恒言》;"二拍"指凌濛初编写的《初刻拍案惊奇》和《二刻拍案惊奇》。

"三言二拍"成书于晚明,其时堪称中国的资本主义萌芽时代。随着生产力的提高、手工工场的出现以及海内外贸易的繁荣,重农抑商的社会风气开始受到商业文明的挑战。尤其是冯梦龙、凌濛初生活的江南地区,商业风气最为发达。随着社会的发展,程朱理学被王阳明心学所取代,又为李贽发展为提倡"好货""好色"的童心说。此际文学展现出尊重个性和欲望的主题,比如"公案派"的性灵说、《牡丹亭》的"以情胜理"说,等等。

同时,两位编写者亦为商业文学奇才。首先,他们皆出身书香门第,拥有深厚的文化功底:冯梦龙兄弟三人号称"吴下三冯",都是文学家和艺术家;凌濛初则出身科举世家。其次,二人爱好广博,雅俗兼擅。冯梦龙不仅是著名的诗人、戏曲家、小说家,还编纂了著名的古代民歌文献《山歌》《挂枝儿》，凌濛初亦在文学家身份之外，也致力于编辑出版事业，可以说他们深耕文化市场，能够准确捕捉商业文学的流行要素。最后，二人的经历与写作一直践行了"情"的真挚主张。冯梦龙自封"情教教主"，编纂了著名的《情史》，以阐发人性真情之要义，明清鼎革之际他又为故国奔走，成为抗清义士；凌濛初晚年得官，鞠躬尽瘁、爱民如子，在保卫百姓、镇压匪乱时壮烈牺牲。可以说，冯、凌代表了一批开明先进的文人群体，他们一反理学的卫道气息，打破士农工商的陈旧观念，热爱生活、尊重人性，勇敢地讴歌民间市井的真善美。

"三言二拍"的进步观念首先反映为两性婚恋关系的开放平等。

《乔太守乱点鸳鸯谱》《闹樊楼多情周胜仙》《蒋兴哥重会珍珠衫》描绘了许多市井百姓家的青年女性形象，她们与传统的大家闺秀截然相反，在婚姻爱情中勇敢地表达了自主意识。此外，社会、家庭也给予女性更多理解和包容：《乔太守乱点鸳鸯谱》故事名曰"乱点鸳鸯谱"，实际上官员将青年人的自主选择权置诸一纸婚书之上，以"乱点"成全真情；《周胜仙》描绘了灵动可爱的市井少女周胜仙，讲述了她与范二郎妙趣横生的初遇、情系生死的执着、至死不渝的思恋；《珍珠衫》则详细表现了出轨少妇的婉转心路，作者写到商人妇独守空闺的不易，赋予人物理解同情之意。上述故事无一例外，都是"以情胜理"的典型反映，这些女性并不完美，但她们对欲望的追求、真我的表达正是人性最可宝贵的光辉。

作者还俯下身来，关注底层百姓的爱情与生活，关心他们在破碎山河里的互相扶持与救赎。《卖油郎独占花魁》讲述了青楼花魁与粮油小贩的相识、相恋，二人在南渡之乱里成为孤儿，一个被卖入风尘、一个寄人篱下，他们代表了战乱下千千万万的无辜儿童。其后，莘瑶琴成为花魁，迷失在繁华富贵乡；秦重未忘初心，成为兢兢业业的忠厚商人。这段爱情，是秦重一见钟情的坚持，更是瑶琴在物质与精神追求之间的选择与个人成长。这则中篇小说中，人物情感几次转折、情节层层铺垫，结局既在意料之外，又在情理之中。尤其鸨母刘妈妈劝瑶琴接客一段，讲了一套妓女从良的"青楼哲学"，将底层女性的无奈与悲哀剖析人前。这篇具有传奇色彩的爱情小说背后蕴含了广阔而丰厚的社会意义，与俄国小说《罪与罚》所展现的灵魂救赎有异曲同工之妙。

"三言二拍"的进步观念进而反映为对商人群体的肯定和商业活动的关注。

这类作品统称"发迹变泰"故事，以表现主人公的经历奇遇，实现事业成功和人生完满为基本框架。商业行为天然带有投机色彩，所以此类情节在商业氛围浓郁的晚明社会大受欢迎。

《转运汉巧遇洞庭红，波斯胡指破鼍龙壳》以宿命观点讲述了运势与事业的奇谭，某读书人转行经商，但时乖运蹇，一事无成，心灰意懒之际随友人出海散心。这趟海外之旅恰成为他人生的重要转折，先是收购的蜜桔"洞庭红"在异国大卖，再是偶然拾得至宝"鼍龙壳"，陡然而富。这则奇幻的故事具含了冒险精神、异域风光、商业见闻以及博异志怪等多重元素，既引人入胜，又振奋人心，代表了市民流行文化的显著风格。

写实型的商业小说亦不在少数，《施润泽滩阙遇友》等作品以反映小商人勤劳致富、团结互助为主要内容。这些作品谈到了商业经营的艰难细节,也肯定了诚实守信、拾金不昧、和气生财等商人群体的美好品质。"三言二拍"将关注视角下移到真实的市井百态,捕捉百姓的喜怒哀乐,反映士民群体、商人阶级的诉求与心声,具有先进的时代意义。作品与传统小说集中于帝王将相、才子佳人的宏大叙事不同,充满亲切感和真实感。

当然,人性欲望的过度膨胀也会滋生犯罪,晚明社会各类奇案、大案、疑案层出不穷。暴露的感官小说、血腥公案小说成为市民文学的常见题材。"三言二拍"在反映社会黑暗、人性丑恶方面,与《金瓶梅》的审丑风格如出一辙。文本中充斥着诈骗、情杀、争产等大量改编自真实案件的作品,对当时社会问题有着深刻的反映。

第四节
明代学术一瞥:《金瓶梅》的作者是谁?

> **学习要点**
> 以《金瓶梅》作者"兰陵笑笑生"的考证过程了解学术研究的过程,感受文科学习的趣味性和科学性,同时打消错误认知,正确了解《金瓶梅》第一奇书的文学地位。

对于章回小说《金瓶梅》的定位,可谓众说纷纭。历史上,它曾作为"诲盗诲淫"之作屡遭禁毁;从艺术和文化角度,它却以先进的艺术理念、博洽的叙事风格和深沉的人性观照光耀文坛,是当之无愧的"第一奇书"。

作为中国文学史上第一部由文人独立创作的长篇小说,《金瓶梅》受到了诸位名家的赞赏。鲁迅先生认为它是"中国古代第一部世情小说",学者王利器称它为"有明之大百科全书"。《金瓶梅》被称为奇书,不仅在于其艺术风格、文学成就令人惊叹,还因为其自身存在许多未解之谜,令历代学者为之折腰。

对《金瓶梅》作者"兰陵笑笑生"的考证便是一个重要议题。

围绕这一笔名,学术界先后提出了53种假说,其中有实迹可考者达到23人。

由于文献提供的线索有限,许多时候只能"大胆假设,小心求证"。比如,从"兰陵"二字入手,古代中国曾有两个地方名曰"兰陵":一为山东枣庄,一为江苏武进。进而学者通过文本剖析,试图通过方言语用等线索进一步推理,从而缩小线索范围。这场讨论不仅囊括了文学家、语言学家,还吸引了历史学者、民俗学者等。自清代以来的传统观点认为,《金瓶梅》使用了山东方言。郑振铎、鲁迅、赵景深各位先生都支持这个观点。当然他们内部也有分歧,有人说是鲁西方言,有人说是鲁南方言。吴语的说法由清末小说评论家陈蝶仙提出,当代学者也找到了支持证据。他们认为一旦这个假设成立,那么作者为王世贞的可能性又会增加。

在目前的作者备选范围中，有四位明代文学家的可能性较大。第一位是后七子领袖、中晚明文坛巨擘王世贞。首先，王世贞是江苏太仓人，属于吴语方言区；其次，部分学者认为《金瓶梅》影射了明代政坛，奸相严嵩之子严世蕃就是西门庆的原型，而严氏父子曾经迫害过王世贞父亲王忬，故《金瓶梅》为世贞复仇之作；最后也是最直接的证据，早期流传的《金瓶梅》的抄本有出于王氏之家的说法。这里又关涉到《金瓶梅》的版本系统问题。《金瓶梅》大约成书于嘉靖至万历年间，初问世时并未公开刻印出版，仅以手抄本形式在文人圈中流传。目前可知的12家抄本内容都有残缺，长短不一，书名也不统一，其中以王世贞抄本内容最丰的说法尚缺乏确凿证据。

沿着政治影射说，另一派学者提出了截然相反的结论。即西门庆影射严世蕃之外，王世贞家族众人亦在被影射之列，直指王世贞、李攀龙与谢榛交恶等文坛纷争。那么这位作者既痛恨严氏权奸人，又不齿王世贞为人，符合条件的文人便是奇才徐渭。徐渭与双方确有嫌隙，且为人孤直傲物，为文才华横溢，与"兰陵笑笑生"针砭时弊、冷眼现实的风骨不谋而合。

当然上述观点俱以行文线索为出发点，推测成分居多。从其他证据链出发，还可以推理出其他答案，比如山东文人丁惟宁。丁惟宁首先满足鲁地方言条件；其次，其人中年辞官，隐居二十余载，有充足的创作时间；但最后的关键证据不足，其子、小说家丁耀亢曾作《金瓶梅》续书及有诗云"误读父书成赵括"，就逆推丁惟宁著《金瓶梅》之结论。

另外，晚明风流才子屠隆因被疑为笑话集《山中一夕话》的作者，此书署名"笑笑先生增订"，与"笑笑生"仿佛。且屠隆本人热衷风月，流连秦楼楚馆，《金瓶梅》作者对声色场所的描摹生动真实，显然具备丰富的生活体验，从这一点上看，屠隆的行为轨迹与此恰合。

当然，上述讨论各具优长与不足，学术研究有时就像解谜，我们掌握了正确、科学的研究方法，才可以拨开迷雾、看清真相。通过学者们寻找兰陵笑笑生的具体过程，我们也总结出一些很实用的研究思路，那就是作品研究与作者研究相结合、文学作品与史传志书相印证、独立学科与综合知识相沟通、大胆假设与小心求证相调和。相信随着更多文献的披露和考古的发现，一切文学之谜终将揭晓。

第五节
《牡丹亭》与明代戏曲观念

> **学习要点**
>
> 明代嘉靖朝的昆腔改革，使昆山腔跃出众曲，成为称霸明清曲坛的经典唱腔，也促发了古代戏曲文人传奇的发展趋势。《牡丹亭》传奇作为文人传奇的旷世经典，以动人的爱情故事、深刻的情理论争、隽雅的文辞妙语受到追捧，至今唱响梨园。但这部经典甫一问世，却因为弋阳腔的旋律而遭到曲家沈璟的诘难，这场"汤沈之争"反映了明代戏曲观念的论争情况。

"原来姹紫嫣红开遍,似这般都付与断井颓垣",这段动听的旋律出自明代著名传奇《牡丹亭》。春光融融,打动了困锁深闺的少女,开启了一段感人的爱情故事。

《牡丹亭》以文采优美、主题深刻而著称于世。近年来改编的青春版昆曲、文艺电影乃至日本歌舞伎作品层出不穷。《牡丹亭》为何经久不衰?它有哪些特殊的闪光点?其背后又蕴含着哪些戏曲史意义呢?

《牡丹亭》是晚明戏曲家汤显祖的代表作,改编自明代话本小说《杜丽娘慕色还魂》,讲述了官家千金杜丽娘和书生柳梦梅的生死之恋。这是一个少女在阴阳界穿梭的玄幻大戏,推动情节发展的只有一个情字。因为情,她可以冲破生死;因为情,她可以反抗礼教。

这就是汤公所宣扬的"至情主义",也就是真情达到了极致,可以超越生死。所谓"情不知所起,一往而深",作品对情欲的歌颂和人性的书写非常大胆,也顺应了晚明个性解放的思潮,这就是《牡丹亭》的魅力所在。随着明代商业文明的发展,禁锢人性、讲究"伦理纲常"的理学逐渐被尊重人性欲望的心学所取代。我们都知道西方文艺复兴时代的人性解放运动,与之相比,明代的个性解放毫不逊色。

《牡丹亭》作为"以情胜理"的代表,甫一登场,便受到人们的追捧。时称"家传户诵,几令《西厢》减价。"一度碾压了全国票房。汤显祖本人也说:"一生四梦,得意处唯在《牡丹》。"因为这部经典传奇,汤显祖一举封神。特别有趣的是,大师都是组团出现的。中国的戏曲大师汤显祖和欧洲的戏剧巨匠莎士比亚生活在同一个时代,这也是一种奇妙的缘分吧。

汤显祖是江西临川人,少有才名。后来做官做得不开心,就辞职回家专心创作了。他一生创作了四部传奇《紫钗记》《牡丹亭》《南柯梦》《邯郸梦》,合称为"临川四梦",也叫"玉茗堂四梦"。这是因为汤公晚年的书斋以玉茗花,也就是白山茶花来命名,所以叫作"玉茗堂"。

《牡丹亭》不仅轰动了舞台,还引发了一场戏曲史公案,史称"汤沈之争"。"汤沈之争"围绕明代两位大戏曲家汤显祖和沈璟展开。因为汤显祖是临川人,沈璟是吴江人,所以这场争论也叫作临川派与吴江派之争。

这场艺术争论以戏曲创作的原则为主要论点。我们都知道,戏曲是一门综合性的舞台艺术,结合了文学、音乐、舞蹈、美术等多种艺术门类。创作戏曲当然要注意音律的问题,而明代不少戏曲作品是不符合昆腔规范的。为了改变这种风气,沈璟做了两件事:首先,他编纂了一本《南九宫十三调曲谱》,详细介绍了南曲的格式律法和音韵平仄。沈璟编这本曲谱的目的就是呼吁大家按照标准的昆腔进行创作。其次,他抓住当时最有名的一部传奇,对作品的用曲错误进行了改编,而这部作品就是《牡丹亭》。《牡丹亭》虽然文辞优美、主题深刻,却并不符合昆腔的曲谱规范。对于这件事情,汤显祖的回应非常直接简单:"余意所至,不妨拗折天下人嗓子。"

最后,这场论争演变为音律与文辞之争。戏曲创作到底以什么为最主要的原则?沈璟认为,戏曲必须要遵守格律。汤显祖认为只要词好意好,可以打破格律。因为两个人太有名气了,他们各自拥有一批追随者,这场艺术论争就越来越热闹,参与的人也越来越多。很多戏曲家通过各自的创作实践来支持己方的观点。这场对垒一直延续到了清代。大戏曲家李渔的创作就是曲律先行，遣词造句比较通俗。而著名的南洪北孔，洪昇和孔尚任二位显然继承了汤显祖的衣钵，作品炼字炼句，非常精美。

当然，《牡丹亭》并不是不通音律，只是不符合昆腔的曲律规范。这里我们要引入一个关于昆腔的知识点。

在昆腔传奇出现以前，南戏的声腔系统很复杂，其中海盐、余姚、昆山、弋阳四大声腔发展最为迅猛。不料昆山腔"半路开挂"，元人顾坚、明人魏良辅这两位天才的音乐家先后改良了昆山腔。戏曲家梁辰鱼以改良后的昆腔创作了传奇《浣纱记》，取得了巨大成功。昆腔因为悠扬舒缓，就像石磨缓缓地碾米一样，也被称为"水磨调"，很快超越其他声腔，成为最主流的曲调。而汤显祖作为江西人，创作时使用的是弋阳腔，所以遭到沈璟质疑。

尽管双方各执一词，但从他们的讨论中可以看到，在明代戏曲观念中，戏曲的文体地位提高了：一方面，戏曲开始与诗文等雅文学一样拥有相同的审美追求，也就是汤显祖所强调的"意趣神色"；另一方面，戏曲的创作形制更加统一规范，唱腔更为优雅，开始全面昆腔化。

 [章测试]

一、单选题

1. "三国"的小说雏形是（　　）。

A.《三国志平话》　　B.《三国演义》　　C.《三国志》　　D.《三国志通俗演义》

2. "汤沈之争"围绕明代两位大戏曲家汤显祖和（　　）展开。

A. 沈自征　　　　B. 沈璟　　　　C. 沈佺期　　　　D. 沈自晋

二、多选题

1.《蒋兴哥重会珍珠衫》反映了晚明哪些社会现象？（　　）

A. 人欲解放　　　B. 商业发达　　　C. 尊重人性　　　D. 恪守教化

2.（　　）都曾经被学术界猜测为"兰陵笑笑生"。

A. 屠隆　　　　B. 王世贞　　　　C. 王士禛　　　　D. 丁惟宁

3.《紫钗记》《牡丹亭》《南柯梦》《邯郸梦》，合称为（　　）。

A. "临川四梦"　　B. "玉茗堂四梦"　　C. "小四梦"　　D. "花间四梦"

4. "三言"具体指（　　）。

A.《喻世明言》　　B.《醒世恒言》　　C.《劝世贤言》　　D.《警世通言》

5. 我国古代被称为"兰陵"的地方是（　　）。

A. 山东枣庄　　　B. 山东泰安　　　C. 江苏武进　　　D. 杭州武林

6.（　　）是"前七子"的代表人物。

A. 李攀龙　　　　B. 李梦阳　　　　C. 王世贞　　　　D. 何景明

7. (　　)是复古派的理论主张。

A. 诗必盛唐　　　　　　　　B. 诗歌合为事而作

C. 文必春秋　　　　　　　　D. 文必秦汉

8. "公安三袁"包括(　　)。

A. 袁宏道　　　　B. 袁中道　　　　C. 袁崇道　　　　D. 袁宗道

9. 汤显祖的四种传奇被称为(　　)。

A. 玉茗堂四梦　　B. 临川四梦　　C. 四大传奇　　D. 四大南戏

三、判断题

1. "三言二拍"是冯梦龙的代表作。(　　)
2. 《杜十娘怒沉百宝箱》里的柳遇春和孙富分别代表了人性的善与恶。(　　)
3. "三言二拍"的发迹变泰故事不仅反映了新兴商人的精神诉求,契合了道德教化的宣传需要,还满足了市民文学的尚奇审美。(　　)
4. 宋元时期的话本分为四类:小说、说经、讲史、合生。(　　)

 [章讨论]

1. 简述《三国演义》的成书过程。
2. 简述《水浒传》的主要版本。
3. "三言二拍"的公案故事中包含了哪些商业文化现象?
4. 谈谈心学与晚明文学的关系。
5. 商业文化对拟话本小说有哪些影响?请举例说明。
6. 《牡丹亭》传奇有怎样的主题与意义?
7. "汤沈之争"的本质是什么?
8. 前后七子、公安派、唐宋派的代表作家有哪些?谈谈明代文学复古运动的得失。

第八章
清代文学

学习目标…

1. 将文学史与文化史相结合,培养学术意识和问题意识,具体包括:清代诗文反映的文化思潮变迁;清初明代遗民的文学创作与心态;《儒林外史》与科举文化;红楼学术史。

2. 通过个案以点带面,了解清代文学的多维面貌。

第一节
百花齐放——清代诗文的多元格局

> **学习要点**
> 清代是中国古代文学的集大成时代,多种文学思潮交流碰撞,文学创作和社会、政治有着密切关系。清初怀念故明的遗民文学;清中叶的考据学术与桐城派文章;别具一格的性灵派;女性文学家的崛起;少数民族作家的创作,共同呈现出百花齐放的文学生态。

清代是中国古代文学的集大成时期,此时期俗文学与雅文学并行发展,多种文学思潮交流碰撞,呈现出百花齐放的文学生态。

清代的文化思潮与文学创作和社会、政治有着密切关系。

明末清初之际,江南地区的汉族文人对清王朝怀有强烈的抵抗情绪。这些遗民在诗文中抒发着对故国的追思和经世致用的政治见解。其时,顾炎武、王夫之、黄宗羲并称遗民三大家,他们的政论文在当时受到文人的广泛追捧。受到遗民思潮的影响,此时的古文三大家侯方域、魏禧、汪琬的创作以政治历史和人物传记为主要内容,在叙事中饱含着王朝易代的思考。比如侯方域的《李姬传》,讲述了秦淮名妓李香君的事迹。有趣的是,清初著名的三个诗歌流派云间派、娄东派和虞山派的代表人物陈子龙、吴伟业、钱谦益分别代表了明末文人的三种人生选择。陈子龙是殉国派,在抗清斗争中牺牲;吴伟业被迫入仕清廷,但在文学作品中不时流露出对前明的追思;而钱谦益属于典型的贰臣,他们的政治观念在文学创作中也有鲜明的体现。三位诗人中以吴伟业文学成就最高。

吴伟业是江苏太仓人,以写七言歌行的叙事诗见长。他迫于现实压力委事新朝,但其诗歌创作及戏曲创作都潜隐着他对前朝的怀恋。吴氏诗歌以明末清初的易代故事为主要内容,饱含深沉的历史思考,被誉为"梅村体"。代表作《圆圆曲》"恸哭六军俱缟素,冲冠一怒为红颜"传言千古,这首诗也把古代叙事诗推上新的高峰。吴氏戏曲《秣陵春》《临春阁》《通天台》借古喻今,在追怀故国的表述上较诗歌更为炽烈直接,充分发挥了戏曲"借他人酒杯浇自己块垒"的代言功能。

清朝统治渐趋稳定之后,学者们开始转向考据研究。这种学术风气在清中叶达到鼎盛,被称为乾嘉汉学。以惠栋为代表的"吴派"和以戴震为代表的"皖派"汉学家在音韵、训诂等领域作出了卓越贡献。汉学对中国学术的影响非常深远,一直到近代乃至当代,汉学的治学方法仍有余绪。

清代最重要的散文流派桐城派就曾受到汉学的影响。桐城派的文统源远流长,戴名世时期,桐城文章讲究"义法",也就是宣传道统。到了"桐城三祖"方苞、姚鼐、刘大魁这里,已经发展为义理、考据和词章并行的创作标准。这个考据显然来自汉学。其后的"四大弟子"又提出经济,也就是经世致用的要求。到了晚清,桐城嫡派林纾成为著名的翻译家,桐城弟子曾国藩又发展出湘乡派一脉,将桐城古文的影响不断扩大。

在保守的汉学风气之外,也有一些特立独行的天才高举性灵大旗,倡导清新自然的诗文风格,著名的随园老人袁枚就是其中的佼佼者。袁枚是个很有个性的全能型天才。他少年成名,二十几岁就中了进士,在南京做知县。中年的时候,辞官隐居。他早年为官清廉,家里没什么积蓄。但袁枚不拘于仕途,拥有通达的人生观和先进的经营观念。为了让自己的隐居生活过得更舒适,他用全部积蓄包下了南京小仓山一个荒废的旧园子。袁枚对这里精心设计,重新装修,使这片园林焕发生机。他把这片园林命名为随园,向当地百姓开放。组织采摘活动、设计专属食单、邀请名人聚会,将之打造为著名人文景观,可以说随园与袁枚毕生的文学成就和文化事业相辅相成。袁枚个性通达,标举性灵,尤其重视女学,他率先公开招收女弟子,并为她们出版诗集,时称"随园女弟子",引领了清代江南女性文学写作与交游风尚。其后杭州文人陈文述推出的碧城仙馆女弟子群等便是对袁枚的效仿。

在宽松的女学风气下,清代女作家出现了群聚效应,女子文学社团名噪一时。杭州的蕉园诗社是我国古代第一个女子诗社,她们定期举行诗会,坚持了四十余年之久。北京地区亦有满族女诗人顾太清组织的女性诗社,南北方女诗人唱和往还,形成密切的社交网络。

满洲宗室一直积极学习汉族文化。提起最著名的宗室文学家,非满洲第一词人纳兰性德莫属。纳兰性德,字容若,大学士明珠长子,出身富贵,雅好诗文,乾隆皇帝曾指其为贾宝玉原型。纳兰容若以悼亡词见长,他写给亡妻卢氏的词作情感真挚、催人泪下。比如《南乡子·为亡妇题照》云:"泪咽却无声,只向从前悔薄情。凭仗丹青重省识,盈盈,一片伤心画不成。"词人对亡妻的思念、愧悔融汇为孤寂凄凉之感,提笔欲摹遗容,却只有伤心泪垂。再如《浣溪沙》:"被酒莫惊春睡重,赌书消得泼茶香。当时只道是寻常。"此句以李清照和赵明诚夫妇赌书泼茶之典故,喻指词人与亡妻当年的琴瑟和鸣、幸福美满。当日未及珍惜的寻常往事,如今再难重温。全词没有一个"愁"字,没有一滴"泪",却带给读者无尽的感伤气氛。

与清中叶的丰富多彩相比,晚清社会由盛而衰,思想界也空前激愤。一些先进士人敏锐地指出社会问题,呼吁变革,龚自珍创作的大型组诗《己亥杂诗》便是此际佼佼之作。全诗共计315首,记录了龚自珍辞官之后,两次往返京杭之间的所见所感。祖国的大好河山、苦难的人民、各地的风物文化都在他的诗中得以真实呈现。鸦片流毒、列强入侵更是激发了爱国文人的时政关怀。林则徐、梁廷枏等一批开明士人率先感受到时代风暴,他们的诗作有禁烟运动之宣言,有转向西学之呼吁,更有重整山河之呐喊。这些慷慨激昂的时事诗具有深刻的现实意义,与近代中国的国运浮沉相伴生。

整体而言,清代诗文在艺术成就上无法与唐诗宋词比肩,但作为集大成时代的歌咏,清代诗文呈现出诸体完备、体量磅礴的恢宏景观,同时诗论、文论并行发展,在抽象审美建构方面取得了长足进步。沈德潜的格调说、翁方纲的肌理说、王士禛的神韵说构成诗论三大系统,与桐城派文章学成为中国古典文艺理论的殿军。

第二节
《桃花扇》与明末遗民文化

> **学习要点**
>
> 通过著名传奇《桃花扇》的学习来了解明清易代文学。包括晚明东林党与阉党之争,复社文人的抗清活动,南明小朝廷的建立与灭亡,秦淮河青楼文化等。孔尚任对《桃花扇》寄予了深沉的"曲史"概念,反映了艺术与历史、政治的共生关系。

《桃花扇》与《长生殿》并列为中国清代传奇的巅峰之作,《桃花扇》作者孔尚任与《长生殿》作者洪昇并称为"南洪北孔"。

孔尚任是山东曲阜人,孔府后裔,清初著名戏曲家。他早年曾以圣人后裔的身份得到康熙皇帝的提拔进入官场。不过在《桃花扇》成稿后不久,孔尚任被迫罢官。

《桃花扇》是孔尚任一生最得意的作品,也是他用力最勤之作。创作过程经历了十余年的苦心孤诣,三易其稿,终成四十四出鸿篇巨制。这是一场政治与爱情双线并行的大戏,也是一场历史真实与文学想象的交锋。受到清初考据风气的影响,作者在剧中提出了"借离合之情,写兴亡之感,实事实人,有凭有据"的审美诉求。在以史为戏的创作主张下,作品向我们展示了舆图换稿之际的人间众生相。

《桃花扇》以复社文人侯方域和秦淮名妓李香君的悲欢离合为主线,先后贯穿了明末党争、南明覆亡、清兵入关等重大历史事件,反映了明朝遗民的亡国之痛。正如作者所说,该剧无论本事还是人物皆"实事实人,有凭有据"。

该剧的前半部分,以明末党争为主要背景。主人公侯方域出身复社,反面角色阮大铖则因依附魏忠贤遭到清流文人的唾弃。为了得到文人圈子的谅解,阮大铖特地通过名士杨龙友牵线,暗中为侯方域提供了资金,成就了他和名妓李香君的一段姻缘。结果阮大铖的诡计被香君识破,她义正词严地怒斥奸佞,维护了侯方域的清名。世事难料,南明弘光小朝廷建立,阮大铖拥戴有功,权倾一时。怀恨在心的阮大铖陷害复社众人,迫使侯方域逃离南京,投奔史可法。侯方域走后,他又逼迫李香君另许他人。香君以头触柱,血溅诗扇。这柄扇子乃侯、李二人的定情之物,杨龙友遂以血点为花瓣,在扇子上绘制了一幅桃花图。终于,腐朽的明王朝全线崩溃,史可法阵亡。当侯方域逃回南京时,香君已然出家。二人本欲再续前缘,却被张道士撕破折扇、当头棒喝:国之不存,何以家为?一对有情人最终分手告别,各自修行去了。

想要读懂《桃花扇》,就必须掌握其中的历史事件。故事前半段涉及的就是明末党争,而党争正是明王朝走向灭亡的重要原因之一。自万历朝开始,朝廷里党派林立。最著名的是由江南士大夫组成的东林党。这个集团由当时被革职的顾宪成发起,以无锡的东林书院为据点。东林文人指点江山、激扬文字,在朝野上下引起巨大反响,一时云集影从。而另一方面,宦官专权也是明代政治特色之一,王振、汪直、刘瑾,先后把持了正统至正德近百年朝政,造成明王朝由盛转衰的统治失序。到了天启朝,魏忠贤伙同明熹宗奶母客氏,组成了有明以来最大的阉党集团。东林党和阉党从"争国本"打到"三王并封",从"福王就国"论到"李三才入阁",势同水火。复社文人作为东林党的接续,与阉党的斗争更加如火如荼。《桃花扇》里的反面角色阮大铖早年曾跻身东林,但党内斗争造成了他个人的仕途困顿,无奈之下依附阉党,被清流文人视作"失节"。他与主人公侯方域及复社众人的恩怨情仇正是晚明党争的缩影。

《桃花扇》后半段阮大铖崛起,靠的是弘光小朝廷。所谓"小朝廷",即临时政府。当时李自成进北京,崇祯皇帝自杀,权贵大臣和皇亲国戚一路南逃。南迁路上,众人先后拥立了几个皇室成员为临时君主,这些流亡政权统称为南明。弘光政权就是南明第一个政权,由血统最近的小福王朱由崧践位。福王称帝之前,曾遭到文臣的激烈反对,但马士英等重臣以军权强行拥戴福王登基,因而获得新帝信任。这个临时的小朝廷,给了阮大铖这样的投机人士一个翻身的机会,也拉开了复社文人遭受打击的序曲。

该剧所述历史事件完全贴合史实,出场人物俱有其人。男主角侯方域是"清初三大家"之一,以散文见长;女主角李香君是"秦淮八艳"之一,与柳如是、董小宛、陈圆圆齐名;反面人物阮大铖不仅是重要的政治人物,而且在戏曲史上也占有一席之地。其余线索人物苏昆生、柳敬亭、杨龙友,乃至龙套角色复社诸生、曲院诸旦均史籍留名,班班可考。

总之,《桃花扇》是一部将历史家国大事与个人情爱悲欢融合的伟大作品。作者孔尚任将"故国之思""秦淮文化""兴亡之感"巧妙地交织在一起,为我们呈现了一部充满人性思考、饱含家国情怀的经典。

第三节
《儒林外史》与清代科举文化

> **学习要点**
> 通过讽刺小说《儒林外史》的学习,掌握讽刺小说的技法,了解清代八股取士的制度积弊和文化侵害,建构文化形塑文学、文学投射文化的互映思维。

每当提及封建科举制度,我们总会想到经典名篇《范进中举》,它出自清代长篇讽刺小说

《儒林外史》。这部作品假托明朝背景,为我们真实地描摹出清代科举制度下读书人的生活百态。

作者吴敬梓出身于安徽全椒一个科举世家,时人有诗赞云"国初以来重科第,鼎盛最数全椒吴",可知其家族举业之盛。但吴敬梓算是家族中的异类,他早年生活豪纵,喜欢交友,兼之中年后不乐仕进,因争产等原因受到家族排挤,移居江宁,成为世俗人眼中的败家子。毕生坎坷为作者积累了丰富的创作灵感,成就了《儒林外史》的含泪之笑。

这部作品在叙事上采取了珠链式结构,虽云长篇,亦同短帙,主角不断变换。其笔下的儒林众生性格鲜明、光彩夺目。开篇人物是元末诗人兼画家王冕,其不慕名利的高洁品性代表了读书人眼中理想的士人形象。紧随其后的便是两位困顿科场、蹉跎半生的可怜人周进与范进。周进年及花甲,连个秀才也没考中,因为贡院门口撞号板,得到大家集资捐了个监生。后来又中了举人、进士,终于实现了做官的愿望。周进当了考官以后,在范进身上看到自己当年的影子,这才给了他中举的机会。这种毕生倾耗举业的情况在清代科场并不鲜见。创下中国考试史上最高年龄纪录的便是清代康熙年间一位广东顺德的老秀才黄章,据说他参加乡试时已经102岁。对于统治阶级而言,将精英文人约束在举业一途,既有利于朝廷择优选拔,又可实现钳制思想的愚人之便。然而文人的人生、创造力全部在月寒日暖的岁月流逝间消磨殆尽。再向后,不同阶层、不同品性的读书人、江湖人、官僚、艺人、僧道陆续登场,从不同视角揭开清代士人生存的全景图画。

除了痛陈科举之弊,小说还谈到读书人的品行,描绘了一批虚伪、自私甚至泯灭人性的衣冠禽兽。比如严贡生和严监生兄弟,弟弟严监生以吝啬闻名,守着偌大家私却连两茎灯草也不舍得用;哥哥严贡生更是丧尽天良,他日常欺压乡里、凌辱弱小、赖占邻居丢的猪、用云片糕赖骗船费,一派斯文扫地。更有甚者,在弟弟逝后欺压孤儿寡母,霸占家产,实为最恶劣人性之揭露。此外,小说还写到了人物的成长和变异,比如从老实孝顺的青年变成钻心功名、卖友求荣的青年书生匡超人,他的堕落正是纯真人性在污糟环境里异化的经典案例。吴敬梓清醒地意识到畸形儒林生态对读书人的戕害。

在艺术风格上,鲁迅先生以"戚而能谐、婉而多讽"八个字概括了《儒林外史》的讽刺特征。如上述事例,作者从不在行文中直接批判人物,而是通过细节的展开、人物的剖白向读者展示复杂人性与社会问题。且行文幽默生动,在看似轻松的氛围中展开厚重而深刻的思考。在语辞运用方面,作者将"婉讽"风格与洗练的话语表达融为一体。全书采用章回小说通用的白话文法,但在写景、记言等关键环节,自然代入文言表达,既迎合了儒林的文化背景,又带来韵味悠长的审美感受,是近古小说语言运用的杰出示范。

那么,科举为何给文人带来如此沉重的压力,以至于《儒林外史》《聊斋志异》等清代小说都不约而同地谈到科举流弊?要理解这个问题,我们必须了解科举文化的本质。

首先,科举的目的绝非考试本身,而是以此为途径为国取士。秦汉之际学在贵族,延续至两晋南北朝,世家门阀把持了选官途径,所以一直实行推荐制取士,故而"选茂才,不知书;

选孝廉,父别居""九品中正制"等问题屡见不鲜。从隋唐战乱到大一统,世家阶级被打破,出现了考试制选官,也就是我们通称的"科举"。隋唐时候,科举初兴,形式比较自由灵活,科目多元。比如唐代科举由考经学和时务策的"明经科"和考诗赋的进士科两大部分组成。尽管规则并不规范,但对促进机关活力、广选人才具有积极作用。北宋王安石变法的时候,认为唐代的内容过于浮夸,于是一律改试经义。明代科举对文体有了明确要求。明宪宗成化二十三年,八股文成为科举的固定文体,考生不能自由发挥。到了清初,康熙皇帝意识到八股文空疏无用,短暂地废止了几年,后来有大臣上疏,又恢复了八股取士。中国古代的科举之路就这样形成了八股取士的固定形制,一直到光绪三十一(1905)年,清政府宣布科举考试停止使用八股。至此,儒林噩梦终于结束。

其次,所谓的八股文是什么?为何令读书人深恶痛绝?其实八股本身只是议论文的一种书写规范,即文章必须分成8个部分,破题、承题、起讲、入手、起股、中股、后股、束股。其中起股至束股每部分必须有两股排比对偶的文字,合起来共八股。八股文是明清科举考试所规定的一种文体,题目都是从《四书》当中摘录的语句。

显然八股文无论是结构还是内容都有很大的局限性,用这样的文体作为考试标准,肯定会束缚考生的思路,最终走向死胡同。更严峻的问题是,考试题目只能从经典中摘取,明清两代数次考试,题目总会用尽,如何再出新题?考官只能采用"截搭"法,既完成任务,又为难考生。这臭名昭著的截搭包含"长搭""短搭""有情搭""无情搭""隔章搭"等多种情况,简言之,就是毫不顾忌文意地将经典原文进行割裂,比如"有朋自远方来,不亦乐乎"可能被摘录为"远方来不亦乐",也可能被割裂为"方来不亦",简直不通。而考生却必须就这种截搭的怪题目阐发出璀璨文章,既需代圣人立言,又要文辞优美,所以看似花团锦簇的文字实际上毫无意义。这样畸形的制度无异于文化戕害,不会"胡说"的英才难以上榜,所以像蒲松龄、吴敬梓那样的大才子终生蹉跎科场之外。至于晚清,科场贪腐现象横生,更与"为国取士"的初衷背道而驰。

回顾古代科举制度,想见个中辛酸甘苦,才能读懂吴敬梓在《儒林外史》里倾洒的血与泪。

第四节
清代学术一瞥:"红学"的诞生与发展

学习要点

以红学学术史为牵引,学习《红楼梦》的版本、作者、文化背景等知识,重在掌握文学史的学理路径。

说起《红楼梦》,真是无人不知无人不晓。清代人曾写诗赞道:"闲谈不说《红楼梦》,读尽诗书是枉然。"这部旷世奇书的创作过程可谓一波三折。原著开卷第一回云:

> 作者自云:因曾历过一番梦幻之后,故将真事隐去,而借"通灵"之说,撰此《石头记》一书也。

又说:

> 空空道人因空见色,由色生情,传情入色,自色悟空,遂易名为情僧,改《石头记》为《情僧录》。东鲁孔梅溪则题曰《风月宝鉴》。后因曹雪芹于悼红轩中披阅十载,增删五次,纂成目录,分出章回,则题曰《金陵十二钗》。

从这两段话中,我们得知《红楼梦》曾经拥有四个名字:石头记、情僧录、风月宝鉴、金陵十二钗,作者和参与修订的人也有四位:一位不知名的作者、空空道人、孔梅溪还有曹雪芹。《红楼梦》创作过程历经坎坷,其版本也异常复杂。据统计,目前已知的《红楼梦》版本有十几种之多,可以分为"脂本"和"程高本"两个系统。

"脂本"系统又称"脂砚斋重评石头记",是《红楼梦》早期各种钞本的统称。各钞本在文字、篇幅上略有不同,但都以前80回为主,记录了以脂砚斋为代表的大量读者批语和序跋,被认为是最接近原著的版本。目前发现的"脂本"计有:甲戌本、庚辰本、己卯本、戚序本以及存疑的靖藏本,等等。

"程高本"指的是经过程伟元、高鹗共同修补刊行的120回刻本《红楼梦》。乾隆五十六年(1791)的初刻本叫"程甲本",次年发行的叫"程乙本"。

那么后40回的作者是谁?最早,后40回被认为与前80回是同一作者,也就是程伟元和高鹗只是找到了原著的残稿并加以修订。但20世纪20年代,胡适提出前80回与后40回并非同一作者,他认为后40回乃程伟元和高鹗所续而成,这个问题至今仍未有定论。

《红楼梦》复杂的版本情况引发了一系列疑问。作者的创作动机是什么?书中的人物有没有原型?原型是谁?作品的主题思想是什么?

针对这些谜题,读者和学者展开了旷日持久的讨论,并诞生了"红学"这一专门学问。"红学"一词在嘉道年间已经出现,逐渐成为一门专门性的学术。红学研究的内容非常广泛,横跨文学、哲学、史学、经济学、心理学、中医药学等多个学科,与"甲骨学""敦煌学"并称为20世纪三大显学。

纵向而言,红学经历了三个发展阶段:旧红学、新红学、当代红学。旧红学是从清中叶开始到1921年;新红学是从1921年到1954年;当代红学是从1954年至今。三个阶段有两个重要的分水岭。一个是1921年胡适发表《红楼梦考证》一文,指出《红楼梦》的作者是曹雪芹,小说具有自传性的特征。另一个就是1954年学术界对俞平伯《红楼梦研究》展开的批判。

横向而言,红学又分为索隐派、考证派、评论派、创作派四大学派。索隐派是"旧红学"的重要流派,又称"政治索隐派"。所谓"索隐",就是探索作品隐喻的史实。索隐派喜欢用猜谜的方法把小说中的人物、情节去比附历史人物和事件。其主要观点有"纳兰性德家事"说、"顺治董小宛故事"说、"反清复明"说等。就连乾隆皇帝也参与猜谜,认为"此盖为明珠家作也"。民国学者蔡元培是索隐派的集大成者,他认为《红楼梦》是一部政治小说,影射了明末清初的历史事件和历史人物。"红楼梦"其实是"朱楼梦",指朱明王朝;贾宝玉,即传国玉玺之义,影射的是康熙时的废太子胤礽;林黛玉,影射朱竹垞,也就是明代大学士朱国祚曾孙、清初词人朱彝尊;薛宝钗,影射高士奇。

考证派的出现开启了"新红学"时代。考证派以胡适、俞平伯为代表,周汝昌为集大成者。他们主张曹雪芹的家史自传说,专门研究曹雪芹家事的"曹学"就是这一派的重要成果。

评论派注重艺术创作上的分析,以王国维引入叔本华的哲学思想,用西方美学视角分析《红楼梦》为开端。

创作派主要围绕《红楼梦》进行各种同人创作。比如写续书、改编戏曲、影视改编,等等。

各学派论争不绝,推动了《红楼梦》研究的繁荣。比如,围绕作者身份这一重大问题,索隐派和考证派的讨论至今仍在持续。索隐派认为《红楼梦》是反清复明的政治小说,作者自然也是明遗民的身份,如吴伟业、冒辟疆、方以智、顾景星等遗民文学家成为索隐派的主要观点。而考据派专以曹雪芹自传来解读《红楼梦》,但在研究曹雪芹家事时,学者们又发掘出一个重要人物曹𫖯。曹𫖯是曹雪芹的叔父,胡适认为曹𫖯是贾政的原型,并据此推断曹雪芹是贾宝玉的原型;而当代研究者认为曹𫖯才是真正的贾宝玉,也就是《红楼梦》的原作者。这些学者还原了曹𫖯的人生经历,发现他的人生轨迹、家族关系和贾宝玉高度吻合,比如他有一个早逝的哥哥,两个当了王妃的姐妹,经历过康熙南巡和抄家入狱。所以他写作《红楼梦》的可能性更大,或者至少参与了《红楼梦》的创作。总之,众说纷纭,莫衷一是。

红学自诞生以来已经有200多年的历史,其间经历了十几次大型论战,"作者是谁"不过是红学众多公案之一。通过寻找作者,红学家们勾连起历史学、心理学、方志学等诸多学术领域,融汇了考据、索隐等学术方法,推动了中国学术史的良性发展。

[章测试]

一、单选题

1. (　　)被称为"南洪北孔"。
   A. 洪梗、孔尚任　　B. 洪昇、孔尚任　　C. 洪梗、孔广林　　D. 洪昇、孔广林

2. 袁枚号(　　)。
   A. 随园老人　　B. 蕉园老人　　C. 隋园老人　　D. 蕉下客

二、多选题

1. (　　)并称为20世纪三大显学。

A. 甲骨学　　　　B. 敦煌学　　　　C. 红学　　　　D. 边疆学

2. 桐城派文章讲究(　　)。

A. 义理　　　　　B. 考据　　　　　C. 词章　　　　D. 政论

3. 下列人物哪些出自《儒林外史》？(　　)

A. 周进　　　　　B. 谢秋娘　　　　C. 严监生　　　D. 范进

三、判断题

1. 明宪宗成化二十三年，八股文成为科举文体。(　　)
2. 《桃花扇》是孔尚任填词，顾采制曲。(　　)
3. "脂批本"是《红楼梦》刻本系统的重要版本。(　　)

[章讨论]

1. 说说世情小说的发展脉络。
2. 《儒林外史》反映了怎样的社会问题？请结合作品予以说明。
3. 纳兰词的艺术特色是什么？
4. 《桃花扇》兼具了历史真实与文学想象，举例说明作者是如何兼美的。
5. 简述桐城派的发展过程。
6. 你认同《红楼梦》的"反清复明"说吗？理由是什么？
7. 如何看待《癸酉本石头记》后28回？

附 录

国家级一流本科课程中国古代文学思政教学实践

一、课程概况

（一）课程简介

"中国古代文学"是汉语言文学本科专业的专业基础必修课程。通过教学，使学生把握中国文学的演变历程和发展规律，掌握中国文学各个发展阶段的重要作家和作品，形成宏大的文学史观；提高学生的人文素养、思维品质和审美能力；增强学生的文化自信，使学生有能力在现代审美实践活动中积极运用古典文学元素，参与到中华民族文化复兴的事业中。毕业生可读研、出国深造，或从事编辑、教育、秘书等岗位。

本课程团队成员为资深教授和年轻博士。每年有一百多位中文本科生开启中国古代文学之旅。这是一门颇受学生认可并对学生的思维方式和人生态度产生重大影响的专业必修课。

（二）教学目标

1. 知识目标

（1）了解中国文学史的发展历程，细读、品读原始歌谣、上古神话、诗经、楚辞、乐府、诸子散文、辞赋、史传文学、乐府诗、唐诗、宋词、传奇、小说等体裁的代表作品；

（2）把握诗歌的三大源头：《诗经》《楚辞》《乐府》，把握诸子百家思想；

（3）掌握历代重要作家、各种文体、文学现象；

（4）重视历史文化知识的扩充、典故的积累，从文本和文化学两个层面展开作品学习。

2. 能力目标

（1）提高对文学作品的欣赏、解读能力；

（2）提升审美文化能力，并积极将古典文学元素运用于现代审美实践活动中；

（3）培养基本的文学史意识，增强对民族文化的认同感。

3. 价值目标

（1）中国古代文学史是源远流长的河流，大学生要从中获得精神的滋养，提高人文素养；

（2）中国文学是中国文化的重要组成部分，通过学习，树立民族自信心，形成为中华民族复兴大业贡献力量的情怀。

（三）课程沿革

浙江工业大学中国古代文学学科于2002年、2005年被评为浙江省第四批、第五批重点学科之一。现已拥有中国语言文学一级学科硕士学位授权点、国家万人计划教学名师、国家教学名师、国家精品课程、国家教学团队、国家特色专业、省高校实验教学示范中心等。2019年列入浙江省一流本科项目立项。2020年在智慧树上传线上课程。

二、主要思政元素

中国古代文学源远流长,博大精深。从先秦到清末,出现了无数杰出的文学家和优秀的文学作品。中国古代文学知识是提高学生审美能力的重要内容。中国古代文学本身有大量的受众,中文系学生更应学习提高古典文学修养。通过对本课程的学习,培养学生的文化自信、家国情怀、知行合一精神。

文化自信:通过带领学生研读中国古代文学经典作品,让学生领略先贤的人格魅力、作品魅力、思想精华和时代价值,引导学生传承中华文脉,自觉抵制历史虚无主义,增强学生对民族文化的认同感。传统文化是我们的根,古代文学是价值观教育的沃土,我们要通过对古代文学的学习,增强学生的文化自信。在教学中通过对文学史的学习、对作品的赏析,加深学生对中国文学特质的认识和理解,从文学艺术的角度提高对文化自信的认识和理解。

家国情怀:通过对古代爱国文学家作品的分析,在培养学生专业素养的同时,增进其人文情怀和家国情怀。所谓家国情怀,指的是要求培养学生关心现实、关心国家发展的政治文化意识。所谓君子人格,就是培养学生提高人格修养,完善自我道德。中国古代有大量具有君子人格的文人,如屈原、陆游、辛弃疾、文天祥等,值得我们学习借鉴。

知行合一:将价值观引领寓于知识传授和能力培养之中,指导学生了解君子人格的养成途径,最终实现知行合一,并鼓励学生将理论知识转化为实践作品。知行合一是王守仁(字阳明)提出的重要哲学观念。我们在理论和实践相统一的基础上,吸收王阳明知行合一观念的合理成分,尤其是强调道德实践,鼓励学生加强道德修养,并加强理论和实践的结合。

三、设计思路

古典文学作品中包含着许多思政元素,在课程设计时紧紧围绕文学史的历史演变线索,选取代表性作品予以解读,以点带面,使学生在较短时间内既能汲取文学知识,提高审美能力,又能获取精神滋养。

附表-1 "中国古代文学"课程思政设计思路

课程章节	重要思政元素	相关联的专业知识或教学案例
绪论	优秀文化传统 民族自豪感	中国古代文学的特征和价值。 案例:由对"一代有一代之文学"的研讨,传承优秀文化传统。

续　表

课程章节	重要思政元素	相关联的专业知识或教学案例
第一章 先秦文学	文学审美 通史观 家国情怀 文化自信 知行合一	神话散亡的原因;《诗经》的艺术特色;《楚辞》的艺术特色;诸子之文;史传之文。 案例:由《诗经》等作品提高文学审美能力。
第二章 秦汉文学		汉大赋;司马迁和《史记》;《史记》的艺术成就;《史记》与《汉书》比较;汉乐府民歌;《古诗十九首》。 案例:由《史记》来探讨通史观、家国情怀和文化自信等思政元素。
第三章 魏晋南北朝文学		曹植;阮籍;左思;陶渊明田园诗;谢灵运;庾信;《世说新语》;六朝文。 案例:陶渊明田园诗的艺术魅力和乡土情怀。
第四章 唐代文学		初唐四杰与陈子昂;王孟高岑诗;李白诗中的道教色彩;杜甫诗中的儒家色彩;中唐(贞元、元和)诗歌;晚唐五代著名的诗人与词人;韩愈、柳宗元与唐代古文运动;唐人传奇。 案例:由鉴赏唐人诗歌成就培养民族自豪感、文化自信。
第五章 宋代文学		宋诗;宋文;柳永词;东坡词;清真词;稼轩词。 案例:苏轼词和辛弃疾词的比较,苏辛的家国情怀和艺术特质。
第六章 元代文学		《窦娥冤》;从《莺莺传》到《西厢记》;元曲四大家的杭州游;高明《琵琶记》的主旨及其呈现。 案例:杭州地域文化和传统戏剧的关系研究。
第七章 明代文学		《三国》《水浒》《西游》与世代累积型创作;《牡丹亭》与明代戏曲观念;"三言二拍"与晚明商业文化;明代学术一瞥;《金瓶梅》的作者问题和社会学价值。 案例:从前后七子到公安派的文风丕变。
第八章 清代文学		《桃花扇》与明末遗民文化;《儒林外史》与清代科举文化;清代诗文的多元格局;"红学"的诞生与发展。 案例:《红楼梦》的人物形象塑造和文学象征空间。 《桃花扇》的家国情怀和艺术成就。

四、教学方法与手段

课程教学使用线上和线下教学相结合的模式,使信息技术充分为传统教学所用,补充传统教学之不足。其教学方式和手段主要体现在以下五个方面:

1. 专题设计

做好专题设计,使思政元素渗透在专题内容中。主要包括三个方面:教材选择、课程讲授和主题研究。选择袁世硕的马工程教材《中国文学史》;讲授课程时渗透核心价值观,在古代文史资料中呈现;给学生布置主题引导的作业。这三个方面保证了思政元素的足量、观念渗透和方向引导。

2. 课堂呈现

课堂是思政元素呈现的主要场所。首先通过课堂上对作家作品的分析传达正确的人生观与价值观：屈原的爱国情怀、陶渊明的自然恬淡、李白的青春自由、杜甫的忠君爱国、苏轼出世与入世情怀的完美结合等。知识的呈现、情感的感染、意志力的强化，使以古代人物为代表的人格、精神，承载了大量的文化思想内容，以提升学生综合素质。其次是思政元素在作业中的呈现。

3. 文学经典解读和文学史观相结合

中国古代文学的经典作品如同山积，如不能对作品有所了解，又如何形成真切的文学史观？因此教师要精择作品，适当点拨，使学生快速掌握经典作品，以形成合理的文学史观。

4. 小组自学与课堂引导相结合

要夯实思想和文化，就要作用到学生的身心上来。课堂主题讨论、经典演绎、阅读心得、课程论文写作、郁文书会活动等实践性极强的方式方法，可达到预期的效果。

学生自由组合为小组，形成某个兴趣共同体。教师做好课堂引导和网络引导，布置经典篇目或讨论题目，让学生以小组为单位进行自学、研讨并总结成文，以便评析。

5. 综合性研究

综合性研究，既注重学科的前沿研究，也关注学科的区域性研究。引导学生关注浙江省各区域的历史和文学，从区域性文史研究拓展到全国性文史研究。浙江历史文化积淀深厚，引导学生从研究身边的历史名人开始，扩大到整个历史上的文史研究。

五、实践案例

教学设计的基本原则就是既要保证课程教学质量，又要自然而然地渗透、融入思政元素，对于前面所讲的方法：专题设计、课堂呈现、文学经典解读和文学史观相结合、小组自学与课堂引导相结合等，要求灵活运用，具体落实。从线下教学来说，课堂教学是保障教学质量的第一阵地，本课程组教师善于在课堂教学中融入思政元素。课后组织小组自学和讨论，结合学院郁文书会展开专题阅读讨论。从线上教学来说，已有的国家精品课程和国家级慕课线上课程，成为学生加强自我学习、巩固学习成效的重要阵地，2020年新上传的智慧树线上课程制作精良，更易为学生接受。另外，多媒体平台也是极其重要的教学补充，教师适时把握各种机会，引导学生树立正确的价值观，提高人文素养。

（一）案例1：课堂教学——凸显屈原、杜甫等爱国诗人的文化精神

通过对屈原、杜甫等诗人的讲解，让学生理解其整体的生命精神和爱国情怀，见附图-1、附图-2。并通过对古代著名爱国诗句的整理和解读，培养学生的爱国主义精神与家国情怀，见附图-3。

1. 忠君与爱国

诗人反复申说其修明法度，任用贤能，使国家富强的崇高理想，揭露楚国反动贵族集团排斥贤能，因循误国的罪行，表现了诗人为追求光明，坚持正义而顽强斗争的高尚精神，即使被疏远、流放，也始终不渝地"眷顾楚国，系心怀王"，表达诗人热爱祖国眷恋故土的深厚感情。在这里，忠君与爱国是统一的。

▲附图-1　屈原的忠君与爱国教学片段

❖ 杜甫始终关怀着国家命运，像"向来忧国泪，寂寞洒衣巾""安危大臣在，不必泪长流"一类诗句在其诗集中是很多的。随着国家局势的转变，他的爱国诗篇也有了不同的内容。比如，在安史之乱期间，他梦想和渴望的就已经不是周公、孔子，而是吕尚、诸葛亮那样的军事人物："凄其望吕葛，不复梦周孔。"（《晚登瀼上堂》）他大声疾呼："猛将宜尝胆，龙泉必在腰！"（《寄董卿嘉荣十韵》）而"哀鸣思战斗，迥立向苍苍"（《秦州杂诗》），也决不只是写的一匹"老肃霜"，而是蕴含着一种急欲杀敌报国的心情。

▲附图-2　杜甫的爱国主义精神教学片段

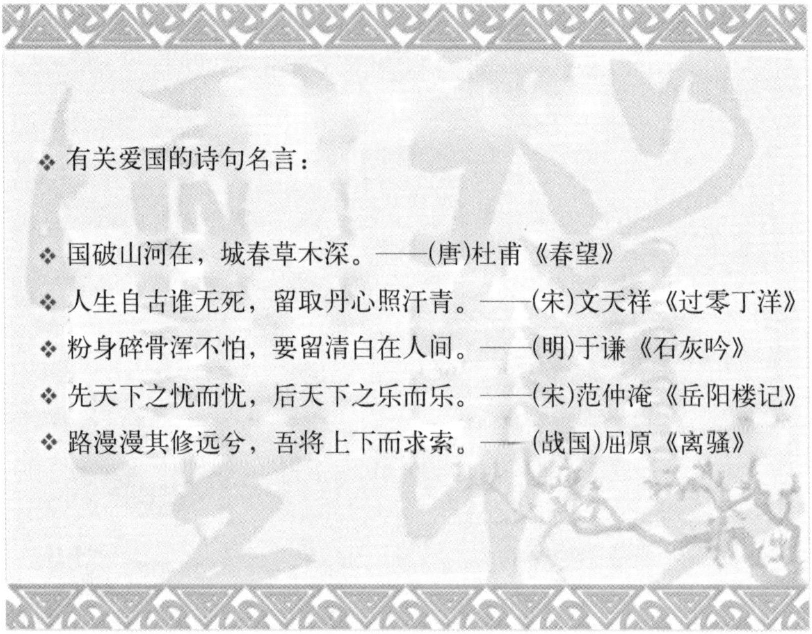

❖ 有关爱国的诗句名言：

❖ 国破山河在，城春草木深。——(唐)杜甫《春望》
❖ 人生自古谁无死，留取丹心照汗青。——(宋)文天祥《过零丁洋》
❖ 粉身碎骨浑不怕，要留清白在人间。——(明)于谦《石灰吟》
❖ 先天下之忧而忧，后天下之乐而乐。——(宋)范仲淹《岳阳楼记》
❖ 路漫漫其修远兮，吾将上下而求索。——(战国)屈原《离骚》

▲附图-3 爱国诗句名言

（二）案例2：经典探析——研读《春秋》《红楼梦》等元典

▲附图-4 方坚铭老师讲解《春秋》

线下课堂教学是思政元素渗透呈现的主要阵地。先秦原典是华夏文明的起点,先秦时期儒墨道法四家是显学,尤其是儒家、道家思想,更是影响深远。通过对《春秋》一书的讲解,扼要阐释这部影响深远的儒家经典,使学生了解春秋时期的社会演变,理解孔子为何提倡"春秋大义"并如何"见之行事""属词比事"。通过对先秦重要思想的阐释,培养学生的专业素养、家国情怀、人文情怀,增强学生对民族文化的认同感,使学生能够自觉抵制历史虚无主义。

"郁文书会"是人文学院的文化品牌。古代文学教师积极参与,指导学生深入参与元典阅读,深入了解每个学生的实际,从而因材施教,实现育人与育才相统一。《红楼梦》研读就是一个成功的案例。通过对中国古典四大名著之一的《红楼梦》的研读,提高学生对文学经典的鉴赏能力,见附图-5。

▲附图-5 钱国莲老师通过郁文读书会主持《红楼梦》研讨会

(三)案例3: 巧用新媒体——鼓励学生知行合一

充分利用学院微信公众号平台和教学微信号,鼓励学生在研读中华古典优秀文学作品的基础上,进行评论和创作实践,抒发爱国志向与伟大理想,鼓励学生实现知行合一。

教师充分利用微信公众号(国学六艺乃文乃武和有美堂),遴选优秀习作并发表,有效促进学生的学习积极性。发表学生写作的剧本,可以提高学生的文学创作能力。发表"保研记",对激发学生获得保研机会的积极性起着很好的引导作用,见附图-6、附图-7。

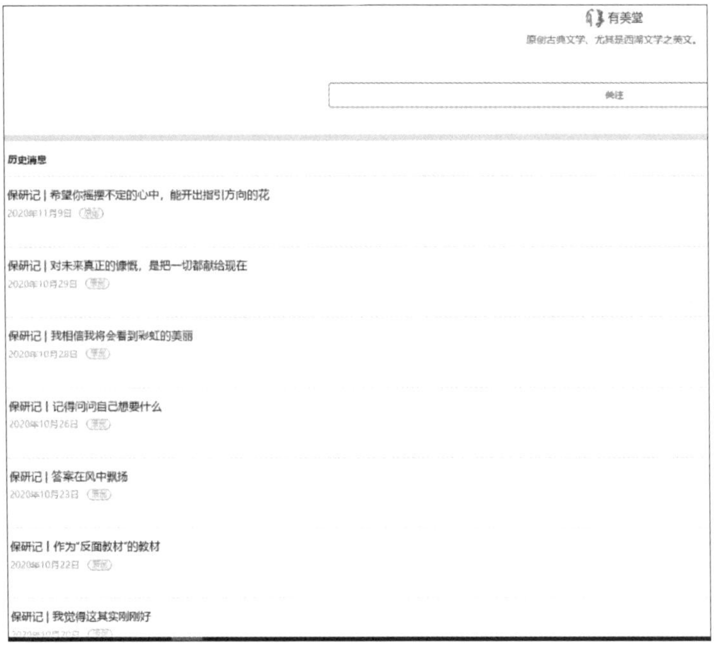

▲附图-6 “保研记”学生作品

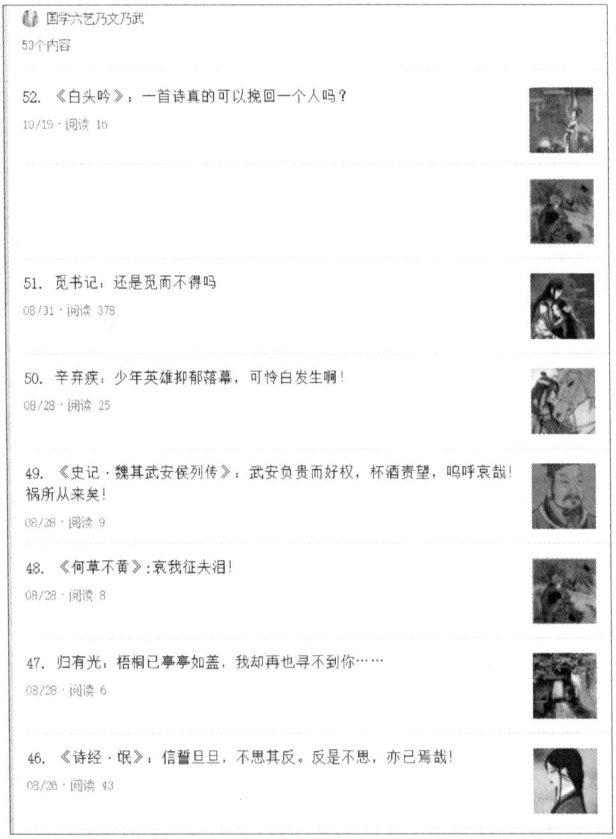

▲附图-7 公众号上学生发表习作

六、教学效果

自 2002 年浙江工业大学人文学院成立以来,"中国古代文学"课程就开始面向中文本科学生授课,受益学生人数达 5 000 人。课程教学团队由 9 位专业教师组成。课程教师坚守教书育人的职责,认真备课上课,注重课堂互动,以培养中文合格人才为己任。课程教师始终将"三全育人"的理念贯穿教学全过程,教学效果显著,社会评价良好。

（方坚铭　撰）

课程负责人：方坚铭
教学团队：肖瑞峰、梅新林、李剑亮、马晓坤、彭万隆、钱国莲、袁睿、项鸿强
所在院系：人文学院

作家作品演绎法在古代文学教学中的应用与实践
——以楚辞演绎为例

方坚铭

(浙江工业大学人文学院,浙江 杭州 310023)

> 摘要:本文以楚辞演绎为例,阐述了一种古代文学教学实践中接受度高、效果较好、可操作性强的综合教学法,即作家作品演绎法。该方法建立在角色扮演法和情境教学法的基础上,可以较大程度地激发学生对古典作家作品的兴趣。
>
> 关键词:古代文学;作家作品演绎法;楚辞

笔者从教于浙江工业大学人文学院已经八年有余,主要从事于中国古代文学史先秦两汉、魏晋南北朝文学的教学。在数年教学实践中逐步摸索出一种接受度高、效果较好、可操作性强的综合教学法,即作家作品演绎法。本文即以楚辞演绎为例,阐明此法的特点和实践方法。

一、作家作品演绎法及其特点

1. 何为作家作品演绎法

"演绎"在本文中表示的是"推演铺陈",不同于逻辑推理中从一般到特殊的演绎法。古代作家的作品要为现代人所接受,必须经过现代人自身的理解阐释,进行一番推演铺陈之后理解方更为深刻。以某作家及其作品为依据,进行一定程度的演绎,即是作家作品演绎法。其演绎的范围极广,可以是作品本身的阐释,作家事迹的考察,作家的文学史地位的评述,作家生平的舞台再现等。演绎方式也是多种多样的,包括吟咏、朗诵、戏剧表演、话剧、演讲、歌唱等。作家作品演绎法的最终目的就是在我们自身的生活体验基础上更好地与古代作家进行沟通,深刻体验其种种情感和生活,理解其作品的深层意蕴,使古代的人事和作品都鲜活起来。而不同气质、个性和艺术倾向的学生也都可以通过不同的演绎方式获得更大的发挥空间。

2. 作家作品演绎法的作用和功能

作家离不开作品,作品离不开作家。必须通过对二者的演绎,才能进一步加深对二者的理解和认识。作家作品演绎法独特的作用和功能主要体现在以下几点:

其一,可使传统和现代、古典和时尚融合、对话。现在很多学生不喜欢古代文学,作为中华民族文化重要源头和基础的古代文学,其教学陷入了尴尬的困境[1]。这与不少古代文学的教师仍旧坐而论道,不能跟进学生变化了的心理和审美观不无关系。因此需要一种妥协的方式,诱导学生加强对古典文学的投入和关注。而作家作品演绎法就具有一种能够让学生心动起来的独特魅力。

其二,可使学生加强对具体的作家作品的理解。古代文学史教学过程中,文学史的梳理和把握必须建立在对具体的作家作品的理解之上。而当前高校汉语言文学专业课程压缩的结果,使得原先就存在的重视古代文学史教学而轻视文学作品学习的倾向更加明显。[2]而作家作品演绎法可以通过丰富多彩的活动刺激学生深入原典,促使他们重视对经典原著的阅读和体会。

其三,可尽量使被教育者(学习者)的作用最大化。现代的教育模式,已经打破了以教师为中心的传承式教学模式,开始追求如何使被教育者的作用最大化。被教育者的精神世界不是由外部力量模塑而成的,而是自主地、能动地生成、建构,教育者的工作只能是帮助和引导他们建构一个美好的精神世界,而不可能替他们浇灌出一个精神世界。在这种观念的指导下,才有可能实现学习者作用最大化。[3]被教育者的作用最大化必须建立在一种新型的研讨型教学模式基础上,其核心是以教师为主导,以学生为主体的师生互动,其要义可概括为三点:"搭台—主演""引导—探讨""激励—展现"。作家作品演绎法作为一种创造性的、师生互动的、真正实现"把教育的对象变成自己教育自己的主体"的综合教学方法之一,是对被教育者的作用最大化原则的贯彻和落实。

其四,有助于直觉感悟的艺术思维能力的培养。对于中文系学生来说,培养直觉感悟的艺术思维能力是非常重要的。文学是五色斑斓、多姿多彩的,古典文学尤其如此。当理性显得窘迫无能之际,就是感性的想象之光闪烁之时。[4]作家作品演绎法的出发点之一就是希望能最大限度地激发出学生们的学习热情和艺术感悟能力。譬如,吟诵法就是学生常用的一种作家作品演绎法之一,它以口传心授的方式传承,不同流派有其不同的基本吟腔。吟诵者在方言音调的基础上以"唱"的方式来"读",根据自己对诗文内容的理解和当时的情感,音高、节奏、轻重等进行即兴的发挥,借吟诵以助抒情达意。[5]

二、作家作品演绎法的理论基础

作家作品演绎法有着多种理论源头,其一是角色扮演法,其二是情境教学法,在二者的基础上扩展为作家作品演绎法。

1. 角色扮演法

指学生在教师指导下根据教材内容中人物的要求扮演相应角色,通过角色扮演活动加强对教材内容理解和掌握的教学法。角色扮演法的理论基础,主要为社会学的角色理论和心理学的符号互动理论。

社会角色理论认为,角色和角色扮演的概念有助于将人际关系的个人系统置于有意识状态。符号互动理论认为,个人社会行为是其所属群体中规范行为内化的结果,角色是个人在社会互动中得到社会期待(角色期待),遵照他人角色或社会规范时获得的。

2. 情境教学（教育）

情境与教学情境，曾被简化为"一组刺激"，但在教育上却有着复杂深远的意义。凡是有成效的教学或教育，均需要有与其目标相应的情境。而情境教学就是从教学的需求出发，教师根据教学目标（主题）创设以形象为主体的、富有感情色彩的具体场景或氛围，激发和吸引学生主动学习。情境教学一直以来被教育者视为能达到最佳效果的一种教学方法，在中外教育史上源远流长。[6]

3. 在角色扮演法和情境教学法的基础上扩展为作家作品演绎法

无论何种教学法，必须在一定的情境中展开才能取得良好的效果。通过教学实践，笔者倾向于接受情境教学法，这种教学法通过某种情境的制造，使学生可以更广泛地进行角色转换，加深对教材内容的理解。但是当前的情境教学法，又过于偏重教师的主导地位，教师在教学中起着引导作用，孰不知情境的营造也可由学生主体自身进行。当教师布置某个主题之后，学生按照主题的要求，去设计某个艺术表现形式或者话语阐述方式，于是乎自身置于某种情境之中，完成了自我教育，这才是更加有价值的情境教育。这跟当前的从"要你学"到"自己想学"的教育思想转型的趋向是一致的。

三、作家作品演绎法的实践案例

（一）选择"楚辞"进行演绎尝试的考虑

古代文学史的内容浩瀚无边，著名作家星罗棋布，经典篇章多不胜数，而一学期的教学时间有限，自然不可能经常对很多作家作品进行演绎，一般只能选择一两位重要作家及其代表作品进行演绎。选择的标准应该符合下列要求：文学史意义重大、作家具有典型性、学生预先有所接受和体会。以这几个标准来看，屈原及其作品具有极好的代表性。

其一，文学史意义重大。以屈原《离骚》为代表的楚辞，本身是作家独立写作的抒情诗作的代表。屈原是我国文学史上第一个伟大的爱国主义诗人，他开启了诗人从集体歌唱到个人独立创作的新时代。此前《诗经》中的作品多为集体创作且作者多未署名。

其二，作家具有典型性。屈原是伟大的浪漫主义诗人，其浪漫主义创作手法具有至高经典的价值，其爱国精神和士人精神均对后代作家有深远的影响。

其三，学生预先有所接受、体会。对学生来说，屈原及其作品大家幼童时期即受熏染，因此具有普遍性，可以作为作家作品演绎的对象。

因此，从这几个层面来考察，选择屈原及其作品进行演绎是极其合适的。有助于在同一个大主题之下，进行小主题的阐发，从而多层次、多角度地加深对屈原作家作品的理解。

（二）作家作品演绎法在楚辞教学中的实践

1. 楚辞演绎活动的基础和铺垫

屈原作家作品演绎的尝试必须建立在对屈原作家作品的深度理解上。为此教师首先要进行知识的传授,这一关必须要扎实地做好。

教师要掌握好讲述法和其他教学法的要领,较好地讲述屈原及其作品的整体知识,同时要介绍相关研究的最新进展情况。在屈原一章的讲述中,至少要讲明以下几个方面:

(1) 楚文化的介绍

楚辞本身是多种文化交融的结果。楚文化丰富多彩,教师应该将楚文化的特色勾勒出来,引发学生对楚文化的好感,有助于演绎之法的推进。可以讲述著名的《越人歌》,相传这是中国第一首译诗,以楚语译越语,因为电影《夜宴》中腾格尔演唱传播甚广。通过学生熟知的歌曲有助于激发学生对楚歌楚语的感觉。

有必要引入考古研究成果,尤其是楚帛画,以开阔学生眼界,培养学生对楚文化的感情。

如出土的楚帛画"人物龙凤帛画""战国人物御龙图",可利用教学课件给予学生展示,增加其直观感受。这对于理解《离骚》和《九歌》的神话知识背景,是极有帮助的。

(2) 结合屈原的生平、思想,介绍屈原研究进展情况

屈原的生平。可以讲述:屈姓的来历;屈原的生卒年;屈原的生平事迹;关于屈原其人有无的问题。

屈原的思想。可以讲述:学界都认为屈原思想"具有相当的复杂性";其政治思想则一致认为是"美政"思想,包括内政和外交两个方面;另外还可以引入对屈原的"忠君"与"爱国"问题的争论,以扩大学生视野。

(3) 屈原人格的熏陶和艺术特色的把握,以《离骚》为主要讲授对象

《离骚》的解题;《离骚》的写作年代;《离骚》的疏讲,将《离骚》分为三个部分进行分析,掌握全诗的结构、脉络和艺术特色。

《离骚》的思想内容。把握忠君与爱国、美政思想与身世之感、以及诗人坚贞不屈的精神和对现实黑暗的批判。

《离骚》的艺术特色。高洁坚贞的人格形象;宏伟结构的设置;香草美人:象征和意境;形式和语言。

(4)《九歌》本身具备戏曲的因素,学生有必要进行揣摩表演,以增加对《九歌》意境的理解

《九歌》是值得我们重点讲述的。主要讲两个方面的内容:其一,《九歌》的巫祭文化。《九歌》是屈原在楚国民间祭神乐歌的基础上加工改写而成的一组体制独特的抒情诗,塑造了系列神灵的形象;其二,《九歌》的艺术特色。浪漫主义色彩;情景交融的意境;语言的魅力;对唱的形式与戏曲的因素。对《湘夫人》《湘君》《山鬼》《国殇》等著名篇章一定要选择性讲解一二篇,让学生加深对其艺术魅力的体会。尤其是对"对唱的形式与戏曲的因素"应多加阐发。从其内容和形式来看,《九歌》是已经具备雏形的赛神歌舞剧,歌乐舞合一,巫觋与神分角色演唱,极其适合学生进行角色剧的发挥。因此推荐他们看《闻一多全集·楚辞编》

中的《楚辞校补》《九歌古歌舞剧悬解》等篇章。

(5)《天问》《招魂》等教学的侧重点

《天问》是楚辞中一首奇特的诗歌。屈原对天发问,提出了一百七十多个问题,表现了诗人对传统思想和历史人物及事件的批判态度和探求真理的精神。其中涉及的内容,还具有极高的史料价值和神话学价值。

《招魂》是屈原为招怀王之魂而作。诗中显示了丰富的想象力,采取了铺陈的手法,颇有汉代大赋的气象。

(6)楚辞艺术形式的影响;梳理屈原及其作品的文学史意义

通过以上几个方面的知识梳理和介绍,学生应该可以全面地掌握屈原作品的内容和屈原的精神。这样,就为他们展开演绎活动打下了基础。

2. 楚辞演绎活动的准备

(1)布置楚辞演绎活动的任务

教师在讲授屈原及其作品的相关知识之后,开始布置楚辞演绎活动的任务。

讲明演绎活动宗旨和要求,要求学生针对屈原及其作品的各个方面,进行演绎、阐释、生发。演绎方式多种,包括朗诵、赏析、学术新见、作品情境化表演(用歌、舞、话剧)等,无论何种方式,都是为了深入对屈子精神和楚辞作品的理解,以己心通古人之心,虽出之以现代方式,仍可续屈子之魂。

如果有两三个班级,可以鼓励班级之间各自派出几个节目,互相竞争。

规定演绎的时间是一节课或两节课时间。

(2)学生开始准备

学生对屈原及其作品经教师的系统讲授和分析后,产生了一定的认识,又由于屈原耳闻目染,从小学即受其思想熏染,感性认识和理性认识相结合,心中有所激荡,开始寻找适合表达屈子精神的艺术表现形式和阐释方式。

教师可推荐相关参考书目。如宋洪兴祖撰《楚辞补注》,清蒋骥注《山带阁注楚辞》,闻一多《楚辞校补》(上海古籍出版社),姜亮夫《屈原赋校注》(人民文学出版社),游国恩《楚辞注疏长编》(中华书局),马茂元《楚辞选》(人民文学出版社),赵逵夫《屈骚探微》(甘肃人民出版社),杨义《楚辞诗学》(人民文学出版社)等。这些参考书籍可以使他们的研读和阐释具备坚实的基础,而不会游移无根。

对学生而言整个过程共分为三个步骤:

第一步,消化上课所得及阅读所得,通读和掌握屈原作品的大多数篇章,对屈子精神产生一定的认识。

第二步,在对屈子的精神产生共鸣的基础上,开始寻找适合自己的演绎方式。

第三步,找到适合自己的演绎方式后,确定参与人选和表演方式。排练并不断调整到最佳状态,为下一步展示奠定基础。

3. 楚辞演绎活动的展示和完成

(1) 课堂布置和节目安排

课堂无需多少布置,还是按照普通上课的课堂模式。教师于黑板上写上大字"楚辞演绎会",副标题是"纪念屈原诞辰××年",以激发对屈原的悼念意识。

教师可以于学生中挑选两位主持人(可一男一女),或者由学生自己推荐。这样有利于学生的自由发挥。

教师此时可退居二线,充当观众。但仍当事前阐明楚辞演绎的原则,以规范学生的演示。在场面失控之时要出面提醒。

(2) 展示和完成

由两位主持人主持,用一节课或两节课时间,节目依次上演。节目表演结束后,教师应及时进行评析和总结,引导学生正确理解屈原的精神和作品艺术特色。以下所列的是一份"楚辞演绎"的清单,其展示内容、形式供大家参考。

2008年某班"楚辞演绎"之清单

序号	节目(形式)	侧重点	评析
1	《湘夫人》(一男一女诗朗诵)	用普通话朗诵体会《九歌》的韵味,表达人神共通的惝恍迷离的湘水情爱。	男声中音雄厚,女声音色清亮,朗诵总体协调,对该诗的内在神韵有所表现,可见准备充分。
2	《离骚》(吟诵)	通过吟哦表达屈子之精神。	该男生自创吟哦之调,吟哦《离骚》前面部分内容。曼声沉吟,"兮"字发音或长或促,且配合动作,对《离骚》精神有所表现。
3	《渔父》(场景剧表演)	通过场景剧表达屈原放逐之时濒临绝望的心情。	该剧创作既紧扣《渔夫》《卜居》《离骚》等,又能加以现代化的发挥,可谓情词皆美。唯表演者功力尚不够,角色配合还不完美。
4	屈原之死民间传说分析(讲述)	分析屈原之死的文化影响。	该生从民间文化、民俗学的角度切入屈原之死对民俗文化的影响,角度颇新,资料丰富,唯论证尚不周密。
5	《湘君》(清唱)	用越剧的某调清唱该诗。	该生对曲艺有独到理解,也有实际表演经验。其所唱《湘君》,情韵悠长,婉转清亮,乃不可多得的演绎节目之一。
6	《大司命》《少司命》(赛神歌舞剧)	按照闻一多《九歌古歌舞剧悬解》的剧本表演。	该班参加人数达十人。除神灵扮演者,还有巫师,部分充当群众演员,有歌,有配舞,颇具情味。唯表演难度较高,故尚显得稚嫩。

四、总结

如何使古人之心与今人之心充分沟通,如何使历史的文化精神生命鲜活起来,使其人文精神为当今学子所接续,可以说是一项巨大的工程。

作家作品演绎法是在教学实际中产生出来的,是结合当前学生的接受特点而逐步形成的。它建立在角色扮演法和情境教学法的基础上,充分考虑到不同个性的学生对作品的理解和接受,采取丰富多彩的方式(包括各种艺术表达方式)对古典作品进行阐释,从而使古代文化生命及其精神如水一般融入学生的心灵之中,从而极大地激发学生对古典作家作品的兴趣,有助于改变当前大学生对古代文学教学的刻板印象,从"老师要你学"转变为"学生自己要学"的学习模式。在一学期以讲授法为主的教学过程中,偶尔采用,可有效调动学生的学习积极性,既活跃了课堂气氛,也有助于联络师生之间的感情,再加上可操作性较强,实践难度并不大,因此建议从教者不妨一试。

参考文献:

[1] 黄萍,白晓玲.中国古代文学史教学的创新性思维培养[J].文学教育,2008(1):139-140.

[2] 孙小力.中国古代文学教学存在的问题和改革设想[J].中国大学教学,2007(6):43-46.

[3] 万乔.后福特主义对大学语文教学改革的启示[J].湖北经济学院学报,2004(1):125-128.

[4] 彭玉平.居今探古 古为今用——关于《中国古代文学史》教学问题的若干思考[J].中山大学学报论丛,1999(1):38-43

[5] 尹小珂,宋兰萍."吟诵"及其当代意义[J].文教资料,2006(9):120-121.

[6] 张定璋.情境教育的教学论发展观[A].素质教育理论与基础教育改革[C].桂林:广西师范大学出版社,1999:218-235.

(该文首发于《中国大学教学》2011年第5期)

阅读推荐书目

一、教学参考用书

陈大康:《明代小说史》,北京:人民文学出版社,2020年。

方坚铭、项鸿强:《先秦两汉文学经典导读》,杭州:浙江大学出版社,2022年。

郭预衡:《中国散文史》,上海:上海古籍出版社,2011年。

钱锺书:《宋诗选注》,北京:人民文学出版社,2018年。

吴熊和、蔡义江、陆坚:《唐宋诗探胜》,杭州:浙江人民出版社,1981年。

肖瑞峰:《中国文学简史》,杭州:浙江大学出版社,2012年。

徐朔方、孙秋克:《明代文学史》,杭州:浙江大学出版社,2009年。

游国恩:《中国文学史》,北京:人民文学出版社,2007年。

余冠英:《汉魏六朝诗选》,北京:中华书局,2012年。

余冠英:《诗经选》,北京:中华书局,2012年。

余恕诚:《唐诗风貌》,北京:中华书局,2010年。

袁世硕:《中国古代文学史》,北京:高等教育出版社,2018年。

袁行霈:《中国文学概论(增订本)》,北京:北京大学出版社,2010年。

袁行霈:《中国文学史》(第三版),北京:高等教育出版社,2022年。

郑传寅、俞为民、朱恒夫:《中国戏曲史》(第二版),北京:高等教育出版社,2018年。

朱东润:《中国历代文学作品选(简编本)》,上海:上海古籍出版社,2008年。

朱东润:《中国历代文学作品选》,上海:上海古籍出版社,2010年。

二、文学典籍

编纂委员会编:《清代诗文集汇编》,上海:上海古籍出版社,2010年。

曹旭:《古诗十九首与乐府诗选评》,上海:上海古籍出版社,2002年。

曹旭:《诗品集注》,上海:上海古籍出版社,1994年。

陈尚君纂校:《全唐五代诗全编》,上海:上海古籍出版社,2024年。

陈书良、刘娟:《南唐二主词笺注》,北京:中华书局,2014年。

陈铁民、侯忠义:《岑参集校注》,上海:上海古籍出版社,2004年。

程俊英:《诗经译注》,上海:上海古籍出版社,1985年。

程千帆、沈祖棻:《古诗今选》,南京:凤凰出版传媒集团,2010年。

[清]仇兆鳌:《杜诗详注》,北京:中华书局,2015年。

邓广铭:《稼轩词编年笺注》,上海:上海古籍出版社,2016年。

董楚平：《楚辞译注》，上海：上海古籍出版社，1986年。

费振刚、仇仲谦：《全汉赋校注》，广州：广东教育出版社，2005年。

冯浩笺注、蒋凡标点：《玉溪生诗集笺注》，上海：上海古籍出版社，1998年。

［明］冯梦龙：《喻世明言》《警世通言》《醒世恒言》，北京：中华书局，2009年。

冯逸、乔华点校：《淮南鸿烈集解》，北京：中华书局，2019年。

高明：《帛书老子校注》，北京：中华书局，2020年。

龚斌：《陶渊明集校笺》，上海：上海古籍出版社，1999年。

顾绍柏：《谢灵运集校注》，郑州：中州古籍出版社，1987年。

［宋］郭茂倩编：《乐府诗集》，北京：中华书局，1979年。

［清］郭庆藩：《庄子集释》，北京：中华书局，1978年。

［清］郝懿行撰、栾保群点校：《山海经笺疏》，成都：巴蜀书社，1985年。

洪本健：《欧阳修诗文集校笺》，上海：上海古籍出版社，2009年。

黄晖：《论衡校释》，北京：中华书局，1990年。

季镇淮、冯钟芸、陈贻焮编著，倪其心选注：《历代诗歌选》，北京：中国青年出版社，1980年。

［清］蒋清翊：《王子安集注》，上海：上海古籍出版社，1995年。

瞿蜕园：《刘禹锡集笺证》，上海：上海古籍出版社，1989年。

［清］孔尚任：《桃花扇》，上海：上海古籍出版社，2019年。

［明］兰陵笑笑生著，梅节校订、陈诏、黄霖注释：《金瓶梅词话》，台北：里仁书局，2020年。

李剑国：《唐五代传奇集》，北京：中华书局，2015年。

［明］凌濛初：《初刻拍案惊奇》《二刻拍案惊奇》，北京：中华书局，2009年。

余嘉锡笺疏，周祖谟等整理：《世说新语笺疏》，北京：中华书局，2016年。

刘学锴、余恕诚：《李商隐诗歌集解》（典藏本），北京：中华书局，2016年。

龙榆生：《东坡乐府笺》，上海：上海古籍出版社，2016年。

楼宇烈：《老子道德经注校释》，北京：中华书局，2008年。

逯钦立辑：《先秦汉魏晋南北朝诗》，北京：中华书局，1983年。

吕明涛、诸雨辰、韩莉译注：《唐宋八大家文钞》，北京：中华书局，2023年。

罗忼烈：《清真集笺注》，上海：上海古籍出版社，2008年。

［清］彭定求等编：《全唐诗（增订本）》，北京：中华书局，1999年。

钱伯城：《袁宏道集笺校》，上海：上海古籍出版社，1981年。

钱仲联：《剑南诗稿校注》，上海：上海古籍出版社，2005年。

人文社编：《四大名著》，北京：人民文学出版社，2008年。

隋树森：《全元散曲》，北京：中华书局，1964年。

孙诒让撰,孙启治点校:《墨子闲诂》,北京:中华书局,1982年。

[明]汤显祖:《玉茗堂四梦》,北京:中华书局,2016年。

[清]汪继培:《潜夫论笺》,上海:上海古籍出版社,1978年。

王伯祥:《史记选》,北京:人民文学出版社,2018年。

[清]王琦注,[明]胡之骥注,李长路、赵威点校:《李太白全集》,北京:中华书局,2015年。

[明]王世贞:《王世贞全集》,上海:上海古籍出版社,2020年。

[清]吴敬梓:《儒林外史》,北京:人民文学出版社,2020年。

吴云:《建安七子集校注》,天津:天津古籍出版社,1991年。

[梁]萧统编、[唐]李善注:《文选》,北京:中华书局,1977年。

徐鹏校点:《陈子昂集》(修订本),上海:上海古籍出版社,2013年。

[清]严可均:《全上古三代秦汉三国六朝文》,北京:中华书局,1958年。

杨伯峻:《春秋左传注》,北京:中华书局,1981年。

杨伯峻:《孟子译注》,北京:中华书局,1960年。

杨景龙:《花间集校注》,北京:中华书局,2014年。

[清]杨伦:《杜诗镜铨》,上海:上海古籍出版社,2019年。

[清]姚苎田节评:《史记菁华录》,上海:上海古籍出版社,1988年。

[明]臧懋循:《元曲选》,北京:中华书局,1958年。

张友鹤:《唐宋传奇选》,北京:人民文学出版社,1964年。

[清]赵殿成:《王右丞集笺注》,上海:上海古籍出版社,2007年。

祝尚书:《杨炯集笺注》,北京:中华书局,2016年。

三、文史类论著

陈克明:《韩愈年谱及诗文系年》,成都:巴蜀书社,1999年。

陈尚君:《唐代文学丛考》,北京:中国社会科学出版社,1997年。

陈贻焮:《杜甫评传》,北京:北京大学出版社,2003年。

董每戡:《五大名剧论》,北京:人民文学出版社,1984年。

方坚铭:《牛李党争与中晚唐文学(修订本)》,杭州:浙江大学出版社,2021年。

傅修延:《先秦叙事研究》,北京:东方出版社,1999年。

[日]冈田武彦著,吴光、钱明、屠承先译:《王阳明与明末儒学》,上海:上海古籍出版社,2000年。

葛晓音:《八代诗史》,西安:陕西人民出版社,1989年。

顾颉刚等:《古史辨》,上海:上海古籍出版社,1982年。

郭沫若：《中国古代社会研究》，北京：商务印书馆，2017年。

胡可先：《中唐政治与文学：以永贞革新为研究中心》，合肥：安徽大学出版社，2000年。

姜亮夫：《楚辞讲录》，北京：北京出版社，2022年。

蒋凡：《世说新语研究》，上海：学林出版社，1998年。

蒋天枢：《楚辞论文集》，西安：陕西人民出版社，1982年。

李长之：《司马迁之人格与风格》，北京：生活·读书·新知三联书店，1984年。

李汉秋：《〈儒林外史〉研究》，上海：华东师范大学出版社，2001年。

李零：《简帛古书与学术源流》，北京：生活·读书·新知三联书店，2004年。

廖可斌：《明代文学复古运动研究》，北京：商务印书馆，2008年。

林纾著，武晔卿、陈小童校注：《韩柳文研究法校注》，北京：北京联合出版公司，2019年。

[日]铃木虎雄著，殷孟伦译：《赋史大要》，台北：正中书局，1947年。

刘成国：《荆公新学研究（增订本）》，上海：上海古籍出版社，2023年。

柳诒征：《中国文化史》，北京：东方出版中心，1988年。

鲁迅：《鲁迅全集》第三卷，北京：人民文学出版社，1981年。

鲁迅：《中国小说史略》，北京：中华书局，2010年。

罗宗强：《隋唐五代文学思想史》，北京：中华书局，2011年。

罗宗强：《魏晋南北朝文学思想史》，北京：中华书局，2006年。

马积高：《赋史》，上海：上海古籍出版社，1987年。

马茂元：《古诗十九首初探》，西安：陕西人民出版社，1981年。

[韩]朴宰雨：《〈史记〉〈汉书〉比较研究》，北京：中国文学出版社，1994年。

钱志熙：《唐前生命观和文学生命主题》，北京：东方出版社，1997年。

钱锺书：《管锥编》，北京：中华书局，1986年。

[日]青木正儿著，王古鲁译，蔡毅校订：《中国近世戏曲史》，北京：中华书局，2010年。

沈松勤：《北宋文人与党争》，北京：人民出版社，1998年。

孙作云：《诗经与周代社会研究》，北京：中华书局，1966年。

汤用彤：《魏晋玄学论稿》，上海：上海古籍出版社，2001年。

田余庆：《东晋门阀政治》，北京：北京大学出版社，2012年。

万光治：《汉赋通论》，成都：巴蜀书社，1989年。

王国维：《古史新证》，北京：清华大学出版社，1994年。

王国维：《观堂集林》，北京：中华书局，1959年。

王国维：《宋元戏曲史》，北京：中华书局，2016年。

王利器、王汝梅、刘辉等：《金瓶梅词典》，长春：吉林文史出版社，1988年。

王水照、崔铭：《欧阳修传》，北京：人民文学出版社，2023年。

王运熙:《乐府诗述论》,上海:上海古籍出版社,1996年。

闻一多:《神话与诗》,上海:上海人民出版社,2006年。

闻一多:《闻一多全集03·神话编 诗经编 上》,武汉:湖北人民出版社,1994年。

闻一多:《闻一多全集04·诗经编 下》,武汉:湖北人民出版社,1994年。

闻一多:《闻一多全集05·楚辞编 乐府诗编》,武汉:湖北人民出版社,1994年。

萧兵:《楚辞的文化破译:一个微宏观互渗的研究》,武汉:湖北人民出版社,1991年。

萧涤非:《汉魏六朝乐府文学史》,北京:人民文学出版社,1984年。

肖瑞峰:《刘禹锡诗研究》,杭州:浙江大学出版社,2016年。

肖瑞峰:《刘禹锡新论》,杭州:浙江大学出版社,2020年。

严迪昌:《清诗史》,北京:人民文学出版社,2011年。

杨宽:《战国史》,上海:上海人民出版社,1980年。

叶舒宪:《神话—原型批评》,西安:陕西师范大学出版社,1987年。

游国恩:《楚辞论文集》,北京:古典文学出版社,1957年。

郁贤皓:《李白丛考》,西安:陕西人民出版社,1982年。

袁珂:《中国神话传说》,北京:北京联合出版公司,2016年。

张高评:《左传之文学价值》,台北:文史哲出版社,1982年。

张锦池:《中国四大古典名著考论》,北京:人民出版社,2019年。

张远山:《庄子奥义》,南京:江苏文艺出版社,2008年。

赵敏俐:《周汉诗歌综论》,北京:学苑出版社,2002年。

周勋初:《九歌新考》,上海:上海古籍出版社,1986年。

朱东润:《诗三百篇探故》,上海:上海古籍出版社,1982年。

朱刚:《苏轼十讲》,上海:上海三联书店,2022年。

四、文学理论

陈文新:《明代诗学》,长沙:湖南人民出版社,2000年。

郭绍虞:《沧浪诗话校释》,北京:人民文学出版社,1961年。

郭绍虞:《中国文学批评史》,上海:上海古籍出版社,1979年。

[明]胡应麟:《诗薮》,上海:上海古籍出版社,1958年。

黄侃:《文心雕龙札记》,北京:商务印书馆,2014年。

江弱水:《诗的八堂课》,北京:商务印书馆,2017年。

[清]刘熙载:《艺概》,上海:上海古籍出版社,1978年。

钱锺书:《七缀集》,上海:上海古籍出版社,1995年。

钱锺书:《谈艺录》,北京:中华书局,1984年。

童庆炳:《文学理论教程》,北京:高等教育出版社,2008年。
王先霈:《文学文本细读讲演录》,桂林:广西师范大学出版社,2006年。
王元化:《文心雕龙讲疏》,上海:华东师范大学出版社,2017年。
吴承学:《中国古代文体形态研究》,广州:中山大学出版社,2002年。
叶维廉:《中国诗学》,北京:生活·读书·新知三联书店,1996年。
[清]叶燮:《原诗》,北京:人民文学出版社,1979年。
袁行霈:《中国诗歌艺术研究(增订本)》,北京:北京大学出版社,1998年。
周裕锴:《宋代诗学通论》,上海:上海古籍出版社,2019年。
朱光潜:《诗论》,上海:华东师范大学出版社,2018年。

后 记

中国古代文学是浩瀚的海洋,是璀璨的星空。我为自己能参与学习、研究与教学,深感荣幸。

"中国古代文学"是汉语言文学本科专业的专业基础必修课程。通过教学使学生把握中国文学的演变历程和发展规律,掌握中国文学各个发展阶段的重要作家和作品。通过掌握古典文学知识,熟悉各种历史典故,提高文学审美和文学写作能力,培养文史兼通的复合型中文专业通才。

本课程成员教师由资深教授引领,青年博士辅佐。每年有一百多位中文本科生开始两年一轮的中国古代文学之旅。这是一门颇受学生认可,并对学生的思维方式和人生态度产生重大影响的专业必修课。

浙江工业大学人文学院自 2002 年设立"中国古代文学"课程以来,引进了一批中国古代文学专业高学历高水平的师资,聚集了 4 名教授、5 名副教授,其中博士生导师 1 人,博士研究生 7 人,构建了一支学历、职称层次很高的学术梯队。2002 年与 2005 年,浙江工业大学中国古代文学学科被评为浙江省第四批、第五批重点学科之一。现已拥有中国语言文学一级学科硕士学位授权点、国家万人计划教学名师、国家教学名师、国家精品课程、国家教学团队、国家特色专业、省高校实验教学示范中心等多项荣誉。"中国古代文学精讲"课程 2019 年获得浙江省一流本科课程认证,2020 年在智慧树上传线上共享课程并于 2023 年获得国家级一流本科课程认证。

2024 年,本课程团队以智慧树共享课程讲稿为基础,编写了《中国古代文学精讲》。

《中国古代文学精讲》课程章节编写分工表

序号	章名	节 名	编写者
第一章	先秦文学	第一节 神话的存佚情况及神话散亡的原因	方坚铭(教授)
		第二节 《诗经》的"四始六义"和艺术特点	
		第三节 《诗经》中的婚恋诗	
		第四节 《楚辞》中的《九歌》之美	

续 表

序号	章名	节 名	编写者
第一章	先秦文学	第五节 诸子之文（一）：《老子》《论语》	方坚铭(教授)
		第六节 诸子之文（二）：《庄子》	
		第七节 史传之文（一）《尚书》《春秋》	
		第八节 史传之文（二）《左传》	
第二章	秦汉文学	第一节 汉大赋：从《七发》到《天子游猎赋》	方坚铭(教授)
		第二节 史传之文：司马迁和《史记》	
		第三节 《史记》的艺术成就	
		第四节 《史记》《汉书》比较	
		第五节 缘事感哀乐：汉乐府民歌	项鸿强(副教授)
		第六节 秀才家常语：《古诗十九首》	
第三章	魏晋南北朝文学	第一节 曹植：骨气奇高,词彩华茂	马晓坤(教授)
		第二节 阮籍：言在耳目之内,情寄八荒之表	
		第三节 左思：寒士心声,超拔群伦	
		第四节 陶渊明：真实立体的田园诗歌开创者	
		第五节 谢灵运：山水诗的开创者	
		第六节 庾信：暮年诗赋动江关	
		第七节 《世说新语》：魏晋名士教科书	
		第八节 六朝文：散文与骈文	
第四章	唐代文学	第一节 扫荡绮丽风,江河万古流：初唐四杰与陈子昂	项鸿强(副教授)
		第二节 清音蕴山水,烽火走尘沙：盛唐诗坛的两个流派	
		第三节 长安市上谪仙醉：李白诗歌的艺术成就	
		第四节 位卑未敢忘忧国：杜甫生平及其创作成就	
		第五节 中唐诗歌——唐诗的第二次高峰	彭万隆(教授)
		第六节 晚唐五代的诗人与词人	

续 表

序号	章名	节 名	编写者
第四章	唐代文学	第七节 韩愈、柳宗元与唐代古文运动	彭万隆(教授)
		第八节 一代之奇——唐人传奇	
第五章	宋代文学	第一节 情景与主从：宋诗说(一)	李剑亮(教授)
		第二节 辞意与隐秀：宋诗说(二)	
		第三节 渊雅与峻切：宋文说(一)	
		第四节 善美与高格：宋文说(二)	
		第五节 纵收与曲折：柳永词说	
		第六节 痴情与悟彻：东坡词说	
		第七节 脉注与熔成：清真词说	
		第八节 巧拙与刚柔：稼轩词说	
第六章	元代文学	第一节 《窦娥冤》——一部结局大团圆的悲剧	钱国莲(教授)
		第二节 从《莺莺传》到《西厢记》：崔张故事的转型与衍变	
		第三节 翻案与教化——高明《琵琶记》的主旨及其呈现	
		第四节 元曲四大家的杭州游	
		第五节 元散曲述略	袁睿(讲师)
第七章	明代文学	第一节 复古与性灵：从前后七子到公安派的文风丕变	袁睿(讲师)
		第二节 《三国》《水浒》《西游》与世代累积型创作	
		第三节 "三言二拍"与晚明商业文化	
		第四节 明代学术一瞥：《金瓶梅》的作者是谁？	
		第五节 《牡丹亭》与明代戏曲观念	
第八章	清代文学	第一节 百花齐放——清代诗文的多元格局	
		第二节 《桃花扇》与明末遗民文化	
		第三节 《儒林外史》与清代科举文化	
		第四节 清代学术一瞥："红学"的诞生与发展	

同仁诸君既勉力于教学,又精勤于研究,所结硕果甚多,本教材即是多年教学成果的总结。肖瑞峰教授为本教材作序,勉之以再接再厉。复旦大学陈尚君教授期之以返本归初。

在孔凡编辑的鼓励和支持下,本教材终于得以在华东师范大学出版社出版。这是一次充实的体验,一段美好的经历,感谢一切与此有关的人和事。期待读者诸君,不吝赐教。让我们一起游弋在中国古代文学的海洋之中、星空之下吧!

方坚铭
乙巳年春节书于东嘉福达斋